李琼诗词集

李 琼 ◎ 著

知识产权出版社
全国百佳图书出版单位
—北京—

图书在版编目（CIP）数据

雪中的月亮 / 李琼著. — 北京：知识产权出版社，2023.1
ISBN 978-7-5130-8453-6

Ⅰ. ①雪… Ⅱ. ①李… Ⅲ. ①诗集 – 中国 – 当代 Ⅳ. ①I227

中国版本图书馆CIP数据核字（2022）第212818号

内容提要

本书收录了作者千余首诗词，以时间为序，内容多为对景物、节气、花草的吟颂。作者文笔细腻，溪边的野花，山中的清风，含露的小草，飞舞的红叶，在她笔下都展露出个性与美丽。

本书适合诗词爱好者阅读。

责任编辑： 卢媛媛　　　　　　**责任印制：** 孙婷婷

雪中的月亮

XUEZHONG DE YUELIANG

李 琼 著

出版发行：知识产权出版社有限责任公司	网　址：http://www.ipph.cn
电　话：010-82004826	http://www.laichushu.com
社　址：北京市海淀区气象路50号院	邮　编：100081
责编电话：010-82000860转8597	责编邮箱：luyuanyuan@cnipr.com
发行电话：010-82000860转8101/8102	发行传真：010-82000893
印　刷：北京中献拓方科技发展有限公司	经　销：新华书店、各大网上书店及相关专业书店
开　本：880mm×1230mm　1/32	印　张：9.5
版　次：2023年1月第1版	印　次：2023年1月第1次印刷
字　数：235千字	定　价：68.00元
ISBN 978-7-5130-8453-6	

出版权专有　侵权必究

如有印装质量问题，本社负责调换。

序

马经义 / 文

这是李琼女史的第三部诗集。单从书名上论,如果说前两部《诗意人生》《青石板路》建构的是一种生活理想的话,那么这一部《雪中的月亮》着眼的便是现实中的处境。这三部诗集,勾勒出的是一方天地,编织出的是一段生活,折射出的是诗人的整个世界。

雪与月是古今诗文中最常见的两个意象。中国诗人为什么喜欢月亮?因为它总在望朔之间周而复始,它的阴晴圆缺像极了人世间的悲欢离合。它高悬于太空,千百年来孤独而又喋喋不休地为我们一遍一遍地诉说着"月满则亏"的大道轮回。李琼女史将月的这份哲学意蕴化入了她的诗文,正如她在前言中说:"我在每一首诗里,或从完美走向残缺,或从残缺走向完美,没有起点,没有终点,只有轮回。"

品读《雪中的月亮》,总有一个奇怪的疑问闪烁不定——那是怎样的雪?是妙玉"五年前在玄墓蟠香寺收的梅花上的雪"吗?我想不是,因为那太过于矫情。是贾宝玉"却喜侍儿知试茗,扫将新雪及时烹"的雪吗?我想也不是,因为那太过于实用主义。读到《如梦令·听雪》:

> 天地茫茫一片，谁似这般清浅？白色晕容颜，不傲不娇不淡。惊变，惊变，大道阴阳至简。

我豁然开朗，原来衬托月亮的雪是一种荣辱不惊的人生态度，是一种绚烂至极归于平淡的真实，是白茫茫一片中"色即是空，空即是色"的哲学思辨。

很小的时候就读过柳宗元的一首小诗《江雪》："千山鸟飞绝，万径人踪灭。孤舟蓑笠翁，独钓寒江雪。"我曾一度纳闷，在那个天寒地冻、飞鸟不到、人迹罕至的地方，那个披蓑戴笠的孤老头子，钓的不是鱼而是雪，他是疯了吗？后来才慢慢懂得，子厚所钓的是像雪一样的纯洁，是不同流合污的节气，是一份孤独、寒冷乃至死亡都不能剥夺的坚守。所以柳宗元笔下的雪，代表着他干净无污的生命本真，是他为人处世、独步官场的孤傲，也是他留在中国文学史上的一份清醒。雪是寒冷的，《江雪》所呈现的画面是静止的，但是在柳宗元"孤舟"与"独钓"的身影下却让我们感受到了一份赤子之心的火热，一份内心的澎湃与生命的动感。

这种美学效果在李琼女史的《忆江南·雪中火棘》里也能看到：

> 飞雪醉，还是火红天。老刺青枝梳瘦影，霜风寒鸟锁空弦。独步在春前。

漫天的大雪，原本应该是白茫茫一片，然而诗中却呈现出了"火红天"的景象。为什么？因为红似热血的火棘在不听劝说地绽放。独步春前的它，虽然"老刺""瘦影"，但那一往无前的勇敢，在冰天雪地的映衬之下，更能彰显出生命蓬勃的力量。这原本是一幅静止的画面，突然之间飞出了一只"寒鸟"，一声鸣叫划破长空，为"飞雪醉"的寂静，带来了一线生机。此时又有一个疑问跳出来了，"独步春前"的是谁？是火棘，是寒鸟，还是作者本人？似乎非常明显，但是又辨识不清。这种诗意化的效果就像蓑笠翁一样，在飞雪之下显得那么的孤寂而又倔强。

细读《雪中的月亮》，最喜欢其中的一个角度，那就是"听"，《听云》《听月》《听禅》《听菊》……数不胜数又美不胜收。一首《听枫》写道：

> 云烟湿襟处，霞落半山秋。不锁天涯月，轻摇万里舟。
> 皴来山有色，猱去水无忧。潇洒如君子，闲同野鹤修。

为什么用"听"呢？细细想来，别有一番深意。"听"的甲骨文字形是左边一个大耳朵，右边一张口，表示一个人用口说，一个人用耳听。所以"听"的本义是以耳受声，同时它又延伸出了"接受""审查""等候"等多种意思。最重要的是"听"这种感官，是专向性的，换句话说，当我们用心听的时候，只能接受一个方面的信息，多渠道信息的同时输入是会让我们分心走神的。荀子在《劝学》中说："耳不能两听而聪。"就是这个道理。所以真正的"听"不是用耳，而是用"心"。所以这首《听枫》没有一处是在描述用耳听的声音，诗中的"半山秋""天涯月""万里舟"都是需要用心去感受的。诗人用了一个"猱"字，悄悄地把古琴之声藏在自然之中，它是如此的细腻，又那般忽明忽暗，这天籁之音依旧无法用耳去听，而需要用心去捕捉。

用心是"听"这种感官的真正归属，所以在这本诗集中便有了听四季、听自然、听万物、听人生的专心致志。不难看出，在李琼女史笔下的"听"不仅仅是一种感悟的法门，还是一种亲近生活的路径。她在《听春》中写道：

> 雨细风梳柳，黄花醉眼开。蜂飞惊紫燕，道是故人来。

"风梳柳"三个字把春天润物细无声的温柔慢慢地舒展开来。当沉睡了一个寒冬的"黄花"被春风唤醒之后，睁开眼睛已经是蜂围蝶绕，一切都生机盎然。一个恰到好处的"醉"既有沉醉于春的细腻，也有痴迷于春的崭新。然而这一切是"听"来的吗？绝对不是，而是用心体味出来的。

　　《雪中的月亮》收录了作者一千多首诗文，这个数量是庞大的。我一度疑惑——有必要每一首都保留吗？就算是《李太白全集》也不过收录了他一生九百多首诗词。而且当我翻看诗集目录的时候，总觉得它"七零八碎"且排列又无章法。所以在写序之初，我曾自作聪明地想为李琼女史重建体例，分出章回。慢慢地，我意识到自己错了。

　　如果说行医济世是李琼女史的职业，那么写诗填词就是她的生活。一个爱诗的人，写作原本就是从日常中信手拈来，而日常就是琐碎的，生活的本身就是凌乱的。你我的现实生活又有多少有章可循呢？被安排得井井有条的，往往是人为刻意的，这不是诗词应该有的样子。陆游早就说过："文章本天成，妙手偶得之。"如果我们能体悟到生活就是日常，日常就是琐碎，琐碎就是永恒的话，你会发现一本属于自己的诗集就应该这样呈现出一份七零八碎的本真。

　　合上这本诗集，"雪中的月亮"又再一次映入眼帘，这五个字所产生的美学效果是独特的。因为在雪中你看不见月亮，然而你又绝对不能否认雪与月亮的搭配是如此的诗情画意。其实这个时候你会发现，在"雪中的月亮"这幅画面里一直都站着一个人，雪也好月也罢，都是她眼中的景色与怀中的心情。

2022 年 6 月 3 日晚于成都

前　言

第一本诗集《诗意人生》刚刚签订出版合同，我就开始迫不及待地想写第三本诗集的序言。一是因为我的诗似乎写得有点多，感觉又快可以成册了。二是因为我思索着要怎样扩大写诗的范围，要怎样才能更好地反映生活的本来面目，要怎样才能提升自己。先有了方向，才不至于迷失嘛！

《诗意人生》，太美！我怕这太美的名字让我迷茫，让我俗气，让我太过执着，故第三本诗集我暂时取名为"雪中的月亮"。雪中的月亮，寂寞如昨，空远如昨，明净如昨，完美如昨。我在每一首诗里，或从完美走向残缺，或从残缺走向完美，没有起点，没有终点，只有轮回。面对雪中的月亮，我相信可以照见自己的过去和未来。雪中的月亮，洁净到一切皆为多余，一如我面对溪边的野花、山中的清风、含露的小草、飞舞的红叶……它们让我觉得生命是那么的坦然，文字是那么的无力，一切都只须静静的，静静的就好！

月光下的雪，就是散落在天堂路上的花瓣。绝尘、绝恋、绝缘！我不想活成自己所厌恶的样子，所以我得像雪花，用月亮的清辉洗涤灵魂！

如果有一天，月亮和雪彼此成了陌路，乾坤没了距离，晨昏没了云烟，我的心凝固在缥缈间，我愿自己悄悄离去，去寻觅，寻觅梦中的你。你一定在雪域的顶峰擎着一条雪白的哈达，等候我的归来！

梦未醒，梦也不需要醒。新诗就这样又扬帆起航了！雪中的月亮，一如诗中的你！

2018 年 11 月 20 日于南部

目录

第一部分　诗词

第一篇　古体诗 003

第二篇　近体诗词 011

一、万物皆有灵 012

二、每一个节气都是行走的诗 174

三、风情南部 203

四、蜗牛背上的壳 249

第二部分　诗词曲

第三部分　对联

第一部分 诗词

第一篇 古体诗

1. 叹人生

（一）人之初
人之初，冥冥中。
阴阳始，空不空。
母大爱，道成形。
感天地，太息听。
心未开而开，眼未明而明。

（二）习相远
瓜熟蒂落，立地成人。
寒来暑往，风雨迎春。
花开花落，聚散浮沉。
月圆月缺，叹古思今。
路似宽非宽，道似深非深。

（三）入世凉
品人情冷暖，饮世态炎凉。
以一己之力，对天地沧桑。
吞辛酸泪水，释家国情怀。
半生郁结处，黄昏归未开。
感青丝已白，思鸿鹄之哀。

（四）破迷茫
高山流水问道，道在自然本真。
阴阳一体禅悟，空色一体梵音。
三纲五常再诵，出世入世随心。
红尘本无路，平淡渡迷津。

（五）对黄昏
黄昏落花听流水，明月幽窗对孤灯。
梦里从前快乐事，如今横笛似老僧。
古今英雄成过往，寒鸦荒冢自纵横。
衰草年年春归去，人生苦短早知行。
生死一息灭，何必青史名。

（六）留善言
苍天怜我亦生我，我归苍天我亦生。
大道不仁知变易，轮回路上何堪惊。
淡看云烟空对月，晨钟暮鼓鸟飞鸣。
我今一念归有寄，儿孙顾影不费评。

（七）又轮回（结后语）
春风沐雨，秋月凌霜，春秋不老！
夏荷出水，冬雪纷飞，阴阳问道！
人生短暂，不叹云烟，风景正好！
千古一梦，心游太虚，无谓孤岛！
似醉非醉间，戏文戏潦倒！

2018 年 12 月 18 日

2. 读寒山诗有感

寒山归隐处，自是在寒山。
寒山何其远，一念一息间。
山风知长意，溪水飞云还。
明月松风外，何须巧弄弦。
一袖霓裳曲，静对落花眠。
红尘瘦若影，心宽天地宽。
不锁清凉梦，留诗百余篇。
篇篇如饮酒，有缘亦无缘。
君心若是我，空色一炉煎。
我心若是君，静待莲台前。

2018 年 11 月 25 日

3. 新农村

公路四通八达，家家绿水青山。
城乡一体打造，公交文明优先。
吃穿不愁短缺，电器样样俱全。
若是把儿想念，微信视频相连。
又是一年春节，喜把灯笼高悬。
扶贫扶志扶智，小康已在眼前。
科技卫生文化，中华儿女新篇。
游子天涯有寄，千里一日可还。
阖家欢乐幸福，不忘忆苦思甜。
强国梦里你我，不改初心扬鞭。

2019 年 1 月 25 日

4. 问菊

空山不改色，残菊不飞花。
斜阳过古道，借酒问天涯。
青春何处是？霜雪好年华。
红尘何所事？浮沉论煮茶。
人生何其短？只把生死加。
一息吞过往，风雨净尘沙。
平淡得其妙，昼夜是一家。
春秋得其妙，天地总闲暇。
善恶本无别，青灯许袈裟。
埋骨桑梓地，明月满枝桠。

2018 年 11 月 14 日

5. 老家

白云闲处是，风雨问残花。
红尘千里外，明月自归家。
一段泥泞路，一声老爸妈。
乡音未曾改，鬓白不用夸。
空山黄菊瘦，翠竹夕阳斜。
枯藤凌峭舞，古树栖寒鸦。
醉梦酒当歌，客来好煮茶。
拾得零落意，天心净尘沙。

2018 年 11 月 16 日

6. 空山听韵

空山本无声，萧萧落叶鸣。
芦花梳白头，向谁舞长缨？
黄菊翻旧历，志在梅雪迎。
秃枝向晚立，何事问浮萍？
衰草连天幕，何顾自飘零？
寒鸟归巢瘦，时叫两三声。
斜阳梦里客，天心意纵横。
风举残荷岸，悠悠白云惊。
流水向东去，萋萋满别情。
同藏秋之梦，同向春之行。
同奏冬之韵，同描雪后屏。
竹影滤黄昏，淡淡月光明。

2018 年 11 月 30 日

7. 忆读书

一声爹和娘，我去上学堂。
尊师还重道，立志把梦扬。
高楼平地起，男儿当自强。
世事多变化，人生莫彷徨。
一二三四五，东西南北中。
山河对日月，花草对鸣虫。
春秋恒代谢，今古一息同。
宇宙何浩瀚，学海更无穷。
青春凭热血，欲填腹空空。
时时有所得，秒秒勤练功。
理想很丰满，只待驾东风。
一朝别母校，四野雨蒙蒙。
脚下无深浅，折翅如惊鸿。
法天更法道，把卷问老翁。
老翁知进退，一枕山水终。

2019 年 9 月 10 日

8. 中秋逢雨

心有一轮月，皎皎不在秋。
卷帘听花落，醉影独登楼。
江流婉转去，野云动扁舟。
丹枫送大雁，绝处猛回头。
芦花白似雪，红柿挂银钩。
青松何潇洒，杖藜岸边修。
煮酒慰风雨，胜过海天游。
兴尽各归去，梦里一诗收。

2019 年 9 月 13 日

9. 无题

我家本在竹林中，春秋只是花不同。
门前有水水自去，云深欲锁世外风。

2019 年 11 月 3 日

10. 一把风（新韵）

花落青山外，只需一把风。
雪葬乾坤色，只需一把风。
时光逐旧梦，只需一把风。
风在柴门前，风在云水中。
风在歌盛世，风在问长空。
朝阳豪迈处，大雁去无踪。
黄昏落寞处，千古明月同。
我本红尘客，何必道匆匆！

2019 年 12 月 16 日

11. 过年

过年不团年，祝福在心间。
微信传妙语，可增亦可删。
灯笼高高挂，吃喝有余闲。
酒买三分醉，茶品一青山。
全民在行动，我等何谓艰？
拾起旧行李，静待春风还。

2020 年 1 月 24 日（大年三十）

12. 别样的年味

年味只是鞭炮响，年味只是灯笼红。
年味写在春联里，年味闭在此门中。
年味醉醒窗前月，年味何来枕边风？
举杯消愁共祝愿，愁起千山路路通。

2020 年 1 月 25 日

13. 听箫

鸟鸣山涧，风起空谷。
兰之高洁，水之如玉。
三千皆幻，唯心静笃。
不离不弃，不雅不俗。
已断还连，亦直亦曲。
斜阳归梦，青青翠竹。
万象森罗，如开天目。

2020 年 3 月 22 日

14. 偶得

酒醉黄昏后，风花雪月留。
一诗平地起，万事皆可休。

2020 年 3 月 30 日

15. 不寻

风景过眼不过心,时光听风不听琴。
山不待我水待我,花落荒冢两不寻。

2020 年 9 月 10 日

16. 说风

无形无影无踪,有声有色有容。
来去只凭一念,千里萍水相逢。
叶落花飞帆动,拨开旋律几重?
一半相思裁剪,几度踏破樊笼?
巨浪滔滔拍岸,飞沙走石汹汹。
黑白何复再论,由来色即是空。
天地日月万物,妙在参与其中。
着墨无须过多,拂面不寒是风。

2021 年 11 月 27 日

17. 得了得了

一枝地老天荒,一半单纯美好。
有风吹落江南,有人空阶独扫。
东山白云有意,谁在用心思考?
拈花一笑归去,明月星星衰草。
酒醉竹篱茅舍,不染红尘烦恼。
寺古僧稀山静,冷看众生颠倒。
一马款款而来,笛声惊破昏晓。
主客彻夜长谈,千古空名多少?
何如青松蔚然,挥手孤舟飘渺。
浮生一梦若解,放下得了得了。

2021 年 11 月 26 日

18. 春分时节

一半东风一半雨,一半花落是知己。
一半今日始梳妆,一半挂在眉梢喜。
山是山来雨是雨,雨过天青如画里。
云舒云卷每天真,何去何从风又起。
山是山来水是水,山里明月醉醺醺。
不落江心落湖心,幽幽寂寂对乾坤。
乾坤有梦谁是我,我是乾坤一粒尘。
万紫千红均不恋,菩提树下洗星辰。

2021 年 3 月 21 日

19. 老虎出关

江湖规矩多多，此日出关唱歌。
祖国红红火火，家家幸福张罗。
牛郎送我吉祥，我送牛郎绿蓑。
腊梅爆竹同台，玉兔浅水凌波。
一场春雨将至，一曲最美山河。
除旧迎新豪迈，开心快乐一梭。

2022 年 1 月 31 日

20. 无题

春在枝上堆，举酒莫贪杯。
风前听古调，谢了也是梅。

2022 年 2 月 11 日

第二篇 近体诗词

一、万物皆有灵

溪水流风知变易,新诗兑酒问斜阳

1. 夜读有感

(一)
道在平常中,春花秋月同。
顺天时地利,得一世晴空。

2018 年 4 月 6 日

(二)赋得"云在青天水在瓶"
云在青天水在瓶,花飞日暮雁飞星。
星河落泪凝霜露,明月依稀大道形。

2019 年 10 月 5 日

(三)无题
竹影缘来影,风花不是花。
真清清静静,却意乱如麻。

2019 年 10 月 24 日

(四)无题
心静何须静,听空不念空。
花飞花已逝,水曲水流通。

2019 年 10 月 25 日

(五)无题
行云流水本是静,无所住时时已新。
燕自归来听早雨,花红柳绿不谙春。

2019 年 10 月 24 日

(六)无题
风作春秋雨作年,风风雨雨一空弦。
黄昏不记来时路,月落溪流梦又圆。

2020 年 2 月 12 日

（七）无题（古风）

旦开花似月，暮别月如花。
花月同天地，不减也不加。

2020 年 2 月 27 日

（八）无题

风雨缘来偶恋花，花飞蝶舞各归家。
家中更有长流水，水去云烟幻晚霞。

2020 年 5 月 1 日

（九）无题（新韵）

一念迎风起，如如不动难。
悠悠听梦幻，莫问水云间。

2020 年 5 月 5 日

（十）无题

雨后山花颜色好，云前溪水古弦空。
枯藤不断来时路，半把斜阳一缕风。

2020 年 5 月 5 日

（十一）无题

琴棋书画，禅茶一味；
雪月风花，对酒当歌。

2. 顶针格组诗十首

以"风花雪月诗酒茶琴棋书画"为顺序

（一）风

无声无影在虚空，你是铃儿我是风。
一醉花间生曼妙，总凭雨后步玲珑。
无形可剪新枝梦，有量偏随海浪东。
云卷云舒闲淡处，青山依旧古今同。

2019 年 4 月 14 日

（二）花（词韵）

青山依旧古今同，花谢花飞色即空。
不管春秋何处是，只缘风雨满山红。
斜阳听梦归心净，拂晓开窗淡墨浓。
明月依稀疏影浅，同君别后自敲钟。

2019 年 4 月 14 日

（三）雪（词韵）

同君别后自敲钟，哪管东风与北风。
云水禅心归有路，阳关三叠去无踪。
枯枝又见新芽绿，细雨常听一地红。
不是伊人敲月色，卷帘何事问青松。

2019 年 4 月 14 日

（四）月（词韵）
卷帘何事问青松，石上清泉石上风。
山挂浮槎送谁去，海悬玉带与谁同。
花间筛影三分醉，岸边流光万里空。
蝶梦幽幽若有寄，诗书淡淡自从容。

2019 年 4 月 15 日

（五）诗（词韵）
诗书淡淡自从容，诗意清新本有踪。
诗起山花开四季，诗合瑞雪傲三冬。
诗歌诗律千般事，诗韵诗篇几缕风。
明月闲来听旧梦，真心煮酒寄长空。

2019 年 4 月 15 日

（六）酒
真心煮酒寄长空，一步星河一步风。
不醉千山明月畔，只眠一柳杏花中。
香飞蝶舞闲庄子，雾卷云吞入汉宫。
长乐未央新万里，醒来不辨是西东。

2019 年 4 月 16 日

【注】长乐未央，分别指长乐宫和未央宫。

（七）茶
醒来不辨是西东，一碗清茶问老翁。
昨夜迷香明月下，今朝听鸟竹林中。
花无谢意君无我，水洗诗心梦洗风。
若得半闲今古对，禅茶一味试新红。

2019 年 4 月 16 日

（八）琴（词韵）
禅茶一味试新红，古韵悠悠古刹钟。
放眼云天声渐远，回弦彼岸意无穷。
揉而可断千江水，抹又轻乘万里风。
白浪飞珠敲幻梦，平沙落雁洗空蒙。

2019 年 4 月 17 日

（九）棋
平沙落雁洗空蒙，万里云天一色中。
马放西山春草绿，剑藏幽谷落花红。
楚河汉界频来往，黑白阴阳总畅通。
也养豪情生智慧，闲开骚客古人风。

2019 年 4 月 18 日

（十）书画
闲开骚客古人风，一纸云烟万壑中。
流水落花裁入梦，花光蝶影滤成空。
梅兰竹菊天涯客，春夏秋冬不老翁。
书画同源诗心淡，七分写意三分容。

2019 年 4 月 18 日

3. 残荷

水下影幽幽，云天几许愁？
清风思往事，磨镜泪双流。

2018 年 7 月 24 日

4. 晚霞醉月

霞光醉酒西，半月醒天低。
注定擦肩客，归心不话迷。

2018 年 7 月 24 日

5. 谁

谁捧夕阳红，谁临陌上风？
谁愚歌醉晚，谁自道匆匆？

2017 年 7 月 26 日

6. 菩萨蛮·水

千江归海空明色，千山洗净云烟客。
绝处自飞花，星河若有涯。
初心从未变，月下凌波远。
善不染纤尘，东流日日新。

2017 年 7 月 26 日

7. 黄昏即景（辘轳体嵌句"一段斜阳一段诗"）

（一）

一段斜阳一段诗，青山藏梦黛含痴。
任凭天火烧天际，侬葬归心挂月枝。

（二）

青山半揽东流水，一段斜阳一段诗。
明月有情遥问客，归风一路总相知。

（三）

花向云天云向我，青山有梦落花痴。
渔舟唱晚惊风舞，一段斜阳一段诗。

2018 年 7 月 27 日

8. 夏云

半羞半露舞晴空，半抹青山醉酒红。
一吐残阳迎皓月，静观万水定东风。

2018 年 7 月 28 日

9. 无题

青山默默彩云歌,一片残阳古镜磨。
风送笛音听万里,朗天明月莫蹉跎。

2018 年 7 月 28 日
看刘铭老师视频晨光与
暮色中的《红岩子湖》即兴

10. 山之晨

竹影醉幽幽,清风玉露收。
松香诚问客,谁破半山休。

2018 年 7 月 29 日

11. 即景

清影净尘风,扁舟一老翁。
鸣蝉邀白鹭,共饮夕阳红。

2018 年 7 月 30 日

12. 雨后黄昏

雨洗青峰后,白云闲处裁。
残阳归路净,照水过瑶台。

2018 年 7 月 31 日

13. 雨后夕阳红

腾空一道红,开幕醉苍穹。
流水青山梦,云烟过往同。

2018 年 7 月 31 日

14. 浪淘沙·酒醉夕阳红

酒醉夕阳红,落寞苍穹。
云山漫漫锁长空。
江水悠悠沉过往,古调惊风。
素月步从容,不问西东。
无弦千里落花同。
一息扬鞭催梦醒,禅话匆匆。

2018 年 7 月 31 日

15. 雨后黄昏

谁把乌云扫,谁收一梦长?
青山闲自在,流水话离殇。

2018 年 7 月 31 日

16. 武陵春·一影落花前

谁卷西风霞送晚,一雁独蹁跹。
谁借云烟问道闲,一片舞阑珊。

谁举三盅邀月醉,一影落花前。
谁怕离殇曲水间,一韵底朝天。

2018年8月2日

17. 又见彩虹

乌云滚滚雁飞低,欲问天宫借道西。
一线残阳自断臂,甩开风雨彩虹栖。

2018年8月2日

18. 即景三首

(一)
清风自过自揉波,不问斜阳梦几何。
天水幽幽禅古意,珍珠粉泪舞婆娑。

2018年8月3日

(二)
风带斜阳一路红,扁舟柳影荡长空。
远山近水遥相问,道在自然玄妙中。

2018年8月3日

(三)
日月浣长空,残阳向晚风。
心闲偏醉酒,碧水也留红。

2018年8月4日

19. 听蝉(新韵)

山月凉如水,清风欲问蝉。
荷塘蛙不鼓,彼岸试清弦。

2018年8月5日

20. 陵江夜景

水本空明色,星河落素弦。
无关风与月,律动搅云天。

2018年8月5日

21. 清平乐·听鸟

乌云滚滚,阵阵雷声闷。
云卷云舒谁有恨?一树风摇何困?
逍遥落地休停,江边水缓波平。
纵是惊涛拍岸,岿然不动青屏。

2018年8月5日

处暑如冬火,秋云若春心。

22. 听云

云卷一天昏,云开一扇门。
云心禅落寞,总在大乾坤。

2018 年 8 月 5 日

23. 即景

风醒云天梦,山敲月下门。
朝阳惊夜色,浣水系乾坤。

2018 年 8 月 6 日

24. 即兴题画

竹影舞婆娑,扁舟月下和。
鱼儿吞吐际,一钓动天波。

2018 年 8 月 6 日

25. 南乡子·金秋谱离殇

红翠舞痴狂,云过青峰梦一场。
秋水夜来寒鹭醉,
徜徉,一阵清风一阵凉。
谁在谱离殇,幽怨声声野草旁。
一段斜阳枝上挂,
彷徨,不舍金秋问短长。

2018 年 8 月 9 日

26. 秋声

山弄斜阳云弄影,一池秋水弄秋声。
寒蝉向晚鸣天净,白鹭临风舞纵横。
芳草萋萋衔梦远,炊烟袅袅拂尘轻。
匆匆过客频回首,一叶扁舟钓月明。

2018 年 8 月 10 日

27. 即景

蒿草掩残阳,红扉古韵长。
半闲山水处,空色兑华章。

2018 年 7 月 10 日

28. 晚钓

白鹭舞秋风,山空水也空。
扁舟闲处系,任尔梦西东。

2018 年 8 月 11 日

29. 孤独依旧

日月醉乾坤,清波碎影吞。
星河遥寄梦,素韵锁禅门。

2018 年 8 月 14 日

30. 如梦令·过往

落日自圆自壮,霓彩幽幽回望。
谁醉矮山岗,数遍黄昏歌唱。
过往,过往,一意一心一丈。

2018年8月19日

31. 无题

早晚一声钟,山高自有峰。
春秋无可念,冬夏竹青松。

2018年8月19日

32. 柳梢青·红尘镜影

古意浓浓,万年一念,一念皆空。
古调幽幽,清弦一曲,一曲苍穹。
古今世事相同,酒醒处、残阳梦中。
月寄金秋,红尘镜影,雨过花红。

2018年8月20日

33. 无题

一曲故乡情,一程连一程。
青山常问客,何处落花声?

2018年8月21日
有感于马诚伟的《故乡情》

34. 夜赏黄角兰

朵朵向天歌,素心无韵和。
清风明月夜,疑是玉香磨。

2018年8月26日

35. 乡村即景

竹影碎凉风,鸣蝉落日中。
青山何问道,归去嗅梅红。

2018年8月27日

36. 蒲公英

飞星不是星,落落似浮萍。
若问天涯路,春来净土听。

2018年9月1日

37. 紫薇花

大红大紫入云端,道尽芳菲即涅槃。
不与东风谈变数,何须早晚又凭栏。

2018年9月16日

38. 芦苇

丝丝缕缕风，本色对苍穹。
秋雨连天幕，秋心一念同。

2018 年 9 月 17 日

39. 相见欢·竹韵

婆娑竹影凉风，月明中。
龙笛声声醉晚、向苍穹。
根深种，节直送，叶旁通。
雪葬初心孤傲、对梅红。

2018 年 9 月 17 日

40. 长相思·牵牛花

疏篱边，落窗前。明月清风影自闲，
红尘聚散间。一藤牵，鹊桥连。
梦里依稀锁玉栏，星河也问禅。

2018 年 9 月 18 日

41. 柳叶菜

花开何问柳，枝上月梢头。
一味渔樵梦，丁香不结愁。

2018 年 9 月 18 日

【注】柳叶菜，又名水丁香、水葫芦、水兰花、通经草等。

42. 黄槐决明

谁言秋瑟瑟，黄盖醒双眸。
蜂逐馨香客，空心不见愁。

2018 年 9 月 18 日

43. 相见欢·丹桂

含烟凝露丹红，锁秋风。
纵是幽幽一梦、也从容。
过荒冢，向田垄，对长空。
明月寒潭弄影、叹匆匆。

2018 年 9 月 20 日

> 秋夕秋风禅过往，秋分秋水瘦浮沉。

44. 巫山一段云·秋云

独步青山外，流波镜影中。
幽幽一梦晚来风，零落桂园空。
大雁归来早，云天画意浓。
三更把酒对秋桐，听月醉无穷。

2018 年 9 月 21 日

45. 三江即景

细雨点清波,迎风对柳歌。
秋花枝上醉,无意弄婆娑。

2018 年 9 月 24 日
中秋节雨中晨练即景

46. 紫娇花

紫紫一娇花,幽幽对落霞。
心心相印客,无谓在天涯。

2018 年 9 月 24 日

【注】紫娇花,又叫洋韭菜。
可食用。花语:铭记在心。

47. 水金英

半花半叶半横秋,不见风声不见愁。
已是秋分天色晚,池塘寂寂月空流。

2018 年 9 月 26 日

48. 感精卫填海

精卫何忙碌,海天终未平。
秋风悲不尽,又见月空明。

2018 年 9 月 26 日

49. 空山抚琴

轻拨两三声,心猿意未平。
秋风黄叶舞,流水落花惊。
云卷斜阳醉,山听翠色轻。
倏然空起步,弦断忘君卿。

2018 年 9 月 26 日即兴题画

50. 题林黛玉

林中之玉玉中生,偏向红尘弄晚晴。
泪洗潇湘窗净静,梦归太息自清明。

2018 年 10 月 14 日

红枫飞醉梦,墨菊问晨霜。

51. 题易名翁书法

微醉写微凉,微风舞霓裳。
星河零落意,微雨洒斜阳。

2018 年 10 月 18 日

52. 秋日即景三首

（一）

半开半谢醉芙蓉，一岸天光若影同。
谁解君心秋未尽，黄芦帐里落花红。

2018 年 10 月 20 日

（二）

秋水瘦霓裳，秋心对菊黄。
红枫枝上醉，意在染斜阳。

2018 年 10 月 21 日

（三）

菊起半山黄，秋心一梦长。
云闲青障里，水瘦落花旁。
白鹭翩翩舞，蒹葭瑟瑟凉。
红枫翻旧历，飞入俏斜阳。

2018 年 10 月 22 日

53. 清平乐·归燕有时

红枫飞醉，暗许青山泪。
归燕呢喃诗有寄，明月禅茶一味。
芦花瑟瑟轻扬，斜阳照影还乡。
他日红尘梦断，曾经缘聚华章。

2018 年 10 月 22 日晚
贺归燕生日快乐

54. 秋菊

本是诗心客，东篱自在花。
凌霜生傲骨，向晚净尘沙。
山雨闲斟酒，清风慢煮茶。
白云黄鹤去，不负此年华。

2018 年 10 月 22 日

山菊含香瘦，红枫醉酒痴。

55. 浪淘沙·港珠澳大桥通车有感

一海纵西东，浪遏高空。
斜阳明月掩芳容。
窗外碧梧山外客，醉梦何同？
珠澳大桥通，三地飞虹。
蛟龙半指贯青峰。
过往云烟舒袖舞，彩画苍穹。

2018 年 10 月 25 日

56. 日月同辉

半山明月半山诗，一道朝阳梦里痴。
若问青峰何所聚，白云一朵锁相思。

2018 年 10 月 26 日

57. 观李智益画有感

蝴蝶翩翩醉，玫瑰夜夜香。
牡丹风不妒，意在自徜徉。

2018 年 10 月 27 日

58. 蝶恋花·青葙

蝶恋青葙秋不去，漫漫长空，
更把斜阳举。
一水一山终不负，黄昏一任芳心妒。
白鹭翩翩君独步，寂寞馨香，
执意冲天舞。
风系残荷明月露，红牵秋韵诗书赋。

2018 年 10 月 28 日

59. 蝶恋花·蒹葭

总向黄昏无限好，瑟瑟风凉，
浅水知秋早。
一袖斜阳横笛傲，青山归梦云烟晓。
柳影凌波空渺渺，红叶飘飘，
又把相思道。
煮酒禅心尘未了，一轮明月幽窗扫。

2018 年 10 月 28 日

60. 天净沙·初冬怀远

青葙粉蝶黄蜂，淡烟流水惊鸿，
落叶残阳客家。
冬来秋送，净天心画芳容。

2018 年 10 月 29 日

61. 天净沙·初冬即景

芦花瑟瑟临江，清波漫漫痴狂，
菊瘦荷残傲霜。
空山回望，任秋风送斜阳。

2018 年 10 月 29 日

62. 天净沙·了无常

红枫飞坠残阳，梧桐明月幽窗，
世事如风过往。
云烟叠嶂，断尘缘了无常。

2018 年 10 月 30 日

63. 江城子·夜话江湖

痴心把酒兑晴空。
剑魂浓，夕阳红。

幽幽一指，绝地化双龙。
锁定云烟飞向晚，归路净，步从容。
江湖自在月明中，半山风，任匆匆。
桃源问道，聚散本无踪。
惯看青灯凭夜色，尘梦断，入苍穹。

2018 年 11 月 1 日

64. 听枫

一把清风瘦，半山明月空。
潺潺流水意，不与落花同。

2018 年 11 月 2 日

65. 即兴题画

芦苇掩斜阳，云烟醉梦长。
青峰明月里，听瘦落花黄。

2018 年 11 月 2 日

66. 读荒月诗有感

诗心禅冷色，云外雁无踪。
若有花香过，魂归一线峰。

2018 年 11 月 3 日

67. 听秋

山菊含香瘦，红枫醉酒痴。
青峰收一梦，流水月中诗。

2018 年 11 月 3 日

68. 银杏绿黄时

秋风剪影欲成诗，银杏禅心捣梦迟。
何必一寻金色路，归来半醉绿黄时。

2018 年 11 月 3 日

69. 写意枯藤

凌峭曼疏闲，色空方寸间。
云山知妙境，落魄古风前。

2018 年 11 月 4 日
有感于吕崇有老师书法

70. 轱辘体嵌句
"水中月好镜花凋"

（一）

水中月好镜花凋，不是山风锁二乔。
清菊红枫同醉舞，凌波细细色空描。

（二）

石畔生香疑有色，水中月好镜花凋。
秋深横笛红尘外，洞见天心把梦摇。

（三）

青灯钟鼓对渔樵，落叶黄昏把洞箫。
寂寂空山归雁过，水中月好镜花凋。

2018年11月4日

71. 听菊

秋风不问菊花残，只把秋心古韵弹。
白雪阳春流水意，平沙落雁醉渔欢。

2018年11月5日

72. 菊之小调

料峭抖秋风，飞身一袖红。
三分开半醉，如梦月明中。

2018年11月5日

73. 菊之风摇

摇落秋风兑晚霞，枝头横笛话蒹葭。
君卿本是霜中物，漫步何须把傲夸。

2018年11月6日

74. 轱辘体诗嵌句"雪葬秋心锁梦缘"（新韵）

（一）

雪葬秋心锁梦缘，红尘内外一空山。
风中扑簌沉香客，竹外青松挂素帘。

（二）

煮茶兑酒欲飞天，雪葬秋心锁梦缘。
野径霜凭菊自在，红枫听月醉无眠。

（三）

老树吟风诗意漫，花敲古道水云间。
黄昏若问乡音改，雪葬秋心锁梦缘。

2018年11月7日

75. 紫荆花

空山花不语，最是夕阳红。
叶落云烟淡，尘缘一梦中。

2018年11月8日

76. 无题

一梦落天涯，开成五色花。
风云禅万变，掬月入千家。

2018年11月9日
即兴题《明月楼》16期

77. 乡村即景

空山寻旧梦,野菊冷残阳。
不在红尘路,何需一点黄。

2018 年 11 月 10 日

78. 蝶恋花·莫遣红枫伤古调

莫遣红枫伤古调,
流水空山,遍染斜阳俏。
蜂蝶无踪霜雪傲,如花片片知春到。
醉揽青峰回影笑,
醉舞云烟,醉把尘缘了。
世事无常天有道,诗心归梦黄昏早。

2018 年 11 月 10 日

79. 白菊有韵

迎风一展傲红颜,梦锁诗心冷月边。
听醉空山流万古,清凉噬酒退方圆。

2018 年 11 月 10 日

80. 红菊听风

冷骨步深红,听秋几缕风。
凌霜孤傲处,独唱一回空。

2018 年 11 月 10 日

81. 鬼针草

冷冷秋风里,明明自在花。
绵针如暗器,出鞘问天涯。

2018 年 11 月 10 日

82. 无题

由来山果落,细雨浣尘沙。
若问清秋梦,霜风把菊花。

2018 年 11 月 10 日

> 蝶恋花深花恋蝶,风随雨远雨随风。

83. 空山琴音(新韵)

空山黄菊听风,风过斜阳青松。
松下童子横笛,笛声起落皆空。

2018 年 11 月 11 日

84. 黄昏

黄昏零落意,斜阳照水痴。
落花轻拂梦,归去话新诗。

2018 年 11 月 11 日

85. 蝶恋花·枫林醉

路转峰回红帐美,片片飞花,
律动霜林醉。
石畔轻寒凌碧水,斜阳梦里听禅味。
瑟瑟秋风秋意沸,一曲高歌,
欲揽乾坤泪。
泪洗红尘千万事,来春枝上青云辔。

2018 年 11 月 11 日

86. 蝶恋花·菊梦

黄瘦红肥都是梦,梦里霜风,
梦里佳人共。
欲寄早春梅影动,新诗剪雪乾坤纵。
更揽残荷深浅诵,不为芳菲,
不为清凉弄。
把酒东篱明月宠,归心听醉空山梦。

2018 年 11 月 12 日

87. 晚餐五味

清水煮白菜,依稀明月寒。
既知君意冷,又恐素衣单。
搁点葱姜蒜,加成麻辣酸。
风尘频掩泪,全在自心宽。

2018 年 11 月 12 日

88. 一树花

漠漠清寒夜,尤怜一树花。
疏枝开半醉,淡影揽微斜。
才破低头月,又横天净沙。
空山凭黛色,漫雪不思家。

2018 年 11 月 12 日
观张仕明的画有感

89. 咏菊

花谢不飞花,风霜是我家。
残阳莫问道,一度一寒沙。

2018 年 11 月 14 日

90. 蝶恋花·枫叶

枫叶一枚秋一冢，长醉青峰，
静待春之梦。
梦里诗心诗意动，黄昏佐酒残阳送。
漫漫人生谁借宠？排鹤晴空，
依旧花前恐。
长恨经年流影共，无情更把情深种。

2018 年 11 月 16 日

91. 蝶恋花·银杏

冻雨敲窗飞只影，高处愁云，
一色输银杏。
解落三秋还淡定，霜风阵阵明黄亘。
两两三三闲起兴，欲诉黄昏，
远黛无需赠。
略取诗心依小径，浓浓锁住残阳岭。

2018 年 11 月 17 日

92. 冬日黄昏

落叶随风飘荡，秃枝横断斜阳。
衰草萋萋步韵，来春不再漫长。

2018 年 11 月 18 日

93. 读杨施民老师花诗随感

春秋一梦长，风雨不彷徨。
留得花诗在，空明夜夜乡。

2018 年 11 月 21 日

94. 读杨施民微小说随感

荒唐岁月荒唐事，信手拈来祭古今。
明月无声听断梦，哪堪浊酒论浮沉。

2018 年 11 月 22 日

> 雪月风花叫醒，水光山色沉吟。

95. 冬天里的水杉树

一树晚霞红欲火，斜阳梦里泪何多？
小雪夜来轻过往，明朝酒醒弄婆娑。

2018 年 11 月 23 日

96. 归燕来

雪上加霜何厉厉，残枝瘦骨待花开。
青山有梦诗心在，翘首斜阳归燕来。

2018 年 11 月 23 日突闻归燕生病有感

97. 城乡之间（新韵）

乡里月明城里灯，城乡一水过分明。
青山道道斜阳晚，归客心中自纵横。

2018 年 11 月 24 日
听张云词、彭涛曲《城里乡里》随感

98. 小编辛苦

痴心本在空处，空处横竖了悟。
飞花细雨禅门，各凭初心归路。

2018 年 11 月 26 日以此诗谢过
《南部文化网》小编刘铭老师

99. 书法有韵（新韵）

天宽地厚气酣然，老树横秋势更闲。
飞瀑枯藤空色处，阴阳一体话方圆。

2018 年 11 月 26 日
观吕崇友老师书法随感

100. 诗心

诗心何饱满？瘦骨绑嶙峋。
抛却唐风泪，闲描宋韵真。
才听花落去，又渡月迷津。
雪落凭幽梦，翻开一半春。

2018 年 12 月 3 日读杨剑横组诗随感

101. 即兴题画

翠筱疏明月，扁舟钓晓星。
云烟昨夜梦，不锁远山青。

2018 年 12 月 3 日

> 大雪纷飞，半掩红梅天欲绝；
> 芦花瑟缩，幽藏白发梦全开。

102. 题吕崇友老师书法

缘藤攀峭壁，抱朴落花深。
泼墨随浓淡，溯源流古今。
风云无幻处，玉露弃空音。
彼岸莲台净，回头问本心。

2018 年 12 月 5 日

103. 雾霾不再

霜风入骨来，雨后百花开。
夜雪天心净，梅香把梦裁。

2018 年 12 月 5 日

104. 相见欢·忆秋游天台山

山花烂漫无愁,水幽幽。
古树森森向晚、把云收。
蝶起舞,惊飞鹭,荡扁舟。
一丈残阳问道、月清修。

2018 年 12 月 6 日

105. 赋得"云在青天水在瓶"

云在青天水在瓶,黄昏花落用心听。
人生到底何相似,一岸星星对月明。

2018 年 12 月 6 日
读杨岸森文章
《读云在青天水在瓶》随感

106. 高矮

乾坤本一家,高矮落成花。
风景山山好,青青兑晚霞。

2018 年 12 月 7 日
有感于七庄主母子秀

107. 无题三首

（一）

回头一景半回头,景在镜中云影收。
落叶归来听自在,秃枝有梦去风流。

2018 年 12 月 11 日
即兴题欧阳仕茂君的随拍

（二）

生老病死律,油盐茶饭真。
花开花落古,月缺月圆新。
梦里禅而悟,醒来贪又嗔。
云烟轻过往,枯木笑逢春。

2018 年 12 月 13 日
读马经义文章随感

（三）

二月春风寒料峭,河中冰雪已融消。
心归黛色空蒙夜,一任浮萍万里寥。

2018 年 12 月 15 日
因二月河病逝有感

108. 月亮之舞

明月空空照,山歌水自流。
风知花落事,初定唱渔舟。

2018 年 12 月 15 日
看杨丽萍舞蹈《月亮》随感

109. 雀之灵

闻风即起舞,月照树梢头。
醉有花开色,孤心万象收。

2018 年 12 月 15 日
看杨丽萍舞蹈《雀之灵》随感

> 枯树残阳平淡味,溪流明月古今风。

110. 无题

流水空山自在春,石间有韵拂轻尘。
西风只扫闲愁路,更把落花飞近邻。

2018 年 12 月 16 日
有感于吕崇友老师书法

111. 无题三首

（一）

明月何时有?洞箫声里长。
诗魂诗意在,心自太空翔。

2018 年 12 月 20 日
听杨施民先生曲有感

（二）

光阴问水流,月是几时休?
花落红尘客,风凉万古秋。

2018 年 12 月 20 日即兴题画

（三）

诗心自著空,万物本相通。
翠竹婆娑影,炊烟袅袅风。

2018 年 12 月 22 日

> 雪里相思红豆色,松间落寞洞箫声。

112. 平安夜（新韵）

思君之意怯,遥寄道平安。
若有新诗问,红尘泪自煎。

2018 年 12 月 24 日

113. 对雪酿诗

对雪酿诗诗意远,煮茶斟酒酒添香。
幽窗夜夜青灯下,月破空明醉影长。

2018 年 12 月 25 日

114. 老树（新韵）

心自向云天，枝枝叶叶繁。
风敲零落梦，根劲谱前缘。

2018 年 12 月 25 日

115. 光阴

今古长河梦，春秋日月风。
红尘缘有尽，你自色空同。

2018 年 12 月 25 日

116. 麻雀（新韵）

起落复起落，高低方寸间。
翻飞如瘦燕，停靠似苍山。
不话青云志，描眉浅水滩。
只身衰草地，笃定是前缘。

2018 年 12 月 26 日

117. 腊月

梅雪香残夜，静听年味浓。
诗心无古意，却道有青松。

2018 年 12 月 28 日

118. 如梦令·听雪

天地茫茫一片，谁似这般清浅？
白色晕容颜，不傲不娇不淡。
惊变，惊变，大道阴阳至简。

2018 年 12 月 29 日

119. 雪中芦花（新韵）

芦花对雪两相煎，瑟瑟迎风不卖寒。
只待春风裁料峭，黄昏沽酒谱新篇。

2018 年 12 月 29 日

120. 长相思·雪中红豆

长相思，短相思。
短短长长心自知，霏霏雨雪时。
天相思，地相思。
天地依稀梦里痴，飞花妙笔诗。

2018 年 12 月 29 日

121. 忆江南·雪中火棘

飞雪醉，还是火红天。
老刺青枝疏瘦影，霜风寒鸟锁空弦。
独步在春前。

2018 年 12 月 29 日

122. 卜算子·雪松

任尔舞霜风，不改春秋色。
飞雪连天醉向天，深浅云烟墨。
莫问古今缘，莫道红尘得。
寂寂幽幽淡定修，不是迟疑客。

2018 年 12 月 29 日

123. 一七令·雪

雪。
天心，明月。
水中诗，风中铁。
老树生色，秃枝守倔。
衰草点娥黄，残花妆笑靥。
松盘傲骨无塞，竹舞婆婆有节。
幽窗一夜煮茶凉，空对酒帘听烈烈。

2018 年 12 月 30 日

124. 一七令·竹

竹。
空山，幽谷。
傲比松，青似玉。
守节宁朴，虚心慎独。
根向土中净，心向蓝天宿。
横笛鹧鸪破晓，把酒东篱对菊。
纷飞雪里弄婆婆，抽笋问禅明断续。

2018 年 12 月 30 日

125. 雪思

翠竹弄婆婆，枯枝对雪歌。
红梅开自在，谁独念残荷？

2018 年 12 月 30 日

126. 鹧鸪天·辞旧迎新

诗意人生每一天，雪中月亮话来年。
红尘本是寻常路，世道无非苦雨帆。
扬壮志，淡云烟，逍遥不用悟三千。
黄昏一息穷通变，聚散浮沉天地间。

2018 年 12 月 31 日

【注】《诗意人生》是我的第一本诗集名，正在出版中。《雪中的月亮》是我给第三本诗集取的名字。以此辞旧迎新。

127. 依韵和裁云小二的《五绝·腊月》并嵌句"孤山已放梅"

孤山已放梅,小二莫贪杯。
夜雪知时节,东君醉梦回。

2018 年 12 月 31 日

128. 依韵再和裁云小二的《五绝·腊月》

琼也不贪杯,茶香可问梅。
同修清雅意,瘦骨莫相催。

2018 年 12 月 31 日

附裁云小二的原诗:

五绝·腊月
　　文/裁云小二
围炉消岁暮,煮雪待传杯。
邀得东君未?孤山已放梅。

129. 雪醒秃枝

雪醒秃枝梦,东君一步回。
听寒销傲骨,喜极向梅催。

2018 年 12 月 31 日

130. 踏雪访梅

踏雪访梅梅不在,便向空山老树枝。
几度凌云歌壮志,风敲梦醒涅槃时。

2018 年 12 月 31 日

131. 秃枝听雪

秃枝听雪醉,抖擞雪精神。
不弃空山立,青松欲语贫。

2018 年 12 月 31 日

132. 菩萨蛮·写梅

疏枝醉酒飞红印,霜风铺雪堆春信。
瘦影不矜骄,晚霞零落敲。
君心明月貌,蝴蝶休来扰。
泼墨远方诗,洞箫声里痴。

2019 年 1 月 1 日

133. 朝中措·空山访梅

空山有梦雪中窥,翠竹掩门扉。
老树枯枝生色,悠然再见红梅。
娇姿半面,不羞不傲,玉蕊微微。
我欲尘心一剪,禅诗把酒西归。

2019 年 1 月 1 日

134. 梦里梨花落

梦里梨花落,江风阵阵歌。
催君思彼岸,醉也莫蹉跎。

2019 年 1 月 1 日
读杜安成的
《又见梨花香似海》随感

135. 一七令·梅

梅。
傲骨,芳菲。
寒中立,雪中堆。
春秋不许,浓淡不摧。
煮茶诗落寞,酿酒月徘徊。
不向故园争宠,只缘荒冢纷飞。
阳春白雪横一笛,流水高山断魂归。

2019 年 1 月 1 日

136. 一七令·人

人。
天地,微尘。
生不易,死无存。
平平淡淡,假假真真。
空山花自落,流水月难吞。
一道夕阳长醉,半窗风雨安贫。
诗中兑酒论禅意,泼墨送春又黄昏。

2019 年 1 月 1 日

137. 踏莎行·雪中听梅

雪似梨花,梅如寒蝶,
梨花带雨霜飞洁。
诗心把酒煮黄昏,空山独自潇湘绝。
老树虬枝,千差万别,
红尘冷暖频三叠。
无非君子爱闲妆,云烟泼墨今时月。

2019 年 1 月 2 日

138. 题决明果

秋天我是花,硕果雪中夸。
不是嫌春早,梅边欲剪霞。

2019 年 1 月 3 日

139. 雪里见海棠

梅边静静开，隐隐剪愁怀。
不兑乡思泪，早春偷入来。

2019年1月3日

140. 腊月初一咏红梅

微笑待霜风，盈盈不语红。
只剪无边色，纷纷傲骨中。

2019年1月6日

141. 腊月初三咏白梅

不锁无边色，喜听寒鸟声。
霜风轻问路，不辨是阴晴。

2019年1月8日

142. 腊月初四咏梅

霜风洗面知春近，一半沧桑一半花。
横笛疏枝先谱曲，怕谁三弄洞箫夸。

2019年1月9日

143. 守真

知真自守真，踽踽夜行人。
流水空山月，松风入韵新。

2019年1月6日
有感于吕崇友老师书法

144. 翻旧诗有感

清水煮茶翻旧卷，光阴寸寸中闲。
春秋几度尘封处，但见落花开笑颜。

2019年1月6日

145. 无题

至简至繁空色，至浓至淡云烟。
至疏至密形影，至高至低随缘。

2019年1月6日

146. 空山

山风不落尘，山鸟自鸣春。
山月归来晚，山花雨后新。

2019年1月8日读杨剑横组诗随感

147. 无题

诗如傲骨梅,魂自向天催。
大雪纷飞夜,枝枝把梦堆。

2019年1月8日
读杨岸森《父亲与佛教、
戏剧情结》随感

148. 山风也有根

青苔开远道,枯树闭禅门。
若问云烟故,山风也有根。

2019年1月8日

149. 无题

红梅对雪两相知,天地君心怎把持?
傲骨一身寒影瘦,黄昏绝唱胜春枝。

2019年1月8日
以此诗祝邵培德老师生日快乐

听梅三弄影,掬月两知音。

150. 腊月初五咏梅

腊月自题诗,篇篇醉秃枝。
暗香乘夜去,春在梦中痴。

2019年1月10日

151. 雪梅

谁筛玉蝶舞梅花,又让霜风剪晚霞。
醉卧清香明月夜,一番傲骨散千家。

2019年1月11日

152. 腊月初七听梅

我本冬之女,嫣红雪里堆。
香飞清气漫,天地莫能催。

2019年1月12日

153. 腊月初九咏红梅

我自向阳开,霜风不用裁。
香魂寒入骨,夜夜拂春台。

2019年1月14日

154. 腊月初十咏绿梅

写意意迟迟，描眉不带诗。
霜风疑是泪，颗颗洒空枝。

2019 年 1 月 15 日

155. 破阵子·梅

多少红尘过客，诗书淡墨春秋。
一任霜风挑料峭，两两三三点点愁。
无心枉自修。
明月空山描黛，半闲半醉枝头。
几度斜阳抛瘦影，唤醒东君试眼眸。
乾坤一梦收。

2019 年 1 月 15 日

156. 腊月十一咏绿梅（新韵）

梅自绿装深，霜风若有痕。
知君离别意，不似过前村。

2019 年 1 月 16 日

157. 腊月十二咏红梅

红梅不醉蝶，蜂自唱春来。
不问红尘事，殷殷倦眼开。

2019 年 1 月 17 日

158. 腊月十三咏梅

疏枝意纵横，空处更无声。
听罢萧萧去，不知谁梦惊。

2019 年 1 月 18 日

159. 三字令·咏梅

凭傲骨，任纷飞。又春归。疏处醉，
意微微。抖霜寒，添韵致，谱芳菲。
歌我曲，纵君杯。莫徘徊。明月里，
淡描眉。一笺诗，人若去，影相随。

2019 年 1 月 21 日（腊月十六）

160. 破阵子·咏梅

三九梅花一朵,霜风无处消磨。
雪里嫣红非巧笑,醉梦春回一色多。
东君任性歌。
人世沧桑别过,光阴似箭吟哦。
一剪孤清空处落,只为归根唱大和。
诗心断旧窠。

2019 年 1 月 23 日(腊月十八)

161. 咏梅

本性爱空山,往来呼吸间。
不知流水意,雪里弄悠闲。

2019 年 1 月 23 日

162. 观瓶插梅有感

一瓶半纸倩谁怜?寂寂幽幽断古弦。
君本绝尘天外客,馨香遗世破中圆。

2019 年 1 月 23 日

163. 读归燕诗有感

本具傲霜枝,听风落梦痴。
清如明月许,节似万钧诗。

2019 年 1 月 18 日

164. 无题两首

(一)

欲步乾坤韵,嫣红写就春。
声声清脆里,问道夜行人。

2019 年 1 月 21 日
以此诗祝刘铭老师生日快乐

(二)

一声清脆破寒空,瑞雪纷飞万里同。
母子平安添傲骨,年年此日对梅红。

2019 年 1 月 21
以此诗祝刘铭老师生日快乐

165. 竹枝·梅

疏寒弄影对黄昏。斜阳唱晚去无痕。

166. 竹枝·兰

空山处处佩清弦。幽幽寂寂梦相牵。

167. 竹枝·竹

婆娑弄影色青青。天涯淡淡月分明。

168. 竹枝·菊

霜风执意上枝头。红黄梦里写清秋。

2019 年 1 月 23 日

169. 三字令·云漫漫

云漫漫,柳青青。落花听。山有色,意无凭。看炊烟,风起处,自飘零。
春问道,莫闲行。日升腾。秋叶舞,月分明。叹红尘,贪恋曲,误平生。

2019 年 1 月 21 日

170. 江湖

江湖一扇门,落寞对黄昏。
不是红尘客,缘何洗泪痕。

2019 年 1 月 22 日

171. 山有脊梁

山有脊梁花有色,空潭自许水深沉。
星河误落红尘梦,醉把清风满地寻。

2019 年 1 月 22 日

172. 问水

几多愁似水,东去复西归。
最是无情处,斜阳任鸟飞。

2019 年 1 月 25 日

173. 无题

山闲水也闲,上下一云天。
问道无今古,清风月自圆。

2019 年 1 月 25 日

174. 石痴

一把沧桑泪,乾坤醉意真。
癫狂如有醒,能道半江春。

2019 年 1 月 28 日

175. 无题三首

(一)

山风拨动山弦,流水流绿桑田。
诗心明月有寄,长短都是善缘。

2019 年 1 月 29 日

（二）

一方山水一方人，山水从来四季春。
春有鲜花秋有月，诗词歌赋写天真。

2019 年 1 月 31 日

（三）

一尘不染对天心，曲处听声直处吟。
山水不言虚实意，月光有梦自浮沉。

2019 年 1 月 31 日

176. 画堂春·多情莫问故乡人

东风一夜海棠春，嫣红一抹霜痕。
腊梅淡淡向黄昏，半是归根。
一曲新词煮酒，笑谈梦里乾坤。
多情莫问故乡人，泪眼纷纷。

2019 年 1 月 31 日

177. 画堂春·年关

诗心零落在黄昏，幽窗半掩风尘。
洞箫声里梦无痕，自渡迷津。
细数陈年旧事，铺排一曲阳春。
今宵醉酒舞乾坤，也有天真。

2019 年 2 月 2 日

178. 画堂春·年味

张灯结彩换春联，吉祥福寿平安。
窗明几净话新篇，春满人间。
爆竹声声除岁，红梅朵朵疏闲。
浓浓年味醉心田，鼓乐喧天。

2019 年 2 月 3 日

179. 醉妆词·除夕

手中有，梦中有。醉醒都依旧。
画中有，月中有。柳影诗心瘦。

2019 年 2 月 4 日

180. 梧桐影·除夕

归影斜，黄昏后。
千古月明同不同，而今只论杯中酒。

2019 年 1 月 4 日

> 祝福声中除夕至，
> 吉祥语里立春来。

181. 梧桐影·白梅

疏影斜,归心净。
知是故人颜色真,听声可得春风令。

2019 年 2 月 4 日

182. 过年

万紫千红又一春,莺歌燕舞醉乾坤。
平安不忘回家路,龙凤呈祥贵有根。

2019 年 2 月 4 日

183. 诗词喜迎春

除旧迎新日,诗词赋立春。
煮茶闲问道,醉酒论知音。

2019 年 2 月 4 日

184. 南歌子·红梅

已是春风色,无需再扑妆。
疏处自馨香。
问君何事去,意惶惶。

2019 年 2 月 5 日

185. 白梅

不问东风事,馨香自绝尘。
君横疏影处,寄我一枝春。

2019 年 2 月 7 日

186. 忆江南·咏梅

疏影处,款款动春风。
不问高山流水意,只弹白雪落花红。
道在有无中。

2019 年 2 月 7 日

187. 十六字令·梅

梅。不信东风唤不回。
霜寒夜,偏向雪中堆。

2018 年 2 月 8 日

188. 南歌子·菜花

不用玫红色,沧桑一夜空。
描黛冷颜中。
问谁春去处,数黄蜂。

2019 年 2 月 5 日

189. 南歌子·问芦花

料峭春寒起,风姿一样轻。
人瘦更飘零。
问君知意尽,杖何灯?

2019 年 2 月 5 日

190. 大年初二审诗稿有感

谁把光阴半酿诗,读来终觉是陈词。
春风已剪江边柳,何不听梅醉梦时。

2019 年 2 月 6 日

191. 调笑令·光影

光影,光影,内外空空不冷。
一方山水明珠,天上人间画图。
图画,图画,哪堪月圆练挂。

2019 年 2 月 8 日

> 流水潺潺青石畔,春风剪剪柳眉梢。

192. 大年初五偶成

未接财神未出门,诗词几首又黄昏。
平平仄仄平平仄,不锁穷愁锁自尊。

2019 年 2 月 9 日

193. 调笑令·迎春花

春到,春到,静静花开不闹。
枝枝朵朵金黄,不艳不娇梦扬。
扬梦,扬梦,春去春来不送。

2019 年 2 月 10 日

194. 调笑令·红梅赞

红艳,红艳,一动春风无憾。
霜寒听韵扬鞭,瑞雪听心梦残。
残梦,残梦,零落黄昏不恐。

2019 年 2 月 10 日

195. 柳芽

不问春风处,黄芽已立新。
斜阳归梦晚,不弃远山贫。

2019 年 2 月 11 日

196. 观夜景有感两首

(一)

无梦可蹉跎,乾坤宝镜磨。
三生三世外,风雨自婆娑。

2019 年 2 月 12 日

（二）

你从远古走来，九天歌舞初排。
一曲一帘幽梦，风雨万般剪裁。

2019 年 2 月 12 日

197. 清波

山借夕阳红，清波妙舞中。
明知春有色，却道落花空。

2019 年 2 月 12 日

198. 光影

虽有天宫色，无非寂寞风。
原无明白处，怎叹落花红。

2019 年 2 月 13 日

199. 海棠

疏篱关不住，更比晚霞红。
若问山中事，浮夸几缕风。

2019 年 2 月 13 日

200. 早春

梅边春色早，已是菜花黄。
几处庭前绿，疏疏把梦扬。

2019 年 2 月 13 日

201. 捣练子·菜花

凭旧梦，借疏狂。
半锁青山半问郎。
料峭春风吹酒醒，飞来一片是金黄。

2019 年 2 月 15 日

202. 捣练子·红梅

横笛舞，一袍风。
惊落黄昏醉梦中。
款款春归知去路，倩谁犹记落花红。

2019 年 2 月 15 日

203. 读郭庆澄老师诗词随感

一年一度一溪云，一草一花诚问君。
硕果累累风醉雨，煮茶待客是诗文。

2019 年 2 月 16 日

> 春雨无声梳翠柳,春风有意剪红梅。

204. 春色两首

(一)

翠柳扶风问晚霞,红黄遍地是谁家?
乾坤不语青山隐,蝶舞蜂飞不自夸。

2019 年 2 月 16 日

(二)

柳芽新韵菜花黄,枯树梅边问海棠。
不是东风声势大,人闲春色更疏狂。

2019 年 2 月 17 日

205. 忆王孙·柳下思君

斜阳一丈一空愁,柳下思君细水流。
不是他年寂寞秋。
半生休,半世浮萍一叶舟。

2019 年 2 月 21 日

206. 长相思·柳岸青青

风一丝,雨一丝。
春去春来春又痴,春山不语迟。

不相思,叹相思。
柳岸青青陌上诗,问君知不知。

2019 年 2 月 23 日

207. 无题(新韵)

无意揉风雨,缘诗自在行。
天涯又日暮,花落任浮萍。

2019 年 2 月 24 日
读樊旭东的
《九九消寒组诗》随感

208. 忆王孙·柳芽喜雨

黄芽破晓燕飞惊,春雨无声胜有声。
梅谢桃花绿自行。
纵归零,酒醉茶香曲外听。

2019 年 2 月 24 日

209. 醉妆词·柳(三首)

(一)

一枝柳,两枝柳,剪剪春风手。
两枝柳,一枝柳,默默黄昏后。

（二）

柳生色，水生色，寂寂相思客。
水生色，柳生色，酒醉无长策。

（三）

柳飞韵，燕飞韵，雨细扁舟问。
燕飞韵，柳飞韵，旧事何须论。

2019年2月25日

210. 咏柳

疏柳一江新，柔柔笑语春。
空山松柏意，绿色最天真。

2019年2月26日

211. 如梦令·菜花

一梦冲天豪迈，风雨云烟轻快。
不瘦不肥身，最是苍生至爱。
休怪，休怪，蜂蝶惺惺作态。

2019年2月26日

212. 蚕豆花

东风卷蝶帘，门外试青衫。
不做相思豆，归来好解馋。

2019年2月27日

213. 豌豆花（新韵）

绿自成材花自爱，半闲山水半铺排。
斜阳问道炊烟起，下酒凭风滚滚来。

2019年2月28日

214. 诗意人生

诗意人生路，花间掬月明。
乾坤同入梦，流水听松声。

2019年2月28日
以此诗记住我的第一本诗集
《诗意人生》到来的日子

215. 无题

天宽地厚始生云，云自悠悠哪问君。
君若三生诚有信，何须千里垒孤坟。

2019年3月1日

216. 和郭庆澄诗《题图·春景》

不与春风过小桥，山花昨夜又吹箫。
箫声起落惊君梦，梦里分明路不遥。

2019年3月13日

附原诗：

题图 · 春景

　　文 / 郭庆澄

列岸墙明柳色娇，十分好景意中描。
谁人只作痴痴望，不与春风过小桥。

217. 读窦华老师诗词随感

云水落花云水梦，唐风宋雨哪堪寻。
春秋不事离人泪，柳绿黄昏问道心。

2019 年 3 月 13 日

218. 贺唐芳文喜得千金

正是桃红柳绿时，春光一意赋新诗。
凤凰飞入唐家院，展翅高歌赞有词。

2019 年 3 月 17 日

219. 桃花

山风筛雨粉桃花，一半珠帘一半纱。
零落溪边听暮鼓，和羞却向水中夸。

2019 年 3 月 19 日

220. 与成都诗书画院交流有感

（一）

桃红柳绿杏花风，泼墨枝头意更浓。
千古文章书画事，气如君子骨如松。

（二）

气如君子骨如松，杨柳依依不舍中。
歌管声声留客晚，从来二月太匆匆。

（三）

从来二月太匆匆，千里诗心一韵同。
不问黄昏蜂蝶舞，只缘把酒月当空。

2019 年 3 月 19 日

221. 听何佳、彭涛、刘铭歌曲《湖中梦》有感

斜阳逐水向东流，明月依山水更幽。
本是一方清静地，春风何处不回头。

2019 年 3 月 19 日

222. 半湖山水

绿扶疏影剪清诗,内外云天一梦痴。
两岸清风频过往,半湖山水惹相思。

2019 年 3 月 20 日

223. 野草花

陌上田边野草花,诗心有寄是天涯。
春秋无谓长和短,风雨放歌频发芽。

2019 年 3 月 20 日

224. 题《虎耕图》

山中无百兽,哪敢再称王。
还是黎明起,先扶农与桑。

2019 年 3 月 22 日

225. 葱花

星星试管弦,无意写春天。
本是匆匆客,何愁一贯钱。

2019 年 3 月 24 日

226. 如梦令·雨后即景

一洗云天厚土,一曲斜阳独步。
莫道故人心,山后山前不古。
一度,一度,一度尘沙细数。

2019 年 3 月 24 日

227. 霜天晓角·庄周会

一江春水。流动春光美。
归燕衔泥掠影,柳间戏、花间醉。
岁岁。春有替。雨洗青云髻。
天际悠悠扬梦,蝴蝶舞、庄周会。

2019 年 3 月 24 日
以此诗记录邵培德老师回南部,
朋友们聚会的开心快乐

228. 绣球

谁家玉女自吹箫,不似春风锁二乔。
零落东君无限梦,青云之上问逍遥。

2019 年 3 月 27 日

【注】绣球,又叫绣球荚蒾、木绣球、
绣球花等。花语:至死不渝的爱情。

229. 无题两首

（一）

山水知禅意，云烟破法门。
人生无捷径，不变是黄昏。

2019年3月27日

（二）

大道本无形，随缘独自听。
乾坤虚实意，空处色飘零。

2019年3月27日
读古卷堂《中国美学意境：
空灵与充实》随感

230. 如梦令·樱花

二月春风满面，一树花开有盼。
莫问旧时光，梦锁几多恩怨？
如幻，如幻，流水听松渐远。

2019年3月28日

【注】樱花花语：爱情与希望。

231. 即兴题画

最是黄昏落寞时，霜风欲解雪中诗。
馨香不问红尘客，自向深山告老枝。

2019年3月28日

232. 春风写意

春风写意入新诗，淡淡云烟归梦迟。
花剪斜阳一串串，柳裁明月一枝枝。

2019年3月29日

233. 行香子·半世红尘

半世红尘，风雨同舟。
谁知我、与梦清修。
空山流水，花落春秋。
问身边事，窗边月，岸边愁。
斜阳醉晚，古调沙洲。
云天远、壮志难酬。
泠泠只影，白发难收。
愿开心过，宽心睡，匠心丢。

2019年4月2日

234. 一江春水

一江春水净，一岸落花空。
空处观今古，生生不已中。

2019年4月4日

235. 疏林着绿装

疏林着绿装,自在舞阳光。
点亮春秋路,空山一段长。

2019 年 4 月 8 日

236. 采桑子·青山依旧

青山依旧春来绿,把酒临风。
把酒临风,一祭苍天亘古中。
飞花如梦终归去,蝶恋空空。
蝶恋空空,欲赋新诗问老翁。

2019 年 4 月 8 日
有感于郑大谟先生诞辰 110 周年

237. 无题

浮沉天地间,聚散只凭缘。
梦里敲风雨,溪边叩小船。
高歌花有径,低唱水无弦。
既得琴瑟意,何须空入禅。

2019 年 4 月 10 日
读樊旭东诗词随感

238. 竹

敲风碎影把云天,更向落花深处眠。
玉节知空空处立,可凭一意话三千。

2019 年 4 月 10 日

239. 山自横屏

山自横屏黛色深,云天入水见真心。
高低只是蓬莱客,深浅无非问古今。

2019 年 4 月 11 日

240. 有感于马诚伟先生其人其诗(新韵)

诗词歌赋平常事,风雨听心总在春。
不屑人生长恨短,只凭豪迈丈乾坤。

2019 年 4 月 12 日

241. 一曲阳春舞

落花流水意,枯树赋新枝。
一曲阳春舞,空山处处诗。

2019 年 4 月 12 日
有感于吕崇友老师书法

242. 一笔皴开万古天

一笔皴开万古天，霜风欲罢不能眠。
高山流水本无意，裁入诗书非偶然。

2019 年 4 月 12 日
有感于吕崇友老师书法

243. 听水草

青蛙别唱歌，我自弄婆娑。
柳下重重影，迷离不在多。

2019 年 4 月 12 日

244. 轱辘体嵌句"谁怕春深日影斜"

（一）
谁怕春深日影斜，天天放眼过尘沙。
空山欲枕乾坤梦，流水黄昏动晚霞。

（二）
山花煮酒伴清茶，谁怕春深日影斜。
笑看云烟频聚散，清波揉碎月无华。

（三）
芳草萋萋亦有涯，晴空描黛照落花。
隔帘试问风中客，谁怕春深日影斜？

2019 年 4 月 12 日

245. 画堂春·黄鸢尾

端阳未到自开花，水中更见芳华。
红尘逐梦问袈裟，道在低洼。
一展风姿曼舞，无缘隔岸休夸。
伊人何必在天涯，巧弄胡笳。

2019 年 4 月 12 日

【注】黄鸢尾，又叫黄菖蒲，是水生花卉中的骄子，是代表端午节气的花。花语：信者之福。

246. 大滨菊

东风一夜酿成花，枯树新枝见绿芽。
不是冰心寒若雪，只缘素韵净无沙。
空山醒梦听云语，流水修禅减自加。
寂寞斜阳草中息，同君归去煮清茶。

2019 年 4 月 13 日

247. 菖蒲

写意话三千，无非浅水边。
虚空若无意，大道怎成全？
鸟自凌波去，云孤碎影连。
斜阳知路远，不舍旧时船。

2019 年 4 月 13 日

【注】菖蒲，又叫水剑草、药菖蒲、香菖蒲等。可以驱蚊，提取香油等。花语：婚姻完美。

248. 本色杏林中

本色杏林中，春花秋月同。
以诗言壮志，欲染万千枫。

2019年4月15日
有感于马诚伟教授的诗

249. 巴黎圣母院失火有感

大火向天扬，文明几断肠。
巴黎逐梦远，圣母涅槃凉。
暮鼓晨钟歇，三魂七魄亡。
惊风花下泪，怎洗旧时伤？

2019年4月16日

柳絮归来风细细，天心读罢意融融。

250. 醉虎

半壶日月醉平生，谷雨滂沱把梦惊。
绿野仙踪听一啸，高山放眼自清明。

2019年4月20日观高洪建画随感

251. 读马诚伟教授诗随感

清明连谷雨，往昔对今朝。
明月年年似，春风夜夜雕。

2019年4月19日

252. 听雨

听雨打花枝，春风有别时。
空山凭水韵，又写绿中诗。

2019年4月21日

253. 十六字令·禅

禅。一岸风荷一岸弦。
蛙鸣处，滴滴碎清圆。

2019年4月23日

254. 点绛唇·风雨听花

风雨听花，依稀恍惚香飞罢。
清溪不舍，醉在斜阳下。
寂寂幽幽，漠漠洪荒夜。
天行者，蝉鸣四野，不向云烟借。

2019年5月2日
有感于吕崇友老师书法

255. 暮春雨后

一笔皴开山雨过,群花散作晚霞来。
空山不解红尘事,却让清风把玉裁。

2019 年 4 月 28 日

256. 点绛唇·赤子之心

赤子之心,一轮红日迎风舞。
沧桑今古,谁怕黎民苦?
暮鼓晨钟,一念天心吐。
真几许?年华几度?隐隐孤烟处。

2019 年 5 月 2 日

【注】今日在微信空间看到耿伟老师发的照片,由他取名的滇产莲瓣兰之新品种"赤子之心",一时惊愕不已。借耿老师的话:此兰花黄舌红,瓣质厚而不变形,开品端正,双捧紧扣,中宫甚佳,花大出架,亭亭而立,有君子气象,草芽出土类于素心兰,十分素净。

257. 天净沙·暮春

空山流水飞花,青苔问道兼葭,
石径幽幽弄斜。
蝉鸣风暖,黄昏醉在天涯。

2019 年 5 月 2 日

258. 送母亲回乡做膝关节置换术有感

一生辛苦有谁知?举步维艰话几时。
天地不仁生万物,春秋有序报无期。
空山明月逍遥罢,流水飞花自在驰。
儿女如今皆长大,东风不向故人思。

2019 年 5 月 10 日

雨细花香庭院净,山清水秀白云多。

259. 观满延至老师书法有感

风骨绝尘还自傲,行云流水醉飞花。
豪情壮志云天外,泼墨诗书煮晚茶。

2019 年 5 月 15 日

260. 续梦

(一)

归梦水田间,青青对素颜。
诗书茶酒意,醉后洗灵山。

(二)

醉后洗灵山,清风不等闲。
裁云疏淡墨,越老越贪顽。

（三）
越老越贪顽，斜阳一笔穿。
芭蕉点风雨，来去不相煎。

（四）
来去不相煎，心中一挂牵。
青蛙击暮鼓，不肯醉天然。

2019 年 5 月 15 日

【注】2019 年 5 月 15 日晚上，因刘铭老师发了我以前一首诗而开玩笑续的，觉得好玩，收在此。

原诗如下：

山居（新韵）
天净云山远，林幽竹鸟喧。
红尘本无路，归梦水田间。

2017 年 6 月 1 日

261. 暮雨初歇

谁撒珍珠魅夕阳，飞花不语暗生香。
红尘过客风姿瘦，碧水青天蝶影长。
柳掩浮萍芳草绿，蛙听菡萏杏梅黄。
浮云一片眉梢过，不锁春愁就地扬。

2019 年 5 月 16 日

262. 蛙听白莲

云天何事筛风雨，一洗青莲淡墨痕。
绿盖并擎千古事，珍珠无意碎黄昏。

2019 年 5 月 19 日

263. 栽秧

农家四月正栽秧，斗笠蓑衣见入场。
方寸之间瞄变数，向前向后总相当。

2019 年 5 月 23 日

264. 横笛过陵江

横笛过陵江，依稀蝶影狂。
空山云雾起，水调湿朝阳。

2019 年 5 月 24 日

265. 斜阳仗剑

斜阳仗剑断清波，双柄生风又奈何。
一瞬天涯海角近，倏然四野各嵯峨。

2019 年 5 月 23 日

266. 残荷

褪尽红颜蕊有香,绿萍带雨话幽凉。
卷帘欲动薰风梦,偏爱莲心苦不张。

2019年6月23日

267. 无题

风自潇潇雨自停,白云来去更无声。
青山一洗前朝事,又听落花空处行。

2019年6月28日

268. 薪樵(题大山里的背柴老人)

一肩扛日月,两足动春秋。
不敢绝天地,柴门梦未休。

2019年6月29日

小暑语荷风细细,清明听雨柳飘飘。

269. 凌风一叶舟

碧水凌风一叶舟,斜阳断尾不回头。
青山隐隐开天际,不在红尘几度秋。

2019年7月8日

270. 夕阳

一江碧水一江云,千古何人不识君?
无意青山疏远虑,瘦归月下好修文。

2019年7月8日

271. 相见欢·天心故土

云烟洗尽铅华,笑如花。
一岸天心故土,唱清嘉。
红尘外,谁还在,试袈裟?
风去荷听蛙鼓,自无瑕。

2019年7月9日

272. 霜天晓角·题《高架鸟巢图》

云天高架。飞鸟悠悠下。
风雨惊雷闪电,更烈日、浑不怕。
潇洒?算了罢!四野山如画。
拂晓林深水绿,自来去、无牵挂。

2019年7月11日

273. 云

不变是本色,无中生大千。
时如冰雪曲,倏奏艳阳天。
飞马青峰外,老牛泉水边。
春花拾君意,梦里醉残篇。

　　　　　　2019 年 7 月 11 日

274. 小鸟泛舟

云天生水尔生风,顾盼之间万里同。
不管青山无限事,只凭足底丈星空。

2019 年 7 月 12 日见一小鸟立于
　　枯枝上并随波逐流有感

275. 绿

绿是无边梦,流听一席风。
云烟常作客,老树每凌空。
抹亮春秋色,皴开弹跳弓。
千山凭错落,早晚解穷通。

　　　　　　2019 年 7 月 12 日

【注】弹跳弓,这里用指演奏弓弦
乐器时的运弓技术。如:连弓、分
弓、顿弓、连顿弓、击跳弓、弹跳
弓、抛弓等。

276. 山

寂寂滤尘风,巍巍四野空。
落花轻代谢,流水曲耕耘。
日月无今古,乾坤有变通。
春秋携梦过,不在短长中。

　　　　　　2019 年 7 月 14 日

277. 花

浮生倾一笑,归去了无踪。
蝴蝶翩翩舞,黄蜂款款从。
色凭空绚烂,影举酒彤彤。
流水听风雨,思君意更浓。

　　　　　　2019 年 7 月 16 日

278. 露

无意湿君心,随风自在吟。
清圆生万象,明净锁秋阴。
珠落阳春曲,帘开流水琴。
斜阳猛回首,千里落花深。

　　　　　　2019 年 7 月 17 日

279. 雨

溪前看落花,无意向风夸。
洗尽红尘色,迷离翡翠纱。
蛙听荷自语,竹纵影横斜。
山鸟归来早,闲云点点加。

2019年7月18日

280. 同题·山区学童

山野清风助我鞭,无闲放纵落花前。
宏图一展春秋笔,定让双亲带月还。

2019年7月20日

夏日炎炎去,金秋朗朗来。
云天清且浅,水墨静而开。

281. 喝火令·国庆七十周年有寄(龙谱)

华夏炎黄氏,金秋十月天。
有莺歌燕舞回环。
放眼未来之变,饮水更思源。
一颗红心寄,三春断梦连。
看旌旗猎猎扬鞭。

任我舒怀,任我写平安。
任我纵横驰骋,上下五千年。

2019年8月5日

【注】"任我纵横驰骋"的"纵"字出。

282. 喝火令·风(龙谱)

可醒三更梦。能掀万丈松。
助青黄不屑胭红。
云卷雨筛沙漏,千里自从容。
本醉无声处,偏知有色空。
伴晨钟暮鼓西东。
看那帆扬,看那影朦胧。
看那雁飞残月,天地在心中。

2019年8月6日

283. 喝火令·七夕如今

织女描眉罢,牛郎炒股中。
正荧屏点点匆匆。
花絮满溪飞舞,清泪对梧桐。
雨打芭蕉夜,僧敲彼岸风。
又浑浑噩噩憷憷。
乱许巴山,乱许蜀南松。
乱许水天明月,不变是苍穹。

2019年8月7日

284. 喝火令·雨

万物清零处,潇潇任尔归。
道乾坤落寞恢恢。
云梦水边残月,无语对芳菲。
柳戏春风岸,花开五色肥。
借高山大海迂回。
也画兰心,也画竹之眉。
也画鹤楼听雪,不用总相随。

2019 年 8 月 8 日

285. 喝火令·雷

鬼影何堪惧,妖风不用藏。
待流云浩浩汤汤。
花落叶飞尘舞,谁见有登场?
猛断人间路,撕开日月光。
任山摇地动洪荒。
一瞬天清,一瞬雨迷茫。
一瞬大音希落,笃定是斜阳。

2019 年 8 月 8 日

286. 喝火令·闪电

正负云间客,阴阳雨后歌。
借雷声阵阵凌波。
天地本无虚设,何处不相摩。
绚烂如花落,迷离似梦过。
任东西上下滂沱。
晓见风清,晓见月婆娑。
晓见醉中犹记,内外一星河。

2019 年 8 月 11 日

287. 喝火令·水

洗尽风尘后,无为净土前。
对疏疏朗朗云天。
听雨听心听善,缘聚是桑田。
绝处飞身奏,低洼叠韵弹。
任坡坡坎坎流年。
暗里和弦,暗里唱清欢。
暗里润花滋月,骨肉入三千。

2019 年 8 月 13 日

288. 喝火令·火(龙谱)

万里同风舞,千山借水飑。
掷星星点点流光。
红绿赤蓝谁主,寂寞染霓裳。
浴火凭芝草,飞天是凤凰。
念生生克克长长。
不惧洪荒,不惧大无双。

不惧蓦然归梦,卦卦谱离殇。

2019 年 8 月 13 日

289. 喝火令·云

淡淡随风去,绵绵带雨归。
落花流水瘦还肥。
山岸柳烟樵外,何处不低眉。
缈缈蓝天梦,飘飘井底诗。
竹篱茅舍动相思。
莫问莲心,莫问竹边溪。
莫问月斜生象,进退自由时。

2019 年 8 月 18 日

290. 喝火令·雾(龙谱)

梦里花开半,风中月又残。
赋诗描黛两相煎。
孤傲不谙尘世,起舞弄清弦。
款款深山畔,盈盈绝壁前。
笛音稀落自随缘。
若问平沙,若问广陵天,
若问汉宫秋月,总在水云间。

2019 年 8 月 19 日

291. 喝火令·冰

缔结云天梦,寒生玉骨风。
弃纷纷扰扰匆匆。
千里落花如絮,君自更从容。
不坠红尘苦,休谈万事空。
任悬崖百丈崆峒。
独步梅林,独步雪之聪。
独步月弦飞柱,素锦锁苍龙。

2019 年 8 月 20 日

292. 喝火令·春

雪里梅花落,诗中五柳归。
为桃红李白干杯。
烟雨夜来休问,何处不芳菲?
总是东风醉,尤怜杏子肥。
引莺歌燕舞争魁。
一曲箫声,一曲笛相随。
一曲水田幽梦,最美在疏篱。

2019 年 8 月 23 日

293. 喝火令·夏

翠绿翻荷盖,清凉问本心。
白云休去论浮沉。

烟雨岸边贪醉，柔弱哪堪吟。
彩蝶翩翩舞，疏篱日日深。
水长山远话青衿。
又若天阳，又若地之阴。
又若道中无道，妙善独登临。

2019 年 8 月 22 日

294. 喝火令·秋

自带三分色，难言二月风。
一弦离绪满愁容。
松下问童何事，横笛不敲钟？
水浅芦花闹，星稀淡月同。
海边归雁正匆匆。
落寞枫丹，落寞桂清宫。
落寞露莹霜白，胜过晚霓虹。

2019 年 8 月 21 日

295. 喝火令·冬

冷月寒霜傲，冰魂玉骨销。
锁春秋一梦年梢。
阴极更催阳动，非是仗英豪。
欲辨三根净，禅听万物凋。
把前尘往事轻抛。

俯仰山川，俯仰水迢迢。
俯仰昊天龙凤，化作绿之腰。

2019 年 8 月 23 日

296. 喝火令·禹迹岛

碧水横空去，青山拂影来。
任云烟左右徘徊。
杨柳岸边低语，何处有尘埃？
白鹭扁舟野，松风古道埋。
夕阳亭榭独登台。
静看花开，静看草铺阶。
静看石生春色，落落故人怀。

2020 年 9 月 19 日

297. 喝火令·画（龙谱）

泼墨云天净，皴风点线虬。
任山山水水横流。
老树听蝉无语，绝壁挂穷秋。
欲染三更梦，闲抛一段愁。
看枝枝叶叶沉浮。
意在虚空，意在白中求。
意在象而非象，皓月是同谋。

2020 年 9 月 24 日

298. 喝火令·书法

笔底乾坤梦,胸中日月光。
势如风火水流长。
心曲只弹心韵,无意举洪荒。
往复萧萧掷,铿锵落落扬。
醒来何以再癫狂?
莫若书香,莫若画清凉。
莫若静而生慧,雁过两茫茫。

2020 年 9 月 25 日

299. 喝火令·竹(龙谱)

翠拂天心白,青描陌上霜。
就青青翠翠流觞。
风雨卷帘幽叹,不止是斜阳。
画有诗书意,琴横纵马缰。
放声歌罢好还乡。
瘦了身长,瘦了骨何妨。
瘦了菊兰梅影,更见尔疏狂。

2020 年 9 月 26 日

300. 喝火令·菊(龙谱)

醉梦何须梦,临风不是风。
傲然高洁问青松。
既得一天秋色,绝处月溶溶。
白露寒霜对,深黄浅紫从。
但凭杯酒入苍穹。
莫管原由,莫管本来空。
莫管素心听雪,到底觅无踪。

2020 年 9 月 26 日

301. 喝火令·兰(龙谱)

古调虚舟渡,黄昏细雨裁。
本山山水水情怀。
石上半轮明月,千里任风筛。
翠竹修身立,梧桐泛影埋。
看时光不住尘埃。
醉把天心,醉把地门开。
醉把自然之道,都赋予蓬莱。

2020 年 9 月 27 日

302. 喝火令·红梅(龙谱)

冷冷千般意,红红一片云。
听禅何怕落风尘。
不是雪山遗梦,不是月沉沦。
浅浅诗心画,深深傲骨存。
舍枝枝末末晨昏。
绝处寻声,绝处觅无痕。

绝处醉扶归路,半是自销魂。

2020年9月27日

303. 喝火令·国庆月圆（龙谱）

一息云和月,千秋鼓与喧。
又逢家国两相欢。
桂酒更添豪迈,流水话丰年。
稻谷低头笑,神州落日圆。
任清霜白露长弹。
画里枫丹,画里菊花鲜。
画里雁飞春色,岂止九重天。

2020年9月27日

304. 喝火令·听琴

寂寂山间水,幽幽两岸风。
只堪听得月朦胧。
云海不知愁起,翻滚一江红。
旷世逍遥客,无名郁郁松。
醉星星点点苍穹。
几许魂归,几许梦从容。
几许夜凉清冷,到底落尘中。

2020年9月29日

305. 喝火令·下棋（龙谱）

日月星河布,东西将帅排。
黑红兵动象飞来。
横竖有车绅士,马后炮难猜。
步步惊心魄,招招隐雾霾。
水云深处见残骸。
怕是孤坟,怕是野花开。
怕是瘦邀风雨,落叶扫尘埃。

2020年9月29日

306. 喝火令·雨中丹桂

玉树摇风雨,馨香落晚霞。
曲如流水纺丹纱。
杯酒几番愁绪,明月在天涯。
寂寞红尘客,逍遥彼岸花。
枕浮云一片清嘉。
此际无邪,此际莫虚夸。
此际看渔樵醉,古调醒琵琶。

2020年9月30日

307. 喝火令·露珠

万物清凉举,孤光白雪寒。
一身高洁水云间。

来去不留痕迹,无挂也无牵。
小草相思泪,苔花梦里天。
几多风雨可成全?
问道溪流,问道月儿湾。
问道晓来声醉,颗颗了尘缘。

2020 年 10 月 1 日

308. 喝火令·野花(龙谱)

默默无闻者,逍遥自在花。
对西风败柳寒鸦。
浓淡是非何论,一日好年华。
细雨凝清泪,枯枝盖绿纱。
也弹流水步闲暇。
醉取天心,醉取地之娲。
醉取夕阳西下,不忘老山楂。

2020 年 10 月 2 日

309. 山居

竹篱茅舍对清溪,横看云天一梦低。
只道空山常落寞,花飞影动鸟闲啼。

2019 年 7 月 24 日

310. 无题

山向斜阳问古今,缘何天梦总深沉?
无非日月轮流过,谁把时光煮酒斟?

2019 年 7 月 26 日

311. 题倪瓒《秋林野兴图》

溪水曲流中,云烟不尽同。
高低都是色,远近落花风。

2019 年 7 月 29 日

312. 题倪瓒《幽涧寒松图》

青山渐远渐相依,流水时来白练飞。
松竹梅兰常入画,何须风雨道玄机。

2019 年 7 月 29 日

313. 落叶

心中一千丈,何须几朵云。
江流皱落叶,横竖是孤军。

2019 年 7 月 29 日

314. 孤山

万物自相生,无情又有情。
松风常落寞,流水喜盈盈。

2019 年 7 月 29 日

315. 空亭

不问乾坤事,风中听雨声,
竹篱茅舍在,翠色总相倾。

2019 年 7 月 29 日

316. 空山

空山送流水,花落鸟惊飞。
一树浮云意,无从说是非。

2019 年 7 月 29 日

317. 无题

山带斜阳水带云,阴阳动静似无根。
好风借得羞花面,落尽天涯势欲吞。

2019 年 7 月 30 日

318. 观沈鸿《巫山云雨图》

高低都是路,沧海对桑田。
今古春秋意,同听一片天。

2019 年 7 月 31 日

319. 梦幻泡影

梦幻泡影如花,清芬一夜天涯。
挥手已是彼岸,何苦草木寒鸦。

2019 年 7 月 31 日

> 风前花絮丝丝落,雨后秋凉款款来。

320. 无题

依稀花渐落,动处色还空。
风洗凡尘梦,轻关一点红。

2019 年 8 月 1 日

321. 山种闲云

山种闲云任鸟飞,风听松果落余晖。
一壶浊酒邀明月,不把方圆论是非。

2019 年 8 月 2 日

322. 夏夜有寄

等风等尔一千年,尔在风中缺又圆。
小立东门风不起,微凉岸上数流泉。

2019 年 8 月 2 日

323. 雨后

雨后天青天有色,斜阳万里送孤鸿。
伊人更在斜阳外,一树芭蕉一树风。

2019 年 8 月 4 日

324. 空山无意

空山无意写芳华,半挂斜阳半落纱。
芦苇几丛临水照,不期一念去无涯。

2019 年 8 月 4 日

325. 无题(新韵)

高山流水也飞花,白雪阳春岂敢夸。
何不抽丝剥一茧,赌他一把烂胡笳。

2019 年 8 月 4 日

326. 残荷

亭亭绿盖舞残荷,不即不离云影多。
无意听风敲短句,诗中自有月如歌。

2019 年 8 月 4 日

327. 蝉花

也听风雨也听心,也入高山也入林。
钟鼓依稀尘外客,醒来已是落花深。

2019 年 8 月 3 日

328. 空亭即景

空亭蝉愈响,湿处竹清凉。
一鸟高飞去,阶前过路黄。

2019 年 8 月 4 日

329. 赋得一花一叶一菩提

一花一叶一菩提,风雨无期若有期。
翠绿青黄归净土,天心何处不迷离?

2019 年 8 月 3 日

330. 残荷

残荷听水闲，水上白云间。
点水蜻蜓客，从容不一般。

2019 年 8 月 4 日

331. 一船白玉

一船白玉水云间，不卖清风好价钱。
翠减红衰零落后，星河一岸月当圆。

2019 年 8 月 4 日

332. 即景

不吞不吐不回环，静影幽幽不问天。
蛙自鸣风听落寞，画廊一意抚清弦。

2019 年 8 月 4 日

333. 夜话芦苇

水上浮云孤对月，文章千古觅封侯。
谁知风雨红尘外，洗尽天心亦白头。

2019 年 8 月 4 日

334. 听紫砂壶品玉有感

一把茶壶一把茶，听风听雨走天涯。
玉中原本无今古，怎奈时人总自夸。

2019 年 8 月 4 日

335. 诗赠杨守珍

杨柳依依识故人，风前花絮不沉沦。
守山守水清音发，平淡之心稀世珍。

2019 年 8 月 5 日

山酿白云深且笃，梦随流水幻而芳。

336. 无题两首

（一）

龙雨顾而终，千山静气同。
鱼游天上阙，水草起清宫。

2019 年 8 月 6 日题沈鸿老师图片

（二）

一船一月一清风，哪管红尘一瞬空。
看那云舒云又卷，痴心放胆会苍穹。

2019 年 8 月 9 日

松捧山风慰明月，竹筛玉露拂星辰。

337. 老家午睡醒来

午睡醒来蝉欲舞，山风阵阵拂清凉。
初秋更喜沉思客，却用和弦论短长。

2019 年 8 月 10 日

338. 老家黄昏

山高月小水流长，浩荡秋风卷地凉。
彩蝶依稀花柳色，寒蝉对句放牛郎。

2019 年 8 月 10 日

339. 初秋

（一）

一山一水一轻舟，半是云烟半是秋。
雨洗飞花惊客梦，风弹长调醉悠悠。

（二）

风弹长调醉悠悠，五谷青黄带梦修。
不是诗心偏爱水，寒蝉句句话离愁。

2019 年 8 月 11 日

340. 听

风听花开花自叹，雨听水调水长闲。
云听一树斜阳晚，我听君心不欲还。

2019 年 8 月 13 日

341. 处暑后三日

风中萧瑟是芦花，谁把空山赠晚霞。
一叶飘零无所惧，云烟深处净尘沙。

2019 年 8 月 26 日

342. 无题

秋风狂扫雨无声，一叶飞天断一程。
泼墨芭蕉今夜瘦，幽思沽酒怎堪惊？

2018 年 8 月 26 日

343. 曾经就读的学校

竹影婆娑若有声，山溪汩汩对蝉鸣。
白云不识红尘客，老屋深藏日月庚。
梦里清风几回首，门前银杏已纵横。
问谁知是诗书地，花落黄昏我独行。

2019 年 8 月 27 日

> 闲来无事，看竹影婆娑空谷晚；
> 独语飞花，听风声萧瑟半山秋。

344. 松

俯仰皆天地，方圆一息同。
云烟门外客，不解世间风。

2019 年 8 月 29 日

345. 即兴题画

翡翠荡扁舟，不流也不休。
乾坤无可道，心外任春秋。

2019 年 8 月 29 日

【注】"不流也不休"的第一个"不"字出。

346. 秋风乍起

谁说秋风无我执，深深绑定雨来时。
不凭一叶泠泠舞，横扫千江半壁诗。

2019 年 8 月 30 日

347. 即兴题画

闻笛叶飘飘，离离水草摇。
夕阳长袖舞，不醒是渔樵。

2019 年 9 月 4 日

348. 苏州金鸡湖夜景

一湖柳影一湖星，风暖云天不欲醒。
两岸霓虹谁指点，不堪落寞慢叮咛。

2019 年 9 月 4 日

349. 落花之美

落花之美在无声，天自空空水自清。
不怕跟风迷路远，悬崖绝壁送黄莺。

2019 年 9 月 6 日

350. 浪淘沙·秋叶

一叶舞翩翩，落木千山。
怎凭风雨报平安？
流水落花听送别，离恨云天。

莲子正扬帆，桂月团团。
何将只影弄清弦？
棋布星罗随梦去，哪有方圆。

2019 年 9 月 6 日

351. 浪淘沙·秋收

谁在泼金黄,块块风凉。
莫非秋菊染秋霜?
不即不离还自傲,引领城乡。
密处是高粱,疏处民房。
家家颗粒自归仓。
红叶满山才叠韵,正道春光。

2019 年 9 月 7 日

352. 浪淘沙·秋

点点问清风,何事匆匆?
芭蕉默默数梧桐。
丹桂飘香庭院锁,燕去楼空。
岁月洗莲蓬,八面玲珑。
青春不老老红枫。
菊正熬霜霜正浓,新月如弓。

2019 年 9 月 8 日

353. 浪淘沙·即兴题画

风送一天秋,烟锁轻舟。
云山执意雁难留。
世事无常江月在,莫问曹刘。
爱恨半生休,诗起重楼。

闲来可与落花谋。
至简至疏归有道,梅老枝虬。

2019 年 9 月 9 日

354. 秋雨

秋雨洗秋风,金黄剪翠红。
山山皆有色,事事对苍穹。

2019 年 9 月 9 日

355. 红萼苘麻

无弦也动霓裳曲,一树风铃一树诗。
今日归来风细细,庭前最美月低垂。

2019 年 9 月 11 日

【注】红萼苘麻,又叫蔓性风铃花。花叶花形漂亮,花期很长。

356. 问月(新韵)

问道云中月,清风几度闲。
吹箫丹桂下,记取是何年。

2019 年 9 月 13 日

357. 长相思·秋雨（龙谱）

是风凉，是雨凉？
风雨何须枉断肠，心中明月光。
听松香，格菊黄。
冷落疏篱傲骨扬，秋深当自强。

2019 年 9 月 14 日

358. 卷帘体诗一组·梅兰竹菊

梅红雪白并双肩，兰若君心叶叶弦。
竹影娑婆尘外客，菊黄霜冷对婵娟。

（一）梅
梅红雪白并双肩，一夜东风醒大千。
草长莺飞起新韵，深深浅浅过云天。

（二）兰
兰若君心叶叶弦，一弦一曲似华年。
空山可泼苍凉意，流水无声品自坚。

（三）竹
竹影娑婆尘外客，潇湘馆里听流泉。
原知归去春花落，一缕幽香净土前。

（四）菊
菊黄霜冷对婵娟，把酒西风水欲燃。
秋色不谙加减法，梧桐未扫杏缠绵。

2019 年 9 月 15 日

【注】这里的"杏"是指银杏叶。

359. 雨中丹桂

苍苔半醉半惊秋，细雨微风梦自修。
不是天心凉若雪，飞珠溅玉掩红楼。

2019 年 9 月 19 日

360. 无题

风风雨雨万般诗，不外乾坤欲语时。
山水空空心自洁，云烟淡淡对疏篱。

2019 年 9 月 20 日

361. 秋收

金色又逢秋，炊烟不用愁。
门前桂花落，玉米最风流。

2019 年 9 月 20 日

> 字字可敲钟鼓梦,层层回叠古今诗。
> (题回文诗)

362. 回文诗·秋

明月泛舟归钓晚,半闲春梦半闲秋。
倾心水草凉风岸,老调渔歌对鹭鸥。
鸥鹭对歌渔调老,岸风凉草水心倾。
秋闲半梦春闲半,晚钓归舟泛月明。

2019 年 9 月 20 日

363. 回文诗·风

梦闲风月影空空,月影空空耳目聪。
耳目聪明心见性,明心见性梦闲风。

2019 年 9 月 22 日

364. 回文诗·雨

雨煎风竹影蒙蒙,竹影蒙蒙寺外终。
寺外终归无捷径,归无捷径雨煎风。

2019 年 9 月 22 日

365. 回文诗·问君

问谁知梦在归期,梦在归期更不疑。
更不疑君千里外,君千里外问谁知。

2019 年 9 月 22 日

366. 回文诗·彼岸花

彼时风月在中空,月在中空一抹红。
一抹红云深两岸,云深两岸彼时风。

2019 年 9 月 22 日

> 恰如翠竹生风际,正是红枫问道时。

367. 即兴题画

芳草岸边听落叶,青松绝壁对云深。
远山描黛疑为客,影在波心无处寻。

2019 年 9 月 21 日

368. 无题两首

(一)

山寺清风借夕阳,高歌一曲又何妨。
深深浅浅皆无我,去去来来雁影长。

2019 年 9 月 21 日

（二）

芦花明月起相思，瑟瑟秋风不入时。
月自泛舟花自落，何须夜夜煮愚痴。

2019 年 9 月 22 日

369．红枫

清霜描黛更凌风，一叶扁舟总向东。
不是高山流水急，沧桑无意老晴空。

2019 年 9 月 24 日

370．大雁

大雁排空秋色眩，云烟列队更风骚。
青山不在红尘外，却把诗心割义袍。

2019 年 9 月 24 日

371．无题

山水清风不识字，落花明月更无诗。
一庭丹桂知君意，雨后含羞浅画眉。

2019 年 9 月 24 日

372．戏题

半生风雨半生愁，不揽江天更自由。
穷思琼诗何日尽，李陶桃李把春休。

2019 年 9 月 24 日

373．秋

秋云淡淡不张扬，秋水悠悠静气长。
一岸风吹花影动，半溪柳舞竹枝凉。
残荷桂子诗书韵，细雨梧桐菊月霜。
妙在倏归天地色，星河放眼看洪荒。

2019 年 9 月 25 日

374．芦花

烟为风骨雨为魂，隔岸前村步后村。
有酒可听帘卷暮，得闲总怕月敲门。
渔樵横笛清流曲，天地无私老泪痕。
不是霜寒今夜白，诗心高调褪余温。

2019 年 9 月 26 日

375．秋桐

凭栏无力拒黄昏，信手低眉自写真。
疏影娟娟清且浅，飞身漠漠净而纯。

敢情明月不知恨,掬水云烟若有根。
欲掩霜风天更老,听谁独步小山村?

2019年9月26日

376. 听枫

云烟湿襟处,霞落半山秋。
不锁天涯月,轻摇万里舟。
皴来山有色,猱去水无忧。
潇洒如君子,闲同野鹤修。

2019年9月28日

【注】皴,国画笔法。猱,古琴指法。

377. 裁云社诗友嵌名成诗

裁云齐落墨,又动一山诗。
竹唱清流曲,兰开婉约词。
莽原梅素绝,陌上荻花痴。
八月秋风急,如如不动时。

2019年9月29日

378. 红枫

山山红写意,不用问来春。
寂寂云烟锁,幽幽小径伸。
风回弦欲舞,叶动笔羞陈。

梦在高天外,何须总出新。

2019年9月30日

弦外天音听寒露,风前花絮试秋心。

379. 读梅子诗有感

风推细雨上高楼,不兑云天不兑忧。
漫解心襟禅日月,红尘一段自清流。

2019年10月2日

380. 即兴题山水画

云生风骨在云中,山画方圆不尽同。
万壑无端生妙境,一溪留白会苍穹。

2019年10月4日

381. 无题三首

(一)

一壶老酒煮春秋,哪里飞花哪里溜。
说是残荷瘦点好,哪堪明月正低头。

【注】2019年10月5日晚在微信群"巴蜀艺苑"聊天时,刘铭老师把他的打油诗"张打油不带刘打油,刘打油自去黑山头,黑山头里有酱油,打它一壶当老酒"发了出来,我一时贪玩,写了此诗,第二天看看还将就,就把它留了下来。

（二）
雨打芭蕉两不牵，风深水浅夜无边。
既然不是回头客，何锁秋阴岸上煎。

2019 年 10 月 6 日

（三）
胸涌一溪云，寻寻不见君。
山风枯树赋，春慢只三分。

2019 年 10 月 6 日

382. 秋声

大雁过长空，千山断复通。
云深锁尘梦，舟浅搁凉风。
一叶迷离舞，半溪形影红。
天心听天籁，动静几相同。

2019 年 10 月 9 日

383. 即兴题画

黄叶皴山水听风，竹篱茅舍静修中。
浅滩闻笛催寒鸭，几望西来几望东。

2019 年 10 月 10 日

384. 菩萨蛮·老家之秋

白云老屋炊烟候，山花翠竹肥依旧。
点点色苍苍，丝丝缕缕凉。
听风皴落叶，听雨秋心叠。
叠叠是乡愁，归来梦不休。

2019 年 10 月 18 日

385. 菩萨蛮·山之晨

无风无雨无思绪，山花静静神仙侣。
小草露华浓，云烟拂晓空。
红尘零落后，执意长相守。
翠竹总虚心，门前一径深。

2019 年 10 月 15 日

386. 菩萨蛮·菊花

霜风不老君先瘦，相逢只为秋依旧。
月在水中天，孤飞一缕烟。
不知春有色，暂借东篱墨。
点染半溪云，来同落日曛。

2019 年 10 月 15 日

月醉山河星醉岸，风生傲骨菊生秋。

387. 菩萨蛮·拾秋

拾秋不见秋霜白,芭茅遍野云天碧。
何处起箫声?空山鸟自鸣。
悄然松下客,莫问三生石。
偶寄卷帘风,深红过浅红。

2019 年 10 月 15 日

388. 菩萨蛮·蓼花

一怀清绝秋风紧,红妆不怕云烟损。
兀立草丛中,听空不摄空。
行行山外客,几度持长策?
寂寂月生香,同熬陌上霜。

2019 年 10 月 16 日

389. 菩萨蛮·紫蝶

无名无姓生双翼,山间得道山间息。
紫蝶冷风中,儿时便不同。
溪边听晓月,湿处何高洁。
断是味悠长,猪凭瘦肉香。

2019 年 10 月 17 日

【注】紫蝶,是我给取的名。因紫色,像蝴蝶,山中随处可见,尤以溪边,常年积水处最多。猪特别爱吃,小时割猪草,看到就喜欢。

390. 菩萨蛮·蝴蝶草

草中蝴蝶三分傲,仰天俯地风云扫。
本性最清凉,何愁陌上霜?
凌空山有路,笛落炊烟举。
万物本逍遥,听渔问樵。

2019 年 10 月 17 日

391. 菩萨蛮·老家听竹

森森一径开天眼,霜风何屑云烟淡。
不老是黄昏,房前屋后春。
君心知几许,紫燕幽幽语。
笃定丈斜阳,沙沙月有光。

2019 年 10 月 19 日

> 菊寒写意花香淡,霜降听风故事多。

392. 秋雨

秋雨邀秋绪,绵绵把酒斟。
吹拉弹唱舞,喜乐醉沉吟。
兀立云天岸,幽怀入世心。
霜寒听白露,动静悟之深。

2019 年 10 月 19 日

393. 金缕曲·又见炊烟（龙谱）

一缕炊烟起。
是乡愁、别来无恙,但凭风止。
父母门前叨琐碎,串串金黄玉米。
茶醉酒,年年岁岁。
不定归来花有月,
漫聊聊、工作兼生计。
词半阕,调堪喜。
白云自在蓝天美。
叶知秋、零零落落,更随流水。
凤舞樵歌芦苇句,野柳清溪鹤唳。
听鸟语、空山犬吠。
今古英雄何寂寂,
逝如斯、滴滴江湖泪。
过往也,默然对。

2019年10月20日

394. 金缕曲·问来者

是个清凉夜。
月初圆、空山落寞,卷帘何舍?
弦外听声高低错,横笛难收四野?
清溪畔,云烟一把。
误入旧时春草绿,
又徘徊不定梧桐下。
只影碎,问来者。
樵歌半道天心寡。
忆往昔,花香鸟语,红墙绿瓦。
谁在窗前频张望,却怨黄昏有诈。
待风起,潇潇雨下。
钟鼓倏然敲梦远,
举伤心落泪无从话。
意绪断,诗堪罢。

2019年10月22日

395. 无题

霓虹嫁得彩云飞,落地朱帘醉了谁?
明月无声听惆怅,嫦娥今夜只低眉。

2019年10月22日

396. 大雁

云天轻展翅,千里一怀风。
万物皆春色,山山断续同。

2019年10月24日

397. 长相思·芦花（龙谱）

芦苇花，芦苇花。
梦里秋风醉晚霞，何须瑟瑟夸。
芦苇花，芦苇花。
落寞寒江送小槎，流霜不用加。

2019 年 10 月 28 日

398. 长相思·诗（龙谱）

花也诗，雨也诗。
万物春秋自有时，无非笔墨痴。
今之诗，古之诗。
日月恒常不问期，当歌何患辞？

2019 年 10 月 28 日

399. 长相思·夕阳（龙谱）

迎夕阳，送夕阳。
江水悠悠万里长，黄昏莫送郎。
拍夕阳，剪夕阳。
一丈秋风势更狂，声声念故乡。

2019 年 10 月 28 日

> 绿草红花春色舞，琴棋书画步如飞。

400. 忆江南·芦花（龙谱）

秋风起，兀自立斜阳。
落寞江天鸿雁远，昏昏灯火水云长。
淡淡谱离殇。

2019 年 10 月 29 日

401. 忆江南·光影（龙谱）

光和影，影在水中生。
只影何须光照耀，流光欲把影澄明。
此景莫堪惊。

2019 年 10 月 29 日

> 无来无去乾坤大，尤短尤长日月明。

402. 赋得"月涌大江流"

追风不用愁，月涌大江流。
一岸明心志，生休死不休。

2019 年 10 月 30 日

403. 临江仙·题画

万壑听松归梦远,清溪寺外云烟。
悬崖峭壁是天然。
风声挥淡墨,无意执方圆。
点染春心春不变,花开花落长弹。
刚柔相济善穷源。
七分行画外,跌宕在胸间。

2019 年 11 月 1 日

404. 题徐渭写意《墨荷图》

点点斑斑皆是泪,急风骤雨旧时歌。
深知尘世无还有,巧借天心写墨荷。

2019 年 11 月 1 日

405. 临江仙·野菊花（龙格三）

本是霜中之傲骨,深秋始见容颜。
惊风欲卷两重天。
枝头花色葬,不费土中看。
若有来生明月夜,相逢默默无言。
定知君意已成全。
竹林鸣笛起,落落更扬鞭。

2019 年 11 月 2 日

406. 空山无语

林深久不至,幽径已无之。
蝴蝶轻飞过,山花湿欲垂。
偏身扶竹节,抬眼踩枯枝。
玉露潇潇落,凉风淡淡随。
高低都是路,光影自能移。
小鸟喳喳叫,青苔郁郁驰。
十分生动处,一半两相欺。
不解红尘事,云溪独恋谁？

2019 年 11 月 3 日

407. 即兴题画

峰上阴阳对半开,篱前流水曲中来。
云烟识得真人面,浅浅深深梦也呆。

2019 年 11 月 3 日

408. 芦花

芦花不是花,更像雪中纱。
一袖清风舞,随心任尔夸。

2019 年 11 月 4 日

409. 浪淘沙·访守山人有感

野径已无踪,翠竹青松。
一间陋室几多风。
犬吠惊花黄蝶舞,土客从容。
把酒道年丰,岁月匆匆。
如今两两白头翁。
纵是清溪怜我老,到底龙钟。

2019 年 11 月 4 日

410. 浪淘沙·天地有清风

天地有清风,岁月匆匆。
寒霜两鬓避惊鸿。
夜夜诗书花月淡,到底空空。
半阕满江红,半是从容。
无非放眼试雕虫。
云自萧萧山自静,水自穷通。

2019 年 11 月 5 日

411. 浪淘沙·雪中芦花

半掩半伸头,最见风流。
无边新景自和羞。
雪葬初心滋傲骨,本性温柔。
万事静中求,月系扁舟。
夹衣铁笛任遨游。
大梦何须真与假,道破春秋。

2019 年 11 月 5 日

412. 玉楼春·夜读"老皇皇"随感

今夜清风何处售?窗外依稀灯作秀。
诗心诗意值三钱,但把讴歌全用够。
流水落花蜂蝶叩,曲径幽幽云出岫。
江南江北老皇皇,一色空空谁独奏?

2019 年 11 月 6 日

413. 渔家傲·听竹

山后山前民不扰,萧萧有节尘埃扫。
世外高朋何指教?
明月好,柴门半掩听春晓。
溪水幽幽风浩浩,斜阳步步催人老。
哪管时光闲说道。
君子貌,云天壮志云天了。

2019 年 11 月 9 日

414. 竹枝词

桃源听梦舞飞花,不是江湖一夜夸。
流水轻舟风解语,浣衣歌处理桑麻。

2019 年 11 月 10 日

415. 无题

桃源版本多,月下问清波。
真假凭心论,疑时又一梭。

2019 年 11 月 10 日

416. 玉楼春

今夜江湖今夜梦,月朗星稀花影送。
红尘滚滚我是谁?滚滚红尘谁与共?
流水幽幽情意动,世事哪堪杯酒纵?
醒来独自对黄昏,紫燕双双飞旧梦。

2019 年 11 月 10 日

417. 银杏

你有秋风我有霜,不零不落卷斜阳。
痴情最是云天外,月在西山夜未央。

2019 年 11 月 11 日

418. 山中

秋老菊先黄,空山水韵长。
潇潇风打雨,冷冷石寒霜。

2019 年 11 月 12 日

419. 空山落叶

空山落叶扫风尘,半是沧桑半是春。
不用云前都问好,斜阳横竖许天真。

2019 年 11 月 12 日

420. 空山微雨

空山微雨洗心尘,荻老秋深万物真。
流水闲弹青石调,云烟低首每频频。

2019 年 11 月 12 日

421. 如梦令·今夜清风几许

今夜清风几许,零乱黄花烟雨。
醉月听梧桐,默默无声无语。
幽叙,幽叙,万物天然逆旅。

2019 年 11 月 12 日

422. 玉楼春·画画

隐隐几弯眉黛浅,满纸云烟天作岸。
扁舟妙借水皴来,才过溪桥人不见。
忽有寒鸦双剪剪,惊起芦花风一串。
斜阳松下影悠长,却纵黄昏呼醉汉。

2019 年 11 月 14 日

423. 水

无形亦无色,可染可皴风。
调在高低处,归心万古同。

2019 年 11 月 14 日

424. 童心(新韵)

最是童心妙,乾坤一笔抛。
云深云最浅,水阔水还高。

2019 年 11 月 15 日

425. 无题

山有清风花有月,日行万里水中空。
云烟最是迷离客,松下溪边本色同。

2019 年 11 月 15 日

426. 芦花

落叶纷纷挥梦去,芦化不老更听风。
轻歌曼舞何须恨,江北江南势不同。

2019 年 11 月 15 日

427. 猴子显身手

一纵乾坤大,枯藤绝壁间。
临渊可捞月,摘果戏空山。

2019 年 11 月 15 日

428. 猴语

醉月何须舞,星河一岸风。
春秋自来去,天地我心中。

2019 年 11 月 15 日

429. 顽皮的小猴子

追风松影下,钓月水云间。
捉蝶羞花色,洋洋不出山。

2019 年 11 月 16 日

430. 老猴子

听风花在手,拂雨果纵横。
放眼云天外,何须与世争。

2019 年 11 月 16 日

431. 露珠

本是三生泪,今朝得慧根。
山花不描色,流水去无痕。
翠竹虚心隐,清风美梦吞。
斜阳离别后,何处觅黄昏?

2019 年 11 月 16 日

432. 玉楼春·露珠有话

静里乾坤何聚散?风雨潇潇心不变。
山川本是好容颜,只道今人差伟岸。
我自春秋歌向晚,向晚斜阳邀月见。
玉楼今夜谱飞花,莫让时光难决断。

2019 年 11 月 16 日

433. 话说老虎

山中我是王,岁月特悠长。
不敢嘶声吼,闭关修善良。

2019 年 11 月 16 日

434. 露珠

风雨洗山城,凌梢独自明。
不贪天地久,只为管弦清。
万物还相照,红尘莫急行。
斜阳动流水,去处有歌声。

2019 年 11 月 18 日

435. 山中

山中颜色好,红叶掩青松。
菊守枯枝下,云深不识冬。

2019 年 11 月 23 日

436. 空山

空山溪水向东流,花掩斜阳誓不休。
落叶纷飞本无语,人生何道短春秋。

2019 年 11 月 23 日

437. 花非花·山非山

山非山,水非水。一岸风,云烟起。
诗书修得古今缘,浅处依稀心已止。

2019 年 11 月 23 日

438. 花非花·诗非诗

诗非诗,画非画。拂晓风,斜阳下。
扁舟长问月空明,落絮轻飞扬快马。

2019 年 11 月 23 日

439. 花非花·醒非醒

醒非醒,醉非醉。万古天,江湖泪。
何来明月不知情,更纵扁舟君影碎。

2019 年 11 月 23 日

440. 相见欢·举杯同醉今宵(曲谱略)

——"雅安卫校89级护士一班"
三十年同学会之歌

李琼 词
刘铭 曲

举杯同醉今宵,仗蛮腰!
何故千山万水,聚英豪?
三十载,情谊在,比天高!
一岸斜阳问暖、更逍遥!

2019 年 11 月 26 日

441. 无题(新韵)

——三十年同学会送给
我们的老师

淡淡一枝花,是她还是她。
春风吹不老,流水怕涂鸦。

2019 年 12 月 1 日

442. 赋得"五十知天命"

五十知天命,何须一段辞?
斜阳本安好,不用上高枝。

2019 年 12 月 1 日

443. 相见欢·诗心

山山水水风光,兑斜阳。
一把诗心落寞,鬓成霜。
梧桐夜,芭蕉下,凤求凰。
云锁秋声难赋,月牙长。

2019 年 11 月 28 日

444. 无题

诗心无意写平庸,总把斜阳问晚风。
何去何来还自在,竹林深处解穷通。

2019 年 11 月 29 日

445. 相见欢·苍鹭

生平不恋高山，水云间。
孤独江湖过客，自悠闲。
南北事，若无寄，怎投缘？
淡看红尘掠影、又开端！

2019年12月3日

446. 无题两首

（一）

人是退休人，心真梦也真。
八方安问好，借此笔挥春。

2019年12月7日

（二）

不见佳人泪，偏听雨露多！
春秋洗秦汉，何处问萧何？

2019年12月7日

447. 玉蝴蝶·黄昏空等黎明

黄昏空等黎明，无事弄秋声。
月洗一江清，蛙听两岸平。
何来天外客，摇落万般星？
风点旧时灯，与君同醉醒。

2019年12月10日

448. 玉蝴蝶·问佛

人生何事匆匆？缘佛对青松。
水带落花红，云烟几缕风？
斜阳豪迈处，无意自敲钟。
明月古来同，问心休问空。

2019年12月10日

449. 玉蝴蝶·梨花

何来蜂蝶翻飞，飞去又飞回。
古调总相催，清弦带雨归。
归心常落寞，无语试新衣。
荒冢草中肥，柳烟枝上堆。

2019年12月11日

450. 玉蝴蝶·无题

云烟何处生根？风过雨无痕。
淡墨写黄昏，层层不失真。
枯藤吟雪赋，千里落花曛。
疏月醉三分，问樵安断魂？

2019年12月11日
有感于吕崇友老师书法

451. 无题（新韵）

沧桑岁月半山风，溪水乾坤一抹红。
不与山花谈独立，只凭一息慢敲钟。

2019 年 12 月 11 日

452. 鹧鸪天·梯田梦

一笔弯弯几道梁，白云落落动霓裳。
乾坤不借春风染，日月无言秋水扛。
今古梦，醉醒狂。深深浅浅自张扬。
尘心若在天心处，淡看浮萍论短长。

2019 年 12 月 15 日

453. 眼儿媚·兰

寂寂幽幽在空山，流水去无言。
花开是梦，馨香是梦，梦里云烟。
从来高洁何须论，仗剑向青天。
天涯不远，莲台不远，最远人间。

2019 年 12 月 18 日

【注】"寂寂幽幽在空山"的"寂字出"。

454. 眼儿媚·雪

天地凭空玉飞花，不见有人家。
溪流横断，高山蒙面，月影微斜。
潇潇洒洒谁家子，一把卷帘纱。
松风往事，荒唐沟壑，巷尾寒鸦。

2019 年 12 月 18 日

诗关风与月，美唱感而知。

455. 眼儿媚·巴茅

横笛萧萧为谁歌，白发满山坡。
春花已谢，秋风已隐，你自婆娑。
时光不醉天涯客，梦里饰星河。
云间独舞，佛前许诺，月色清波。

2019 年 12 月 23 日

456. 空山

空山不住寂寞，风雨频频放歌。
落叶枯藤流水，光阴任我蹉跎。

2019 年 12 月 24 日

457. 蛙语

不用总唱赞歌，风前一叶山河。
水恋青天明月，斜阳醉在半坡。

2019 年 12 月 24 日

458. 杜甫印象

一身傲骨不言欢，总负清风两地难。
若有花前茶醉酒，何来诗里写杯盘。

2019 年 12 月 24 日

459. 眼儿媚·寻梅

寻遍山崖与清溪，你在雪中栖。
无关爱恨，无关风月，梦起疏枝。
沧桑拾得沧桑立，破处唱新诗。
三分傲骨，三分天意，势为谁痴？

2019 年 12 月 25 日

460. 眼儿媚·雾凇

横画三分竖三分，寂寂满烟云。
松风不去，松花不谢，生死黄昏。
清凉世界清凉色，无意动来春。
乾坤一梦，方圆一体，本性天真。

2019 年 12 月 26 日

461. 鹧鸪天·岁暮

风雨无声又一年，沧桑写在淡眉间。
只听花落云烟妙，不意春残白发繁。
将进酒，报平安。半闲山水半寻源。
竹林深处斜阳外，哪得清新一片天？

2019 年 12 月 28 日

462. 鹧鸪天·雨打芭蕉

雨打芭蕉，风横长笛乐悠悠。
飞花欲道斜阳晚，流水堪惊明月楼。
听拂晓，系扁舟。半闲春色半闲秋。
门前却有诗书客，描得残荷雪未休。

2019 年 12 月 29 日

463. 岁杪有寄

梅前不问春，岁杪拂嚣尘。
静待花开落，休迷物旧新。
诗书刷旧梦，云水洗天真。
莫道青峰冷，三分骨子贫。

2019 年 12 月 30 日

464. 朝中措·福瑞彩红

豪情万丈出深山,半立彩云间。
誓把阑干拍遍,春风不洗红颜。
江流宛转,飞花归梦,势在桑田。
若问尘埃落定,归来何必多言。

2020年1月1日有感于耿伟老师命名的兰花"福瑞彩红"

465. 朝中措·画梅

虬枝莫用淡烟皴,枯树自生根。
泼墨又嫌色重,孤行可道天真。
山前细雨,溪边翠竹,十里黄昏。
欲裹霜风就染,开帘惊见梅魂。

2020年1月1日

466. 朝中措·听梅

庭前无意掩窗纱,香引月飞花。
流水听风落寞,高山不阻烟霞。
低眉可聚,抬头可散,回首天涯。
又见阳春独舞,疏枝横带千家。

2020年1月2日

467. 云

无骨也生风,无言日月中。
无形亦无色,万象本来空。

2020年1月3日

468. 无题

不问清风不问云,偶然拾得一天真。
芦花深处斜阳晚,一半霜寒一半春。

2020年1月3日

469. 听云

随风流浪日,不舍故人心。
烟雨楼台客,霜天雪地砧。
东来频聚散,西出几浮沉。
谁在灵河岸,呢喃似有音?

2020年1月5日

470. 年关

流水无须风打点,青春一去不回头。
山前一把云烟锁,明月归来总是秋。

2020年1月10日

471. 无题两首

（一）

静处卖风流，斜阳不挂愁。
云横千古事，欲舍又难求。

2020 年 1 月 16 日

（二）

古意沧桑一瞬间，云天上下五千年。
斜阳不问生前事，只照空明在岸边。

2020 年 1 月 17 日

472. 青玉案·忆小年

一尘不染开心扫，
旧锅煮、新春貌。
福寿多多知孝道。
汤圆饺子，
窗花鞭炮，年味浓浓到。
一杯一盏先人好，
一串葫芦一声笑。
戏水鸳鸯来得早。
灯笼高挂，
对联揭晓，媳妇家家巧。

2020 年 1 月 18 日

473. 无题（新韵）

山水自平安，无须你挂牵。
居家茶酒肉，半个活神仙。

2020 年 1 月 25 日

474. 大年初一隔窗观梅

红梅动处春风起，妙手难书第一枝。
入画更添兰竹影，弹琴复借酒茶诗。
天真烂漫无须表，精巧玲珑哪得知。
年味浓浓闲几许，卷帘犹记隔帘时。

2020 年 1 月 25 日

475. 大年初二听《蝶恋》寄怀

流水飞花风起舞，青松明月淡如烟。
虚空不锁春秋梦，但把回眸付管弦。

2020 年 1 月 26 日

476. 无题两首

（一）

对联贴向天涯，灯笼挂瘦窗花。
风雨一声咳嗽，惊动千家万家。

2020 年 1 月 26 日

（二）

山水不知年，黄昏出重拳。
斜阳归万里，新月又扬鞭。

2020 年 1 月 26 日

477. 忆儿时过年

拜年拜到脚抽筋，千里红包万里嚑。
一纸春联听喜鹊，半窗风影醉围裙。
门前犬吠人来往，锅里香飘肉可分。
酒罢茶闲把火烤，膝前不准闹纷纷。

2020 年 1 月 26 日

十二时辰升紫气，十二生肖送瘟神。

478. 卜算子·十二生肖送瘟神

子鼠卷朱帘，牛虎临风会。
兔走龙蛇马问羊、摆个什么势？
猴舞水飞花，万物归门第。
鸡犬相闻喇叭吹，猪扫瘟神翳。

2020 年 1 月 30 日

479. 卜算子·十二生肖之子鼠开篇

混沌咬天开，子鼠通灵气。
话说当年我是谁，九九阴阳贵。
牛虎兔龙蛇，马瘦羊猴会。
鸡犬归宁落寞猪，仍在贪吃睡！

2020 年 1 月 27 日

【注】（1）鼠，十二生肖排行第一。其象征意义是灵性和生命力强。
（2）十二生肖顺序为：鼠牛虎兔龙蛇马羊猴鸡狗猪。

480. 卜算子·丑牛

小小试牛刀，何患琴无意？
明月清风化雨来，芒种家家喜。
犁地又耕田，衰草知三昧。

回首梅花雪里红，沥血青山对。

2020年1月27日

481. 卜算子·寅虎

王者自威严，非借寅时起。
一吼空山万物醒，再吼天心美。
四野阔无边，隐隐听风止。
莫道红尘滚滚来，不变忠魂泪。

2020年1月27日

482. 卜算子·卯兔

玉兔伴嫦娥，日日从头始。
一把琵琶一管风，夜夜乘云起。
绿水绕青山，不辨来时邸。
零落天涯海上升，归去天心洗。

2020年1月28日

483. 卜算子·辰龙

不见海生风，偏隐茅庐内。
老笔凌虚一境空，龙凤呈祥绘。
月是古时明，酒在今朝醉。
道是无形却有形，龙子龙孙辈。

2020年1月28日

484. 卜算子·巳蛇

石破裂惊雷，叠影堪相会。
柳下听风不解禅，摆摆新焦尾。
细雨落飞花，调在三春内。
出没空山见小龙，别是幽人醉。

2020年1月28日

485. 卜算子·午马

得得带飞花，手握青云辔。
但把双蹄千里扬，横抹春秋泪。
瘦处长精神，更见平川志。
若问黄昏寂寞无，驷马难追耳。

2020年1月28日

486. 卜算子·未羊

开泰话三阳，五德添肥美。
挂角枝头无处寻，上善如流水。
月色半人家，风动星河咫。
纵是青山隐隐寒，何惧生和死。

2020年1月29日

【注】羊是十二生肖中的德畜。
善群、好仁、死义、知礼、孝道。

487. 卜算子·申猴

花落卷帘风,雨洒天仙配。
日出空山处处新,缥缈云烟醉。
万事不求人,夸父斜阳会。
挂印封侯莫乱评,一把乾坤泪。

2020 年 1 月 29 日

【注】猴为夸父形象。

488. 卜算子·酉鸡

斗胆叫天开,万物倏然起。
不是朝阳瑟瑟来,顾影堪怜已。
前世凤凰身,今落桑麻市。
月下将心笃定时,反以高腔耻。

2020 年 1 月 29 日

489. 卜算子·戌狗

墨竹扫柴门,月动空山吠。
一带眉峰断又连,豪迈奔天际。
能守故人归,不舍忠魂泪。
最是炊烟袅袅处,内外听祥瑞。

2020 年 1 月 29 日

490. 卜算子·亥猪

日月静中眠,风雨声声醉。
不料霜天煮酒时,前路无人会。
放胆去西行,鬼怪妖魔起。
大道深深见落花,清白何须对!

2020 年 1 月 30 日

491. 卜算子·英雄泪

千里送瘟神,长借英雄泪。
放眼苍生危难时,谁举云天义?
春暖待花开,横笛东风起。
若使眉心一点红,定把平安寄。

2020 年 1 月 30 日

492. 有感于黄宾虹的篆书

清清爽爽性天然,不为霜风惧眼前。
千壑云飞松劲挺,扬眉吐气月流泉。

2020 年 2 月 5 日

493. 小重山·一曲小阳春

料峭黄花不堪贫。
眉梢描黛浅、掩柴门。
斜阳过处柳芽新。

风无路、横笛向青云。
一曲小阳春。
天涯何落寞、正良辰。
炊烟半把又黄昏。
慵懒处、灯火月同尘。

2020 年 2 月 10 日

494. 初春菜花

半是风寒半是花,初开即是好年华。
萝裙不带无边月,只顾低头锁晚霞。

2020 年 2 月 11 日

495. 初春芦苇

已是春风岸上来,回头还见腊梅开。
灰黄不瘦空中影,一把浮云去处裁。

2020 年 2 月 11 日

496. 春时三首

（一）

花来风不笑,雨洗一山庄。
柳作相思客,云烟泪几行？

2020 年 2 月 13 日
和理野老师的《秋时》

（二）

春风欲锁万家门,只把诗心陌上屯。
柳树轻弹流水曲,黄花独舞闹乾坤。

2020 年 2 月 14 日

（三）

千门不对杏花开,却怨杏花墙外栽。
满把相思平地起,隔屏翻作钓鱼台。

2020 年 2 月 14 日

497. 忆秦娥·白梅有寄

无须赞,霜风阵阵鸿门宴。
鸿门宴,后人评说,是非难断。
春秋不识花儿艳,黄昏意守星河晚？
星河晚,天堂有路,古今殊变？

2020 年 2 月 18 日

498. 忆秦娥·郁李花

春风唤,生生死死来相伴。
来相伴,不涂不抹,笛声何断？
但凭山水轻归岸,空灵有路秦楼畔。
秦楼畔,昊天明月,恋而无恋。

2020 年 2 月 19 日

499. 忆秦娥·梨花

飘然际,如风如雨如云醉。
如云醉,明明白白,此生无悔。
红尘不定年和岁,青衣婉转情和泪。
情和泪,伤心莫道,个中滋味。

2020 年 2 月 21 日

500. 忆秦娥·玉兰花

云生骨,风中兀自清如月。
清如月,今朝不远,梦中何别?
歌声欲寄朝天阙,斜阳偏对悬崖决。
悬崖决,明知身败,毅然成蝶。

2020 年 2 月 21 日

501. 忆秦娥·枇杷花

非春早,霜风凄冷孤而傲。
孤而傲,琵琶十里,一弦尤俏。
缘来飞雪还痴笑,自然率性何须巧。
何须巧,花开花落,梦魂颠倒。

2020 年 2 月 22 日

502. 忆秦娥·春雨

随风至,飘飘又把云烟洗。
云烟洗,心生落寞,杏林开启。
前门一道通千里,后门半掩黄昏际。
黄昏际,高山流水,恸而无泪。

2020 年 2 月 22 日

503. 忆秦娥·白莲

莲花白,水天明月听弦律?
听弦律,一风一雨,醉醒归一。
山川叠影云间客,但凭傲骨书长策。
书长策,敲钟向晚,此番何立?

2020 年 2 月 23 日

504. 忆秦娥·白菊

秋风破,亡灵祭奠何须我?
何须我,白衣湿处,幻而无果。
天涯欲点星星火,乾坤仁义云天锁。
云天锁,玄黄未解,弃之犹可?

2020 年 2 月 23 日

或涂或抹花容貌,竖听横听天籁声。

505. 早春

一曲高歌寄早春,柳芽半绿拂新尘。
斜飞紫燕还相望,不问黄花问远亲。

2020 年 2 月 25 日

506. 青玉案·龙抬头

东风一梦醒南北,
二月二、龙头击。
柳眼初开调太息。
杏花听雨,梨花横笛,蜂蝶桃腮立。
儿童彩画云中笔,紫燕翩翩展双翼。
最是菜花原有色。
一皱流水,二皱阡陌,曲曲通三易。

2020 年 2 月 24 日

507. 青玉案·菜花

黄蜂是我平常客,
果欲纵、花先惜。
也淡也浓高处惕。
春来春去,春风春色,春在枝头立。
空山未雨云烟湿,柳绿桃红蝶儿急。
一步登天何说易?
夕阳西去,黄昏又隔,座上谁相觅?

2020 年 2 月 25 日

508. 青玉案·迎春花

迎春一笑春常在,
任明月、追云彩。
试问人生何买卖?
空山新雨,风中不改,挥手还豪迈。
儿童捉蝶斜阳摆,紫燕惊飞掠天籁。
地阔天宽谁主宰?
江湖救急,扬帆出海,花落疏篱外。

2020 年 2 月 26 日

509. 青玉案·蚕豆夜语

不谈天地何其远,
舍傲骨、炊烟伴。
给点油盐蹭米饭。
茴香下酒,斜阳又劝,一曲黄昏恋。
东风万里星河唤,千古开篇梦魂断。
底事由来凭杜撰。
知君落泪,知君咸淡,何必花儿艳?

2020 年 2 月 27 日

510. 青玉案·杏花归梦

东风曼舞云烟带,
一片雨、红尘外。

欲卷欲舒还自在。
高枝听雪,低枝不怠,落落如天籁。
但凭月色相淘汰,莫用纷繁演成败。
梦落深山何贱卖?
生津解毒,百川归海,药煮三千爱。

2020 年 2 月 28 日

511. 浣溪沙·早春

一半黄花一半云,柳芽初醒醉三分。
东风无处不精神。
山挺脊梁描画卷,水弹长调破迷津。
偏飞紫燕早知春。

2020 年 2 月 29 日

512. 浣溪沙·黄鹂菜

一色明黄对紫烟,朝来晚去不偷闲。
风归野外误从前。
谁在黄昏听解语,月扶流水动阑珊。
他乡有梦梦难全。

2020 年 3 月 1 日

513. 浣溪沙·春雨

雨醉风轻数落花,春归杨柳吐新芽。
扁舟无钓自闲暇。
云等黄昏同入海,山藏秀色共流沙。
连天芳草好年华。

2020 年 3 月 2 日

514. 浣溪沙·听箫

缥缈云烟缥缈音,似无似有梦中寻。
落花一曲不堪吟。
流水乘风归四野,青山依旧守疏林。
孤舟明月淡浮沉。

2020 年 3 月 3 日

515. 西江月·庚子之春

陌上春光正好,门前流水如常。
云烟几许不张狂?欲锁天心朗朗。
庚子从来多事,何须怨怼沧桑。
拈花一笑慰衷肠,诗写山河万象。

2020 年 3 月 7 日

雨洗春风春自在,花飞蝶梦蝶从容。

516. 豌豆花两朵

向风向雨向阳光，如蝶双双气宇昂。
走罢千山和万水，灵山就在你身旁。

2020 年 3 月 7 日

517. 波斯婆婆纳花

星星点点自成溪，遥望蓝天色不迷。
唤得春风长梦醒，斜阳归后鸟空啼。

2020 年 3 月 7 日

518. 菜花

不惊不怖是黄花，蝶舞蜂飞任尔夸。
道是涅槃归净土，一群吃客在天涯。

2020 年 3 月 7 日

519. 碎米荠

小中自有大乾坤，勃勃生机势欲吞。
洗尽铅华原有色，味儿甘美论黄昏。

2020 年 3 月 7 日

520. 仲春即景

风锁黄云听鸟语，一湾绿水绕农家。
青山不问斜阳晚，空谷深深葬落花。

2020 年 3 月 8 日

521. 梨花

曾落江湖一梦中，春光不与四时同。
乾坤赐我真颜色，蜂蝶依稀几缕风。

2020 年 3 月 8 日

522. 桃花

清新无欲本天然，古寺竹篱明月前。
风雨敲开千古梦，破啼一笑惹谁怜？

2020 年 3 月 8 日

柳下桃夭空有色，梨前蝶语惑非迷。

523. 红色豌豆花

喇叭一管吹双调，大紫大红飞霓裳。
俯仰之间皆妙理，圆通煮酒破迷茫。

2020 年 3 月 9 日

524. 夜话贾岛

亦僧亦俗亦神仙，僧话风中落魄禅。
俗物不堪清净地，两头倒挂两头牵。

2020 年 3 月 9 日

525. 菜花

一色染云天，空风不醉眠。
节节登高处，花摇明月前。

2020 年 3 月 10 日

526. 菜花美

美是春风花是海，色如烟雨梦中来。
不知彩蝶何多虑，落寞无声古韵开。

2020 年 3 月 10 日

527. 西江月·菜花早

不是春风太早，原来美玉无瑕。
不惊不诧走天涯，独步潇潇洒洒。
蜂蝶天心未许，渔樵柳下桑麻。
炊烟袅袅好人家，半掩红砖碧瓦。

2020 年 3 月 10 日

528. 西江月·春之颜

白白红红各异，平平淡淡天真。
和风细雨换萝裙，本是相亲相近。
蜂蝶门前听笛，山溪柳下铺陈。
莺歌燕舞不堪贫，曲曲霓裳有信。

2020 年 3 月 10 日

529. 西江月·菜花之童谣

冷雨听风落寞，金黄写意云霄。
不皱不染不妖娆，自带三分孤傲。
向晚怡然自得，篱前欲谱童谣。
花开花谢太无聊，赐我青春可好？

2020 年 3 月 11 日

530. 西江月·梨花

本性天然淡雅，随缘自在芳华。
不描二月绿窗纱，任蝶飞身上下。
一曲梨花落尽，梨花到底何花？
花非花处是无涯，一匹脱缰野马。

2020 年 3 月 11 日

531. 再看菜花

黄色即无色,非身即大身。
何来天际远,不垢不留尘。

2020 年 3 月 11 日

532. 桃花三首

(一)

芳菲画尽春之色,不与繁花比浅深。
醉别天涯零落雨,沧桑一意守初心。

2020 年 3 月 11 日

(二)

年年执着向春开,半老红颜陌上来。
原是恒河沙一粒,归根不见有尘埃。

2020 年 3 月 12 日

(三)

只是天生颜色好,春风二月雨飞纱。
相逢不问灵山远,掩卷诗经目不斜。

2020 年 3 月 13 日

533. 梨花

无尘无色月牙高,何动诗心走一遭?
天地不知谁是我,白云深处换青袍。

2020 年 3 月 13 日

534. 西江月·春暖花开

翠柳依依不舍,桃夭灼灼其华。
东风展翅走天涯,最是江山如画。
生命本来柔弱,随缘聚散休夸。
红尘滚滚冷清嘉,古调悠悠作罢。

2020 年 3 月 12 日

535. 西江月·梨花

本是天真一味,何来烂漫三分。
诗心写意入闲云,誓扫贪嗔痴恨。
回首星河明月,莲台有路无根。
凭空却又醉黄昏,梦里青山隐隐。

2020 年 3 月 13 日

536. 西江月·柳

袅袅婷婷似梦,<u>丝丝缕缕</u>如风。
波心不钓夕阳红,任尔林林总总。

兀自花前飞絮,飘飘一抹晴空。
当知此处最从容,莫念生生与共。

2020 年 3 月 14 日

537. 西江月·野豌豆花

四野青山绿水,抬头即见阳光。
低眉信手送凄凉,半是孤芳自赏。
冷煮人间烟火,缘来几许痴狂?
飞身化蝶粉霓裳,不住如如意象。

2020 年 3 月 14 日

538. 蝶恋花·李花

最是春风颜色好,一径幽幽,
彩蝶双双早。
流水淙淙花渐老,青枝半纵云烟俏。
千古红尘何处了,放眼乾坤,
把酒听年少。
明月空弦诗意捣,江湖难舍江湖貌。

2020 年 3 月 15 日

> 半百人生风半百,三千世界梦三千。

539. 蝶恋花·海棠

最是花中君子色,一念之间,
竟把红尘隔。
淡写长风春复律,云烟不锁天心白。
款款青袍禅太极,日月同源,
何况三生石。
富贵空谈谦受益,庭前落寞还将惜。

2020 年 3 月 16 日

540. 蝶恋花·梨花

纵是三生三世后,明月青山,
风雨还依旧。
雾里看花花更瘦,飞天一梦红尘久。
蝶恋深深何执手,相忘江湖,
淡看烟波柳。
放任相思归白昼,迷离莫锁胭脂扣。

2020 年 3 月 17 日

541. 蝶恋花·樱花

粉面带风飘欲醉,长袖轻抛,
半是离人泪。
春雨难描残缺美,红尘只隔山和水。
一道斜阳鞍马辔,意在飞天,

意在幽人会。
钟鼓声声莺对对,不收不舍云烟翠。

2020 年 3 月 18 日

542. 桃花

半分羞涩三分骨,绝处随缘醉绿纱。
生命本来皆亮丽,阴阳消长有时差。

2020 年 3 月 21 日

543. 仲春即景

雨洗桃夭色,风吹野菊花。
天真各无染,柳絮两相夸。

2020 年 3 月 21 日

544. 如梦令·迎春花

纵是三春无梦,迎面道声珍重。
花叶渐迷离,误对斜阳邀宠。
何恐?何恐?不假不真不送。

2020 年 3 月 22 日

545. 如梦令·梨花

一曲梨花烟雨,放纵春风几许?
改写旧诗词,不蔓不枝不举。
逆旅,逆旅,天地无来无去。

2020 年 3 月 22 日

546. 如梦令·枯荷

二月春风似剪,一把几何图案。
还是水云间,恰自浮萍出演。
如幻,如幻,梦里初心未变。

2020 年 3 月 22 日

547. 紫荆花

如是天生丽质,却能优雅无尘。
杜绝纷纷扰扰,到底骨肉相亲。

2020 年 3 月 22 日

548. 蝴蝶花(扁竹花)

横皱颜色竖皱空,朵朵含羞一阵风。
竹下斜阳多自爱,朝朝展翅不相同。

2020 年 3 月 22 日

549. 蔓长春花

梦幻般般又若真，风中才见问何因？
两心相悦红尘岸，归去星空不再晨。

2020 年 3 月 22 日

550. 石龙芮（野芹菜）

是药三分毒，缘来并不虚。
黄颜非色相，有约破茅庐。

2020 年 3 月 22 日

551. 斜阳

斜阳有味味三寻，上下云烟幻古今。
不是空山颜色好，扁舟之外也浮沉。

2020 年 3 月 22 日

552. 如梦令·桃花

本是春风有约，何况东君许诺。
岁岁赐红颜，不让缤纷落寞。
谁错？谁错？细雨无声如昨。

2020 年 3 月 23 日

553. 如梦令·樱花

不是大生烂漫，誓把春风卅遍。
叠韵谱新诗，流水高山彼岸。
好办，好办，他日银河相见。

2020 年 3 月 23 日

554. 如梦令·垂丝海棠

清爽清新淡雅，自带天真潇洒。
不是不回头，雨后飞花一架。
作罢，作罢，最是光阴无价。

2020 年 3 月 23 日

555. 如梦令·柳絮

自在风中流浪，不与飞花惆怅？
故地论沧桑，日月山河无恙。
悲壮，悲壮，芳草萋萋丈量。

2020 年 3 月 24 日

556. 如梦令·七里香

山野清风拂面，蜂蝶迷离有盼。
谁在唱阳春，好似栏杆拍遍。
幽怨，幽怨，剪作馨香串串。

2020 年 3 月 24 日

557. 如梦令·枯荷

誓把斜阳横扫,冷对落花衰草。
春事已成殇,看我风中孤傲。
不老,不老,六月荷塘请早。

2020 年 3 月 25 日

558. 如梦令·梨花

梦里相思如雪,冷冷清风明月。
不见有佳人,长袂飘飘泪别。
蝴蝶,蝴蝶,莫问渔樵圆缺。

2020 年 3 月 25 日

559. 如梦令·猴子

头上星星眨眼,脚下春风问暖。
两臂揽乾坤,岁月不长不短。
经典,经典,改叫先人板板。

2020 年 3 月 25 日

戏题刘铭老师爱说"先人板板"

560. 如梦令·狗

拾得东篱明月,千里不辞圆缺。
大把老时光,看尽红尘飘雪。
离别,离别,天地无从可约。

2020 年 3 月 26 日

561. 如梦令·梨花颂

每每梨花有颂,定是归心如梦。
我道是良宵,从此乾坤与共。
放纵,放纵,日月拈来不恐。

2020 年 3 月 27 日。

562. 柳梢青·季春即景

翠色迷离,江流宛转,鸟自空啼。
一叶扁舟,凌虚而去,点破天机。
斜阳横扫芳菲,任柳絮、花间入诗。
不变初心,缘何性起,春瘦秋肥?

2020 年 3 月 27 日

563. 柳梢青·梨花

千里游魂,冰心可鉴,不掩黄昏。
山野清风,无边落寞,只兑浮云。
流年梦里乾坤,酒好色、花蹊动人。
何故归来,枝头明月,瘦骨嶙峋?

2020 年 3 月 28 日

564. 柳梢青·水洗山魂

水洗山魂，山藏秀色，万里无云。
暮鼓听风，风依杨柳，看尽三春。
烟波浩淼迷人，那是你、天涯比邻。
烟外樵歌，诗书如梦，自在乾坤。

2020 年 3 月 28 日

565. 柳梢青·老家即景

柳绝风尘，花开五色，雨洗乾坤。
不拒疏篱，不描幻影，不饰天真。
空山终弃黄昏，听静夜、如何转身。
紫燕衔泥，鸡鸣犬吠，忘却斯文。

2020 年 3 月 28 日

566. 菩萨蛮·老家海棠有记

红颜只在棠前抹，春风只把琴弦拨。
本是俏佳人，何须点绛唇。
炊烟知我意，送我云天际。
看尽月中诗，归来永不移。

2020 年 3 月 30 日

567. 菩萨蛮·老家紫玉兰

紫云一把归来剪，青春聊作相思岸。
不老是风光，徐徐问夕阳。
堂前听犬吠，紫燕成双对。
冷骨醉花阴，无非故土心。

2020 年 3 月 31 日

568. 菩萨蛮·裁云社结社三年有记

彩云横笛梅花落，幽兰新竹清欢阁。
紫陌听平腔，书僮意气长。
潇关红叶好，如意一如到。
二古窦华开，琼楼结社来。

2020 年 3 月 31 日

【注】"如意一如到"中"一"字出。"如意"和"一如"都是诗友网名。

569. 菩萨蛮·老家银杏叶有记

古风安得春风唤，青青翠翠来相见。
雨后吐阳光，琴弦各自张。
空山常落寞，何患时人学。
不倦是红尘，无邪也较真。

2020 年 4 月 2 日

570. 菩萨蛮·老家凤尾蕨有记

平平淡淡青青草,圆圆脑袋多情貌。
肆意串相思,幽幽不语迟。
风中听自在,横竖皆天籁。
凤尾本无言,丝丝扣管弦。

2020 年 4 月 3 日

571. 闲话刘打油（打油诗）

半醉半醒红尘外,半邪半正山水间。
半百人生半风雨,半是鬼魅半是仙。
半壶浊酒半入道,半把光阴半扬鞭。
半许初心半望月,半溪落花半管弦。

2020 年 4 月 3 日

【注】刘打油,刘铭老师是也,又雅谑为红尘浪子、老二杆子、井底之蛙等。

572. 菩萨蛮·听雨

花开花落乘风起,云舒云卷凌虚美。
万物启天真,一番泥土新。
窗前听细语,曼把时光举。
不变是苍穹,玄黄本性空。

2020 年 4 月 5 日

573. 月圆

明月如期至,该圆定会圆。
人生春几度,笔墨问桑田。

2020 年 4 月 8 日

574. 无题

落寞残花风叠翠,扁舟渐远水无痕。
溪流绝壁飞天练,千古重开一道门。

2020 年 4 月 11 日

575. 如梦令·饮酒（裁云社同题）

（一）如梦令·半醉
半是孤芳自赏,半是豪情万丈。
只在醉醒间,把月独来独往。
暗访,暗访,门外清风朗朗。

2020 年 4 月 18 日

（二）如梦令·装醉
不问老兄何意,自把相思独寄。
酒酿好时光,梦醒山河落泪。
装醉,装醉,谁解个中滋味?

2020 年 4 月 18 日

（三）如梦令 · 酒醉

酒醉乾坤有梦，酒醒黄昏相送。
风月串诗词，千里裁云与共。
龙凤，龙凤，彰显清流一众。

2020 年 4 月 18 日

（四）如梦令 · 酒话

月在水中游荡，我对青莲惆怅。
一树雨飞花，足下风声无量。
歌唱，歌唱，誓把乾坤景仰。

2020 年 4 月 18 日

（五）如梦令 · 酒胆

清浅一壶明月，影子何须道别。
厚德载天宽，泼墨春花如雪。
不屑，不屑，夜话诗风高洁。

2020 年 4 月 18 日

（六）如梦令 · 醉梦

花赶流云下海，水荡扁舟不赖。
杨柳跌青烟，几许风光买卖？
休怪，休怪，醉梦天山一带。

2020 年 4 月 18 日

576. 谷雨听雨

谷雨夜来迟，飞花梦里痴。
谁弹天地阔，滴滴碎于斯。

2020 年 4 月 19 日

577. 天仙子 · 送春

雨洗飞花天作岸，水送云烟君莫念。
时光过处本无声，风不断，萍放眼，
染就一张春画卷。柳絮飘飘终向晚，
杏在枝头明月半。浮生若梦又何妨，
机缘浅，菩提善，静待夏荷轻拂面。

2020 年 4 月 21 日

578. 牡丹花

花开听谷雨，五色叠风烟。
妙在云飞处，应时舒管弦。

2020 年 4 月 21 日

【注】牡丹花，又叫谷雨花，谷雨后三日盛开。

579. 芳草

冷观花落艳阳天，不着红尘与紫烟。
几许愁思星月晓，更生更长志弥坚。

2020 年 4 月 21 日

580. 点绛唇·草木今生

草木今生，谁怜风雨频频起。
荒郊野外，片片云烟碎。
明断光阴，暗洒春秋泪。
山河美，天涯有寄，一把繁星醉。

2020 年 4 月 23 日

581. 点绛唇·芳草

碧绿无言，荷塘柳影飞花乱。
随风吹散，不用年年算。
向死而生，生死千千万。
云天岸，晚霞疏懒，只此春光远。

2020 年 4 月 24 日

582. 点绛唇·芳草

无惧高山，再高不外云天下。
月圆星话，隐隐风潇洒。
多少春秋，耿耿谁牵挂？
平常也，独孤何怕，雨后荼蘼架。

2020 年 4 月 24 日

583. 点绛唇·空山

溪水山花，微风斜照云烟巧。
枯枝当道，碧绿深深草。
寂寂流年，谁把尘埃扫。
青苔小，乾坤皆妙，快乐松间鸟。

2020 年 4 月 24 日

584. 点绛唇·空山行

风卷云烟，生生灭灭时光老。
落花含笑，半世穷其妙。
水转斜阳，疏影频频照。
松有道，一方安好，何用阴晴表？

2020 年 4 月 24 日

585. 点绛唇·空山有雨

滴水成珠，空山有雨飞花重。
云烟幽共，迷醉来时梦。
枯树新芽，不识阴阳动。
明月恐，风言风送，千古谁人懂？

2020 年 4 月 24 日

586. 无题

化落一丝风，溪流总向东。
云烟生灭际，天地半醒中。

2020年4月25日

587. 点绛唇·芍药

无意芳菲，蛾眉不屑京城雨。
云烟几许，漫写清新句。
梦里听风，淡定随心舞。
山独步，月敲今古，最是迷人处。

2020年4月26日

水纵流云频击鼓，花扬心事更随风。

588. 天仙子·芍药

妙在春归花弄影，绰约摇风寻究竟。
从来富贵不由人，三分命，七分性，
莫道白云深处冷。
断灭何须空作证，明月幽窗诗起兴。
笔中若有大乾坤，黄昏赠，晨曦醒，
江上扁舟闲煮茗。

2020年4月27日

589. 浣溪沙·芍药

取道空山莫念经，飞花带雨立婷婷。
清风陌上任飘零。
不与牡丹争第一，却和明月共长生。
从来宰相淡输赢。

2020年4月28日

【注】芍药，常用中药。又叫作离草、花中宰相、没骨花等。是扬州市市花。古人评花：牡丹第一，芍药第二，谓牡丹为花王，芍药为花相。因为它开花较迟，故又称为"殿春"。

590. 鹊桥仙·月见草

林幽风静，默然无语，一任花开花落。
溪流尽处是空山，月见草，真情相托。
何须提起，何须放下，撒手悬崖万壑。
随缘聚散在随缘，定而慧，无从许诺。

2020年4月29日

591. 鹊桥仙·四季秋海棠

不浓不淡，不妆不抹，尽染春秋一色。
斜阳带雨更飞花，影如蝶，青帘相隔。
无愁无恨，生平执着，梦断云烟过客。
深深庭院锁芳菲，月清瘦，惊风落魄。

2020年4月30日

592. 鹊桥仙·黄角兰

容颜清瘦,馨香破晓,
遗落红尘不怠。风凭往事断珠玑,
雨巷里,声声叫卖。
三毛一朵,三元一串,
串串惹人怜爱。龙钟一把泪婆娑,
缘相惜,昭君出塞。

2020 年 5 月 1 日

593. 读李白《独坐敬亭山》突忆老家

山如漏斗滤青云,双翼凭风合又分。
放眼古今皆落寞,归心千里也相闻。

2020 年 5 月 1 日

594. 宣汉城燕子酒楼远眺即兴

空灵山与水,自在是真心。
一段时光老,风流何处寻?

2020 年 5 月 3 日

595. 巴山大峡谷印象

山高水急白云多,鸟自空啼花自歌。
绝壁抚琴风雨醉,枯藤挂蔓乐呵呵。

2020 年 5 月 4 日

596. 熏风

花落草丛中,云闲牧笛空。
斜阳送溪水,断续是熏风。

2020 年 5 月 5 日

597. 题图

山水月悠悠,听风独自愁。
何须栖彼岸,自在荡扁舟。

2020 年 5 月 6 日

598. 野趣

青苔藏岁月,石挂水帘寒。
听鸟长歌罢,扬风自撒欢。

2020 年 5 月 7 日

599. 蓝花楹

紫调翠帘开,惊风不自来。
空空生万象,一体上瑶台。

2020 年 5 月 12 日

600. 瀑布

山风游涧水,步步得天真。
串串明珠掷,涛涛不绝春。

2020 年 5 月 12 日

601. 居家

居家不在宽,一井一栏杆。
明月清风里,诗书表万端。

2020 年 5 月 13 日

602. 蓝花楹

如是闻风起,横空带紫烟。
飞花皆是梦,寥落九重天。

2020 年 5 月 13 日

603. 扶贫扶志

舟行水远月无疆,扶志扶贫把梦扬。
但得春风涂四壁,且将甘露饮千觞。
鸡鸣锄草山坡上,日落安心果树旁。
放眼星河多壮丽,小康强国是良方。

2020 年 5 月 14 日

604. 手机

方寸之间天下侃,东西美景一屏收。
有他无我何落寞,有我无他何所求?

2020 年 5 月 16 日

605. 锅(新韵)

清蒸慢煮自煎熬,不与东君论小乔。
独步江湖一张嘴,何须把酒话辛劳。

2020 年 5 月 16 日

606. 碗

圆圆可照云天月,寂寂可装尘世风。
笑口常开非本意,谁人胆敢破其中。

2020 年 5 月 16 日

607. 有感扶贫

春风化雨晓帘开,一片葱茏紫燕来。
立定扶贫小康路,山歌向晚把云裁。

2020 年 5 月 16 日

608. 鹊桥仙·观御江云邸演出有感

春风一担,祥云万朵,
演绎深情你我。
陵江之水乐悠悠,
管弦起,星空如火。
青松幻影,落花飞絮,
翠柳丝丝唱和。
芭蕉泼墨凤归来,涅槃处,
层层道破。

2020 年 5 月 16 日

609. 瓢

可舀千江水,轻装两岸风。
谦谦君子色,何处论西东?

2020 年 5 月 17 日

610. 盆

人生最贵米油盐,月洗风花莫自嫌。
但得三餐交响曲,何来幽影卷重帘?

2020 年 5 月 17 日

611. 水杯

东西南北一杯水,无愧苍天无愧心。
满时入空空最妙,平常风雨看浮沉。

2020 年 5 月 17 日

612. 台灯

无须风雨洗乾坤,来去如烟影独尊。
已照悲欢千古事,星稀月落自销魂。

2020 年 5 月 17 日

613. 笔

千古文明一管风,未开天眼悟穷通。
为奸为恶凭心断,无事生非几度空。

2020 年 5 月 17 日

614. 书法

松风渐入明明月,流水空弹落落花。
取舍随缘皆智慧,三分留白点朱砂。

2020 年 5 月 18 日再赏吕崇友老师书法有感

615. 车菊

群芳夜话星空下,前世今生你我他。
水是精灵风是客,青山何故漫无涯?

2020 年 5 月 19 日

616. 酒过三巡

一巡
红尘本作女儿身,化入愁肠各自珍。
白发空谈夕阳美,不知前世苦何因?

二巡
风自潇潇水自深,五湖四海尽归心。
飞花有梦谁多虑,醉入青山无处寻。

三巡
流云壮胆赋新诗,明月浇愁几度痴。
雨打芭蕉乱泼墨,闻风起舞影来迟。

2020 年 5 月 20 日

617. 书翁夜话

文字有神功,能醒万世风。
横掀千古月,竖扫六维空。
枉断乾坤事,误描深浅红。
非关君影碎,我本一山翁。

2020 年 5 月 21 日

618. 题画

巧把云烟入画中,修禅不借万山空。
扁舟系柳疏篱动,月落黄昏一缕风。

2020 年 5 月 22 日

619. 云游

天外飞来一片云,东西南北醉纷纷。
无端拾得清风老,着意迷离野草欣。
流水山前且歌舞,落花石上任传闻。
不知万物何来去,更向黄昏卷翠裙。

2020 年 5 月 22 日

620. 书桌

总伴青灯耿耿长,男儿有志不彷徨。
孤鸿展翅高飞尽,明月归来子满堂。

2020 年 5 月 24 日

621. 餐桌

本是深山一栋梁，而今固步对愁肠。
三餐但得七分饱，诗酒花茶寄凤凰。

2020 年 5 月 24

溪水终归大海，青峰不舍苍穹。

622. 书房

青山化作风和雨，绿了芭蕉醉了心。
流水煮茶知况味，白云束砚举浓阴。
挥毫泼墨随缘就，问道参禅向内寻。
寂寂诗书归净土，何来钟鼓晓浮沉？

2020 年 5 月 28 日

623. 泼墨（新韵）

风动山摇滚滚来，无痕之处两重开。
东西南北云何急，楚汉三军正彩排。

2020 年 5 月 28 日

624. 夏日晨雨

扁舟一叶系清凉，半纵浮云半入场。
古调新风原不爱，误将翡翠点玄黄。

2020 年 5 月 31 日

625. 小儿垂钓

何事鱼儿不上钩？莫非鱼饵不风流？
鱼竿太短斜阳钓，赛过渔翁有派头。

2020 年 6 月 1 日

626. 纸

清清白白出深山，寂寂幽幽为哪般？
莫道红尘皆是梦，但凭笔墨独听闲。
乾坤无意时光老，日月从来步履艰。
对酒何须惧风雨，不妨一笑任增删。

2020 年 6 月 2 日

半把沧桑听暮鼓，三分翠绿湿红妆。

627. 见樊旭东老师临窗晨读起兴

天真烂漫一<u>丝丝</u>,莫笑清风与我痴。
快乐江湖原有道,书山何处不低眉。

2020 年 6 月 14 日

628. 摊破浣溪沙·莲池雨后

风动清凉水动眉,白云舒展浣新衣。
紫燕翩翩似无语,更低飞。
翡翠圆圆惊玉宇,红霞朵朵破天机。
何去何来缘注定,梦同归。

2020 年 6 月 14 日

629. 银杏

低头无惧绿如风,胜过娇羞几许红。
不是青山颜色好,鸣蝉问道见孤篷。

2020 年 6 月 19 日

630. 诗贺李光照先生九十高寿

耄耋正翩翩,诗书乐管弦。
春风乘兴起,明月总流传。

2020 年 6 月 24 日

631. 老家即景

深绿叠浅绿,蝉声听鸟声。
风云自来去,有竹笑相迎。

2020 年 6 月 27 日

632. 雄黄兰

如火如荼碧水中,涅槃不借岸边风。
谁怜一道烟霞晚,自带娇羞正葱茏。

2020 年 7 月 1 日

【注】雄黄兰,又名射干菖蒲、火星花、观音兰。可以消肿止痛。

633. 临江仙·山寺听雨（龙格三）

一领青山无所惧,白云来去匆匆。
三分洗练七分同。落花如蝶舞,

古树伴晨钟。翡翠凉凉连碧瓦,
明明不辨西东。鹧鸪声里步从容。
江湖原有道,何意话孤蓬?

2020年7月4日

634. 莲藕

花借时光皴五色,叶弹古调动长空。
淤泥不带荷塘月,有节难寻一缕风。

2020年7月10日

635. 风

云有三分色,君无半点真。
穿林还打叶,拂面仅留尘。
雨后阳光洒,门前流水亲。
芭蕉知几许,去处落花新。

2020年7月12日

636. 新荷

水水山山皆自在,风风雨雨尽逍遥。
新荷才见尖尖立,玉滚珠弹试洞箫。

2020年7月12日

花闲莫道瑶台月,水净还听拂晓钟。

637. 风

兜兜转转水云间,无事生非总在攀。
又比清波高一丈,更吹明月弱千般。
摧枯拉朽墙头草,取义成仁大散关。
若问溪前谁最美,花开花落任增删。

2020年7月15日

638. 凤凰台上忆吹箫·
   竹林深处(李清照体)

风影飘花,笋尖而立,
色空豪迈归程。
鸟语蝉鸣罢,落寞相倾。
天道从来有道,修得此、一派升腾。
婆娑处,云烟更起,上下纵横。

盈盈,不骄不傲,青翠抚瑶琴,
节节坚贞。
土是黄泥土,何辨阴晴?
身是菩提明月,知进退、根举无形。
无形也,山高水长,日日峥嵘。

2020年7月21日

639. 蝉花

嘶声喊破春秋梦,纵是残花不易容。
寂寞无聊林下客,驮来日月自成峰。

2020 年 7 月 29 日

640. 门里门外话黄昏

(一)

天宽地阔本无门,花弄闲情贵有根。
风逐时光谁易老,白云岭上枕黄昏。

(二)

半虚半掩一柴门,风自蹒跚泪自吞。
日月窗前多寂寞,白云醉酒锁黄昏。

(三)

清溪放胆破天门,一卷沧桑若有根。
老树开花藤漫漫,白云升处话黄昏。

2020 年 7 月 26 日

641. 辣椒

青青翠翠惹人怜,最是风花好结缘。
辣到泪干肠又断,英雄无敌月光前。

2020 年 7 月 26 日

642. 无题(口占)

花飞蝶舞好风光,一寸相思一寸长。
最是东君熬不住,晨昏未定举离觞。

2020 年 7 月 28 日

643. 雨中

树叶摇头雨点头,清波问路荡莲舟。
蝉声不减飞花梦,翡翠珍珠一并收。

2020 年 7 月 29 日

644. 摘葡萄有记

珠珠都有梦,串串挂斜阳。
最是清心处,佳人小嘴扬。

2020 年 8 月 2 日

645. 品茶

欲问云间事,流泉慢煮茶。
杯杯皆有味,不弃绿芳华。

2020 年 8 月 2 日

646. 哨兵

日月过双肩,春秋一个天。
风花常笑我,再近也无缘。

2020年8月2日

雨洗山风空翠响,诗描流水淡烟轻。

647. 云

谁借古琴弦,飞身化作烟。
重行千里路,再续半生缘。
翠竹听风雨,沧桑别洞天,
斜阳明月共,执剑点良田。

2020年8月6日

红尘只可三分色,明月何须一担空。

648. 重游碧峰峡

峡谷深深蝉阵阵,飞流急急赴银河。
山花不与游人笑,半闭半开还唱歌。

2020年8月8日

649. 峨眉山听禅(古风)

是蝉不是禅,理通机不玄。
峰有千古事,松听上万年。
蝴蝶花下客,流水天外天。
青苔放眼处,横竖说自然。

2020年8月9日

650. 临江仙·瓦屋山遇雨

点点相思生玉骨,缥缥缈缈云端。
何人泼墨不留言?
寻声听梦呓,任尔杖藜观。
绝壁飞流风自舞,猴儿最喜桌山。
杜鹃有节待明年。
明年春色早,聚散不由天。

2020年8月11日

【注】(1)桌山,即瓦屋山,位于中国四川省雅安市荥经县内,是亚洲最大的桌山。
(2)杜鹃有节,这里指每年在这里举办的杜鹃花节。因瓦屋山有高山杜鹃60多万亩,享有"世界杜鹃花王国"等称谓。

651. 瓦屋山的云和冷杉

云山云海云为主,从来不冷是杉心。
逍遥一笔冲霄汉,敢问春秋何处寻?

2020 年 8 月 11 日

652. 浪淘沙·瓦屋山的猴

不是戏中精,不是高僧。
憨憨可爱老孙行。
绝壁攀援心手畅,却怕人情。
回首亦无声,步若叮咛。
低眉挠耳更聆听。
大道如今皆落寞,棒打无形。

2020 年 8 月 11 日

653. 也说舍身崖(新韵)

山高不算高,老树画眉梢。
风有千般意,云深万丈腰。
三分蝉切切,几许梦飘飘。
绝壁成其大,何须一念抛。

2020 年 8 月 13 日

654. 又上富乐山,也听荷与蝉,组诗十一首:

(一)小径也听蝉

过往皆非客,风花正放歌。
空山不识路,蝉比蔓藤多。

(二)莲子也听禅

珍珠作盖头,放眼不知秋。
脚底云天远,同乘自渡舟。

(三)残荷最懂蝉

身残志不残,破浪再开端。
水急升明月,风高好涅槃。

(四)残荷有韵

迎风归净土,无意色空篇。
只待山河绿,新开一缕烟。

(五)荷花

听风常落寞,听雨醉时归。
倏尔三分笑,撑开是与非。

(六)荷叶

今古繁华梦,无非色与空。
池塘天机浅,碧绿一丛丛。

（七）莲蓬

花落自成峰，开盘面面同。
风云常变幻，白玉贯长虹。

（八）莲子

流光共风雨，迢递总如诗。
苦口婆心处，珠圆玉润时。

（九）荷梗

轻拨风和月，扶摇日影斜。
分明一瘦骨，满奏碧年华。

（十）藕

不争天地阔，却枕玉如花。
若道家常事，丝丝可入牙。

（十一）荷根

花叶本相关，听风云水间。
须根识大体，乐举一青山。

2020 年 8 月 14 日

655．微雨

白云飘渺树披纱，山色朦胧水自夸。
唯见松风深浅绿，轻舒一袖是飞花。

2020 年 8 月 17 日

656．浮萍

海上清风断明月，从容不系是虚舟。
有根净在云天外，无梦听书一枕悠。

2020 年 8 月 17 日

657．时钟

时针一指贯乾坤，何让分针六十奔？
花落水闲风自醉，秒针无计过黄昏。

2020 年 8 月 17 日

658．手表

时穿日月又回归，秒走天涯把汗挥。
莫道分分何紧要，遮天一手也芳菲。

2020 年 8 月 17 日

659．算盘

算天算地算无穷，不借光阴一缕风。
加减乘除能妙用，无非上下与西东。

2020 年 8 月 17 日

660. 笔筒

不装日月不装疯,就怕书生病老翁。
瘦骨挑灯天下事,星河有梦剑如弓。

2020 年 8 月 17 日

661. 睡莲

月老花前客,风闲两地欣。
如今观过往,横竖只三分。

662. 莲之韵

妙在三分色,心真韵也真。
还弹今古调,天地共沉沦。

663. 莲之色

亭亭玉出水,羞闭半江春。
风落云天外,诗写三分真。

2020 年 8 月 21 日

664. 瀑布

珠帘摇玉坠,还是水分明。
但借天心白,迷离又一程。

2020 年 8 月 22 日

665. 清平乐·瀑布

天河一道,翡翠珍珠扫。
抖擞千般还呼啸,落魄回头刚好。
初心比对朝阳,东西唤醒沧桑。
执笔无从考证,绝尘飘逸何方?

2020 年 8 月 23 日

666. 清平乐·浪花

痴情一串,串串风声断。
不舍黄昏明月恋,步韵深深浅浅。
珍珠拨动琴弦,太虚幻境听蝉。
梦在东西南北,般般如此昂然。

2020 年 8 月 24 日

667. 清平乐·小小浪花

痴心几许,硬把花期误。
打乱三生同调步,惊起海鸥白鹭。
高歌一曲回旋,何须再问苍天。
纵使江湖飞雪,与君醉别无关。

2020 年 8 月 24 日

668. 家有风铃花

低眉无语处,一意照天心。
流水风中曲,新诗梦里砧。
姗姗孤寂扫,袅袅独登临。
月下听玄妙,归来把酒斟。

2020 年 8 月 30 日

669. 摄影者剪影

半是秋风听落叶,半缘山水起宏图。
珍珠翡翠疏离处,万象偷天一卷书。

2020 年 9 月 3 日

670. 无题

心静何堪花落去,诗穷不老岸边风。
谁怜新月天机浅,水上云烟一点通。

2020 年 9 月 4 日

671. 听古琴《岳阳三醉》(新韵)

三醉又三弹,声声入自然。
风花同起舞,天地共寒暄。
寂寂时光老,悠悠云水闲。
曲终人未醒,貌似鹤梅边。

2020 年 9 月 5 日

672. 黄金小神童(新韵)

风前又见黄金甲,道是菊花连夜开。
老树扶云流水去,儿童逐蝶送秋来。
低眉不语幽幽唱,得月何须寂寂排?
横竖阴阳两相隔,空山秉烛照瑶台。

2020 年 9 月 1 日

【注】黄金小神童,秋兰中的一种,开纯黄色花,花形如蝶,叶片硬朗,坚挺有型,花色艳而不俗,有出尘脱俗的气质,乃真君子也!

673. 天净沙·秋

空生妙有如秋,落花还恋枝头。
半是红枫醉酒。
无关美丑,彩云天际长流。

2020 年 9 月 7 日

674. 天净沙·秋风

清凉自带罗盘,动时催梦三千。
醉醒何须扼腕?
皴开画卷,雁飞舟过云闲。

2020 年 9 月 7 日

675. 天净沙·秋雨

飘零不惧天涯,水清还顾低洼。
寂寂幽幽碧瓦。
相思一把,到黄昏影斜斜。

2020 年 9 月 7 日

676. 天净沙·青灯之下

新诗欲种琵琶,断风筝损年华。
几许沧桑不舍?
青灯之下,曲弹流水如沙。

2020 年 9 月 7 日

677. 天净沙·秋云

无边落寞如花,马蹄声动京华。
又若童心变卦。
莫名惊诧,夕阳明月烟霞。

2020 年 9 月 8 日

678. 天净沙·秋水

多情不恋黄昏,晓来星月无痕。
是是非非看尽。
青山隐隐,善常行德常新。

2020 年 9 月 8 日

679. 天净沙·秋

西风独上高楼,水如烟月如钩。
不被时光左右。
闲云依旧,色泠泠曲悠悠。

2020 年 9 月 10 日

680. 天净沙·秋云

随心所欲图腾,鼓秋风现原形。
瘦到天涯不肯。
芦花初定,梦深深水灵灵。

2020 年 9 月 11 日

681. 天净沙·芦花

迷离剪断秋声,问苍茫几多情?
莫上高楼揽胜,
江天一景,水云间独归程。

2020 年 9 月 11 日

682. 天净沙·雁

秋风自在乘凉，菊花深浅氤黄。
水月轻收万象。
冲天一掌，把孤心问苍茫。

2020 年 9 月 13 日

683. 无题

雨点江山凭细碎，诗书豪迈长精神。
清风一枕三杯酒，明月空弹万世春。

2020 年 9 月 12 日

684. 秋的本色

不写红枫不写云，不思明月不思君。
何须有路灵山见，魂魄归来淡墨熏。

2020 年 9 月 13 日

685. 生查子·露珠

风雨到黄昏，处处琉璃洒。
荷塘翡翠多，寂寂腮边挂。
何以论是非，老树云烟下。
一曲卷珠帘，从来美如画。

2020 年 9 月 15 日

686. 生查子·残荷

到底是空灵，不着残之境。
时光点点来，莫笑江湖冷。
骨瘦一天秋，风雨何其幸！
落落数珍珠，早把无言聘。

2020 年 9 月 15 日

687. 生查子·秋雨

浅浅湿流云，默默非沉醉。
纷纷扰扰间，洗尽红尘泪。
进山一道梁，出水生双翼。
最倔是残荷，横竖皆欢喜。

2020 年 9 月 16 日

688. 生查子·菊花

不用试金黄，但把秋风畅。
云烟寂寂行，远远还思量。
生向太阳生，死又何须葬。
抱得月归来，曲曲清波上。

2020 年 9 月 17 日

689. 秋分望月

平分秋色不分家,明月依稀彼岸花。
风扫心尘云泼墨,诗开千古浪淘沙。

2020 年 9 月 22 日

690. 夜游宫·知风草

等尔吹来浪漫。不如等、夕阳醉晚。
流水高山在此返。
白珍珠,白忙活,随缘散。
谁解痴心汉。误平生、浮沉如幻。
空借绯红出尘远。
许今时,与君绝,唯一念。

2020 年 10 月 3 日

691. 夜游宫·芙蓉

肠断何须醉酒。
贵妃貌、是红非瘦。
不与江山论美丑。
昂然间,月羞花,云出岫。
拂晓谁牵手?冷风中、相思依旧。
料得年年黄昏后。
懒梳妆,懒煮茶,懒张口。

2020 年 10 月 3 日

692. 夜游宫·朱槿花

卷合清凉任处。
斜阳外、新愁几许?
不教浮云漫天举。
妆淡抹,色更红,芳心吐。
尘世何其苦?水墨浓、秋声秋赋。
笔底烟花无计住。
一滴泪,一滴血,谁人渡?

2020 年 10 月 4 日

693. 无题

雨来花自落,风过影轻摇。
都是平常事,何须逐寂寥。

2020 年 10 月 4 日

694. 夜游宫·假龙头花

落魄西风放纵。
衰草处、与君幽共。
野旷天低梦非梦。
半升禅,半升云,堪相送。
道是红尘冢。却未见、寒鸦惊恐。
冷冷青山夕阳动。

节节高,水悠悠,意憧憧。

2020年10月6日

【注】假龙头花,又叫随意草、芝麻花。花语:节节高升。

695. 夜游宫·银杏叶落

秋色平分几许?
秋未醉、醉了烟露。
一片凄迷悄然渡。
半山风,半山雨,半回顾。
莫把时光住。影飘零、只君如故。
抖落红尘一身素。
月轻摇,叶轻落,春不误。

2020年10月7日

【注】"秋未醉、醉了烟露"的"了"字出。

696. 夜游宫·山茶花

落地生根四野。风雨调、天真潇洒。
一道红霞并入画。
色清丽,意兴浓,韵典雅。
念念菩提下。
没骨处、了无牵挂!
身正何须假作假?
抱春来,抱春去,谁曾怕?

2020年10月8日

697. 题画

一担斜阳一担风,人生何故太匆匆?
春秋不解诗书画,半把心思付落红。

2020年10月12日

698. 题八大山人《孤禽图》

空山寂寂本无人,流水潺潺不语春。
自古多情非好汉,从来有道是天真。
飞花重举清凉夜,细雨尤怜弱小身。
一意孤行凭黑白,羚羊挂角入星辰。

2020年10月13日

699. 定风波·秋雨

寂寂幽幽落落来,清清冷冷梦难裁。
万壑千山云海寐,方醉,
闲愁种种哪堪埋?
玉露乘风吹玉笛,瑟瑟,
芦花满面泪如筛。
但得从容弹一曲,秉烛,
敲窗竹影尽释怀。

2020年10月14日

【注】"敲窗竹影尽释怀"的"释"字出。

700. 定风波·归去

归去黄昏细雨绸,篱前叶落梦魂休。
老瓦听风云雾起,可喜,
双亲笑意眼中流。
味在舌尖贪且乐,久酌,
花猫黄犬吠深秋。
墙角青苔蛛网结,辽阔,
一方天地复何求?

2020 年 10 月 15 日

701. 秋雨

绵绵风上舞,细细叶间黄。
最美溪边竹,幽幽簌簌忙。

2020 年 10 月 16 日

702. 秋风

芦花带露略张扬,流水听松势更狂。
岭上和烟有真味,山高何用煮炎凉?

2020 年 10 月 17 日

703. 鸟窝

鸟有一新窝,思量好处多。
枝高可放眼,云白近天河。

2020 年 10 月 20 日

704. 瓦松

不畏风高根底浅,只缘前世许今生。
重重叠叠三千梦,短短长长一片情。
雨洗红尘烟火味,谁怜彼岸落花声?
诗歌莫让闲愁续,但把春秋锁孤城。

2020 年 10 月 21 日

705. 定风波·松

铁骨铮铮绝壁间,虬枝抱朴任风寒。
抖擞春秋书长策,不易,
此心只对水云天。
暗许晨钟敲暮鼓,独舞,
潇潇一举是何年?
到底星空常作客,月白,
如如未动自安然。

2020 年 10 月 22 日

706. 定风波·落叶

本是秋天一盏灯，红颜褪尽月分明。
风雨常来翻作墨，迷惑，
深潭浅影只无声。
一抹忧伤谁带走？留守？
天涯摇落可堪听？
衰草还怜黄菊老，拂晓，
半痴半醉半叮咛。

2020 年 10 月 23 日

707. 江南春·残照里

残照里，水云天。沙鸥听暮鼓，杨柳冷和烟。丝丝秋意层层叠，衰草芦花新月看。

2020 年 10 月 24 日

708. 江南春·云影过

云影过，落波心。鱼儿听细雨，风扫梦还深。秋阴无意弹长调，红叶飞霜栖古今。

2020 年 10 月 24 日

709. 江南春·山不老

山不老，水长情。
孤舟垂钓晚，芦苇动秋声。
红枫邀月飞霜冷，枝上琉璃衔梦听。

2020 年 10 月 26 日

710. 江南春·水墨画

山有势，势如钟。
云烟飞半白，明暗水皴风。
根连枝叶全凭意，花落阴阳苔点红。

2020 年 10 月 26 日

711. 江南春·陶诗风

诗瘦处，有玄机。
黄昏敲碎影，明月叩柴扉。
孤高何问天无道，真意尤需黄酒催。

2020 年 10 月 27 日

712. 江南春·秋四首

（一）
风落寞，叶轻归。
尘缘今断尽，烟老梦何催？

芭蕉听雨愁依旧,流水揉弦无是非。

2020 年 10 月 30 日

（二）

黄菊傲,月帘开。

秋风寒意扫,星落故人怀。

篱前横笛长相忆,何处虚空寻梦来?

2020 年 10 月 30 日

（三）

风浩浩,月融融。

根缘何处立?天意老梧桐。

悠悠秋水山长在,箫笛宜横花落中。

2020 年 10 月 30 日

（四）

秋问雨,雨横秋。

浮光何掠影?风碎月当头。

花知溪水无来意,云梦深深天不愁。

2020 年 10 月 30 日

713. 江南春·竹

风独舞,影清凉。

心如天地阔,高节破斜阳。

蓬莱深处飘零客,偏问诗书谁更狂?

2020 年 10 月 30 日

714. 蝶恋花·题山水画

石上青松非荟蔷,骨瘦烟浓,
半把沧桑得。
纵是山前横玉笛,扁舟 叶芦花密。
水墨难描斜影立,白练听声,
过往时光急。
远黛低眉风不惑,云心落寞无穷碧。

2020 年 10 月 31 日

715. 蝶恋花·忆儿时喜欢的连环画

往事如烟还缱绻,一本连环,
多少江湖怨。
你看他看君又看,边边角角都翻烂。
千古光阴千古案,风已飘零,
谁解梁山汉?
梦里红楼生白骨,佳人才子何虚幻?

2020 年 11 月 3 日

716. 蝶恋花·追忆似水年华

家有清风山有月,春有桃花,
冬有梅飘雪。

柚子黄时秋意决,红枫未醉斜阳蹴。
割草捡柴偷空歇,三五成群,
笑里翻花结。
遍遍从头何不屑,输赢迷乱蜂飞蝶。

2020 年 11 月 3 日

717. 醉太平 · 深秋遇见野牡丹

依稀梦中,盈盈似风。
花姿舒展谁同?牡丹和泪浓。
云烟几重,横眉入冬。
深秋遇见朱红,借渔歌觅踪。

2020 年 11 月 4 日

718. 醉太平 · 流年是非

秋风画眉,秋风入时。
秋风渐渐痴迷,问黄昏与谁?
空山下棋,繁花有机。
泠泠落落同归,破流年是非。

2020 年 11 月 5 日

719. 江城子 · 秋风剪影

秋风剪影绘沧桑。
不彷徨,反张扬。
枝头俏立,满眼布春光。
谁道此身筋骨老,
心坦荡,梦还长。

2020 年 11 月 6 日

720. 江城子 · 残梦

风前泼墨数黄昏。
不沉沦,不氤氲。
心中有梦,梦里蝶纷纷。
花自醒来人未醒,
春有色,势如奔。

2020 年 11 月 8 日

721. 江城子 · 秋色

红黄最是色中君。
绿三分,梦三分。
天高水远,老树皱纹真。
白鹭翩翩风起舞,
诗一半,寄来春。

2020 年 11 月 8 日

722. 江城子·白芙蓉

不争不染自清凉。
白霓裳,笛悠扬。
无须说梦,半醉半高昂。
朵朵裁云生玉魄,
风款款,冷中藏。

2020 年 11 月 8 日

723. 江城子·野菊花

风中无意写芳华。
立悬崖,处低洼。
幽幽一举,落落唱清嘉。
把酒东篱何问道,
来去路,绝尘沙。

2020 年 11 月 8 日

724. 江城子·问菊

空山有菊是谁栽?梦何来?
意何猜?诗心煮酒,不得故人怀。
岁月无声闲做主,
花绽放,水云开。

2020 年 11 月 8 日

725. 江城子·老树横秋

空山老树自横秋。
水悠悠,梦何收?
云锁青峰,孤雁去难留。
一把相思离别后,松果落,夜无休。
丝丝缕缕动闲愁。冷飕飕,月回头。
只在花前,半醉问缘由。
但取初心听太古,
谁是客?不须求。

2020 年 11 月 11 日

726. 江城子·秋

是谁泼墨不嫌浓?
瘦梧桐,老丹枫。
白鹭翩翩,落日对孤蓬。
一瞬黄昏归梦远,山有色,水无穷。
芦花半醉入长空。意濛濛,不由衷。
灯火阑珊,岁月太匆匆。
两岸渔歌声渐落,
诗兴起,把心缝。

2020 年 11 月 13 日

727. 钗头凤·坟前野菊花

今生梦,来生梦,
借君开卷《钗头凤》。
悬崖立,秋风急,
叶瘦花肥,故人谁惜?
云心动,天心动,青山兀自樵夫弄。
阴阳隔,听松柏,
闲言碎语,鸟声先得。

红尘绝,相思咽,
但得归来,落霞飞雪。
三杯酒,谁牵手?
风中一岸枯荷柳。
如明月,本高洁,
志在天涯,不谈生灭。

2020 年 11 月 17 日

2020 年 11 月 20 日

新诗把酒腾腾热,夜雪听风冷冷磨。

728. 钗头凤·芭蕉

铮铮骨,宽宽叶,
抚琴长啸青云裂。
天心白,秋心碧,
半醉斜阳,半寻踪迹。
疏林阔,闲愁绝,落花不语诗书叠。
风何急?水何急?
风雨同舟,向来无敌。

2020 年 11 月 19 日

730. 武陵春·小雪听菊

花谢不弹离别调,耿耿试秋声。
到底浮光怕有情,错落曼倾城。
醉取一丝烟火意,足够踏歌行。
水水山山梦里横,梦里骨分明。

2020 年 11 月 22 日

731. 武陵春·菊又黄昏

几许秋风零落地,独独有佳人。
半醉空山半问君,何处一方春?
自在东风听彼岸,花落泪纷纷。
待得低头把酒温,原是又黄昏。

2020 年 11 月 22 日

729. 钗头凤·芦花

身依旧,心依旧,
浅吟低唱黄昏后。

732. 武陵春·听雪

岁月匆匆抛画笔,静静悟天心。
原本轮回一纸深,破晓独登临。
谁道此生长落寞,放眼看疏林。
且向霜风把酒斟,梦里慢浮沉。

2020 年 11 月 24 日

733. 武陵春·雪遇红枫

未别秋风先遇雪,索性卷珠帘。
何用阳春把酒添,白白露均霑。
万物此时同静净,哪有世人嫌。
梦里飘零梦里酣,两两又三三。

2020 年 11 月 25 日

734. 武陵春·雪遇枯枝

生命无非筋骨老,绝处见疏狂。
不舍春秋影子长,怎得落梅香?
冷月千般听皓首,耿耿两茫茫。
若道乾坤已断肠,何用问玄黄?

2020 年 11 月 25 日

735. 武陵春·雪与菊

未语霜风花影瘦,已绝万般愁。
片片飞来片片留,执意冷中求。
莫问红颜谁最晓,白璧不言秋。
既是时光锁上游,何羡月如钩?

2020 年 11 月 26 日

736. 武陵春·雪

不忍梨花明月下,冷冷照天真。
且让霜风漫拂云,摇梦过黄昏。
枫叶飘零何脉脉,老树有余温。
莫叹江湖几度身,一念又三春。

2020 年 11 月 28 日

737. 雅和归燕《明月楼百期赋》

谁家明月送行舟,云淡风轻天际流。
但把相思加美酒,且装碧玉入琼楼。
山河万里疏疏影,胆色三千寂寂秋。
君莫沉沦君莫舞,花间写意鸟啾啾。

2020 年 11 月 27 日

738. 书桌上的彼岸花

红色入红尘，心真梦也真。
谁知风雨恨，只道女儿身。

2020 年 11 月 25 日

老树临风听暮鼓，芦花对雪唱新诗。

739. 诉衷情·醉翁钓晚

微醉，星碎，风美美，月相随。
惊鸟去，飞絮，满松枝。
芦苇不成诗，迟迟，
向南无意归，醉微微。

2020 年 11 月 29 日

740. 诉衷情·水杉送秋

秋送，秋送，秋一梦，梦从容。
天尽染，肝胆，用原红。
莫问世间风，匆匆，
无缘听老翁，数莲蓬。

2020 年 12 月 1 日

741. 诉衷情·听曲

听曲，听曲，杨柳绿，燕衔泥。
风料峭，谁啸，醒云霓？
半醉是山溪，无题，
向来高就低，不沉迷。

2020 年 12 月 1 日

742. 诉衷情·夕阳西下

西下，西下，风一架，走天涯。
云水势，联袂，净尘沙。
为道莫添加，些些，
闲抛闲煮茶，至清嘉。

2020 年 12 月 1 日

743. 诉衷情·残荷听雪

听雪，听雪，天欲绝，尔何悲？
风有梦，荒冢，落成诗。
化作旧相知，痴痴，
淡烟浓墨时，毅然归。

2020 年 12 月 3 日

744. "诗咏阆苍南"迎春采风阆苑行活动有记十首

> 上联：碧水临风摇古韵；
> 下联：苍烟落幕上莲台。

（一）衣服上的记忆

2020年12月5日在阆中参加"诗咏阆苍南"迎春采风阆苑行活动。中午吃饭时，因服务员不小心，把冷锅鱼的油泼在了我的白衣服上。为了让自己继续开心游玩，故以诗记之。

鱼儿冷在锅，白雪醉成酡。
已有三分热，何须更放歌。

2020年12月5日

（二）古城印象

黑瓦白墙青石板，灯笼高举几时风？
烟霞不锁明清色，一任江山莞尔中。

2020年12月6日

（三）如梦令·游贡院随感

一纸时光押韵，一缕春风有信。
一笔主平生，早已磨刀待阵。
才俊，才俊，千古诗书挂印。

2020年12月6日

（四）如梦令·游贡院有感

竟是无言以对，老树听风碎碎。
一息定乾坤，多少英雄垂泪。
憔悴，憔悴，夫子一朝富贵。

2020年12月6日

（五）如梦令·游川北道署随感

记取繁华明月，不舍白云风骨。
点乱一江秋，又见红尘道别。
郁结，郁结，何故伤心还阆？

2020年12月6日

（六）如梦令·中天楼有记

气势恢宏淡定，画里天然一景。
山水在人心，何必大名鼎鼎？
有证，有证，本是明清幻影。

2020年12月6日

（七）文庙遐思

欲辩何能辩？心空梦也空。

古来多憾事，端坐圣贤风。

2020 年 12 月 7 日

（八）游桓侯祠感张飞牛肉

死生何所惧？阆苑共英魂。

谁晓千年后，风流总叩门。

2020 年 12 月 7 日

（九）行香子·天宫院

阆苑天宫，调寄飞龙。

水云间、难辨西东。

谁来此地，暮鼓晨钟。

念袁天纲、杜工部、李淳风。

青山有雨，明月无踪。

野花美、仙鹤从容。

听君一曲，是吉非凶。

任草生春，春生色，色生空。

2020 年 12 月 8 日

（十）浪淘沙·滕王阁

天纵古陵江，浩浩汤汤。

千年一梦帝王乡。

谁与清风听往事，只剩斜阳。

山脉也彷徨，石上寒霜。

房檐翘脚话沧桑。

胜景在前花在岸，来去何妨。

2020 年 12 月 8 日

> 青山依旧霜花瘦，流水常新醉意浓。

745. 行香子·老树横空

老树横空，势若飞龙。

萧疏处、曲断苍穹。

枝枝末末，不减衰容。

任鸟归来，黄昏后，数青峰。

诗心可表，诗意难工。

乾坤梦、上下西东。

蓦然回首，山雨蒙蒙。

道春无愁，秋无恨，水无踪。

2020 年 12 月 13 日

746. 行香子·静气如山

静气如山，孤立如山。

云烟客，左右回旋。

风高绝响，幽壑千般。

正时方长，梦方短，势方连。

青松明月，各表开端。

泥沙懂、峭壁流泉。

不抛琐碎,不舍桑田。
自龙中龙,凤中凤,水中天。

2020 年 12 月 13 日

747. 行香子·花落空山

花落空山,叶落空山。
溪流急、无意方圆。
听风起舞,听雨寒暄。
待时光老,芭蕉绿,艳阳天。
枯枝为调,枯树为弦。
琵琶弄、众鸟当先。
青苔虽小,筋骨齐全。
唱阳春曲,三春梦,到春前。

2020 年 12 月 13 日

748. 行香子·又过高庵祠

风雨飘零,岁月飘零。
归魂净、一抔沙凭。
残碑断碣,不点天灯。
任云来去,花开罢,月分明。
青春年少,最怕孤行。
寒鸦地、鬼自悲鸣。
如今年长,梦里何惊?
看山连山,水连水,纵连横。

2020 年 10 月 13 日

749. 卜算子·寒夜寄远

山静水还流,蠢蠢风先动。
老树无声自闭门,一纸云烟送。
明月正修行,莫断拈花梦。
销骨何须把剑横,瘦看红梅冢。

2020 年 12 月 14 日

750. 行香子·山水无言

山水无言,石上寒烟。
断肠句、何以开端?
诗书有梦,不假当年。
自来归来,去归去,意归天。
溪清杉冷,露白苔繁。
纵深处、任尔禅禅。
非关醉酒,只弄心弦。
并曲如人,歌如月,气如兰。

2020 年 12 月 15 日

751. 行香子·雪

不是梨花,胜似梨花。
恨春迟、落地生花。
悲欢何许?极目天涯。
愿东风近,江湖远,月如华。

红梅莫妒，残菊休夸。
此身短、兀自沉沙。
高山有意，流水思家。
慢熬新绿，试新火，煮新茶。

2020 年 12 月 16 日

752. 行香子·四季杜鹃

开在山间，开在梨园。
似云白、又似枫丹。
诗花佐酒，不畏霜寒。
笑红梅傲，黄蜂懒，紫苏残。
风流误我，空举经幡。
路难行、骨瘦眉弯。
人生豪迈，到底无缘。
算来时月，去时雨，梦时天。

2020 年 12 月 17 日

753. 行香子·冬日银杏

不锁深秋，不锁离愁。
带秋来、不与秋谋。
娥眉新月，靓丽还羞。
做花中王，风中客，雪中囚。
天心落寞，一叶轻舟。
夜惶惶、对冷飕飕。

诗书有梦，莫问缘由。
看他山石，他山玉，立山头。

2020 年 12 月 18 日

754. 采桑子·红梅待雪

松风横笛云门锁，疏影鸣锣。
疏影鸣锣，千古红梅为雪歌。
而今饮罢山溪水，不欲蹉跎。
不欲蹉跎，放下痴心冷冷磨。

2020 年 12 月 19 日

755. 采桑子·冰凌

凭空一卷相思色，无量无边。
无量无边，静待东风纵马还。
松花已醉时光老，梦里青山。
梦里青山，莫道冰心落玉盘。

2020 年 12 月 19 日

756. 采桑子·云烟淘净终南色

云烟淘净终南色，不问英雄。
白练横空，但得清凉一笑中。

无需山水知君梦,大道从容。
人事匆匆,天地孤心万物同。

2020 年 12 月 20 日

757. 茶杯即兴

可装天地色,能解古今风。
不怕闲云举,轻描一段空。

2020 年 12 月 19 日

758. 无题两首

(一)

空风知上下,淡墨写春秋。
不染千江月,何须更说愁。

2020 年 12 月 15 日

(二)

山中论道何须有,流水听风绕白云。
一树菩提天性简,晓来无语诉孤坟。

2020 年 12 月 17 日

759. 采桑子·无由

无由爱看梅花落,煮雪何凭?
问与孤僧,却道东风早启程。
半山半水离中火,长点青灯。
千里腾腾,坤断乾连月自明。

2020 年 12 月 26 日

【注】离卦,离中虚,为火。

760. 采桑子·禅茶一味

半壶云水风依旧,半是天涯,
半是烟霞,半是箫声慢煮茶。
何须放下沧桑梦,梦里听花,
梦里无瑕,梦里清霜哪个他?

2020 年 12 月 26 日

761. 采桑子·岁暮有感

春风何事年年有?昼夜无休?
水向东流?老树开花更不愁?
原来时序阴阳转,叶落知秋。
猛地回头,一盏青灯万古悠。

2020 年 12 月 26 日

> 墨淡云山远,心宽日月长。

762. 采桑子·玉米须

丝丝缕缕羞花月，大美无言。
裂胆摧肝，紫色从来不一般。
归仓颗颗凭秋语，任尔闲闲。
再唱开元，水洗初心病自痊。

2020 年 12 月 28 日

763. 人月圆

上午冷风刺骨，下午冬阳铺街，
晚上明月低挂，如在屋顶，不即
不离。猛然发现已是冬月十四了。

红梅惊破春风早，催得月儿圆。
疏枝隐隐，馨香阵阵，一扫衰颜。
隔空问道，离魂渐远，寂寞无边。
箫声笛韵，幽幽冷冷，最懂流年。

2020 年 12 月 29 日

764. 人月圆·陵江石

千奇百怪春秋色，冷冷步陵江。
无须赞美，无须比对，梦与天长。
拈花一笑，时光壮胆，自信何妨？
云门不弃，松风明月，水样文章。

2020 年 12 月 30 日

765. 人月圆·钓鱼郎

水为归宿风为桨，来去自逍遥。
东西南北，春秋有异，啄破梅梢。
鱼儿莫怕，冤家宜解，云海涛涛。
凭空起舞，翻身万里，一路英豪。

2020 年 12 月 31 日

766. 人月圆·天地同归

红梅点点原非雪，笔下有相思。
去年黑发，今年白发，几度成痴。
旁开幽涧，中牵皓月，尽得先机。
钟声已响，黄牛送鼠，天地同归。

2020 年 12 月 31 日

767. 残荷组诗十首（五绝）

（一）

无须笔和纸，一把打头风。
风里千般事，从来有对空。

（二）

不为天心动，何来云影同。
老成堪入画，哪费一丝风。

2021 年 1 月 5 日

（三）
阅尽繁华色，无非来去同。
披蓑还钓远，不乱一丝风。

（四）
半涉江湖水，听花落梦中。
云烟何急急，待我悟穷通。

（五）
落魄也成峰，疏林醉晚钟。
琴箫解其意，几度隐行踪。

（六）
淡墨点疏枝，非愚即是痴。
花前风自舞，月下影何思？

2021年1月6日

（七）
与水同修远，和风共奏明。
青天恒不老，岁末也倾城。

（八）
来去无牵挂，徒留一串风。
天心知我意，长照水云中。

（九）
无相还生相，随形立北峰。
非关持傲骨，一息阔于胸。

（十）
寂寂风声远，天寒影自修。
无须听落墨，意到复何求？

2021年1月9日

768. 残荷组诗十首（七绝）

（一）
不为云烟描翠绿，只凭风雨长精神。
人生百岁何其短，也学残荷大写真。

（二）
三分淡墨三分骨，云水禅心入画图。
自系轻舟还笑傲，倩谁醉后要风扶？

（三）
瘦骨何堪风雨急，流光欲解水中诗。
春秋半是红尘色，明月从来不误期。

（四）
守残抱缺过黄昏，冷雨霜风拭泪痕。
不是今生不圆满，繁华一梦举乾坤。

（五）
山河有梦假孤身，风雨飘零绝世尘。
曲直是非休论道，一来一往费逡巡。

（六）
素心清浅正当时，一把霜风自作痴。
销骨还添长醉意，无凭无据卖矜持。

2021年1月9日

（七）
一断相思二断愁，三看孤月照孤舟。
沧桑一把裁云水，且与今生共白头。

（八）
冬来无事可商量，空负西风梦一场。
山外云烟自作主，来来去去举贤良。

（九）
眉弯骨瘦一身轻，云水无暇镜面平。
催得天心几回老，半闲山水半峥嵘。

（十）
境界何须花落去，唐时明月宋时风。
阴阳不外双双对，高调低回色即空。

2021年1月10日

769. 巫山一段云·残荷

影破青云志，风从天外回。
竖皴横抹尽如诗，到底为了谁？
筋骨凌寒不老，色褪孤心皎皎。
黄昏若定去还迷，月下更无题。

2021年1月5日

770. 巫山一段云·残荷

水枕霜风冷，闲闲有古风。
从来云影意重重，不解几时空。
梅雪开端无语，雷电交加还去。
春花秋月最从容，何叹太匆匆？

2021年1月9日

771. 梅

曲处有禅机，斜阳不肯归。
本来无一物，何必载云飞。

2021年1月10日

772. 墨梅

疏枝点墨痕，气韵动乾坤。
不是丹青手，原来别有根。

2021年1月10日

773. 巫山一段云·霜寒更胜花

谁着相思调,霜寒更胜花。
疏枝清冷水无涯,风卷一帘纱。
露骨还嫌天瘦,根老横皴星斗。
空空半醉半涂鸦,半看影斜斜。

2021 年 1 月 9 日

774. 巫山一段云·不是狂花绝

南部城里,很难下雪,
今年飘了半天雪花,
最终还是与雪无缘,有记。

不是狂花绝,诗中醉酒轻。
飞来无意掌孤灯,怎得夜长明?
总算幽人一见,始信东风易变。
空山从此更无声,只向梦中行。

2021 年 1 月 9 日

775. 雪花

道是春来二月花,霜风冷冷不堪拿。
眉间一点相思色,枝上何时玉带斜?
水笑青山头发白,烟寒落日醉容佳。
围炉夜话终须别,盗取诗心莫乱夸。

2021 年 1 月 11 日

776. 山居

云烟修翠竹,落叶漫箫声。
流水黄昏去,归风月下平。

2021 年 1 月 13 日

777. 巫山一段云·花之初

似梦流年外,还闻太息声。
花之初绽与谁行?风里一笺轻。
不弃不离何解?日月星辰同在。
从来贫富不堪争,秃笔走孤城。

2021 年 1 月 13 日

778. 巫山一段云·梅花三弄

明月清风里,听禅谱落花。
疏狂三弄一分斜,不肯乱涂鸦。
何道绝尘而去,旷达无非直语。
老来放胆走天涯,根底着泥沙。

2021 年 1 月 14 日

779. 巫山一段云·红梅

寂寂斜阳下，泠泠不自夸。
风前非是醉无涯，摇曳剪霜花。
谱写春之序曲，打破我之桎梏。
时光催老绿芳华，检点有寒鸦。

2021 年 1 月 17 日

780. 一树老梅花

不恋红尘路，迎风向晚霞。
青山常对酌，一树老梅花。

2021 年 1 月 17 日

781. 枯枝照影

曲直是非明镜里，有无深浅淡然中。
春风借得阴阳笔，翻卷云烟傲骨同。

2021 年 1 月 17 日

782. 题刘铭老师肖像图

曲中明月诗中梦，瘦处青山淡处风。
不是天生多傲骨，梅寒时节语长空。

2021 年 1 月 22 日

783. 老树心声

与其听雨问涛声，不若横箫自在行。
醉看风云多变幻，夕阳西下月分明。

2021 年 1 月 22 日

784. 老树新语

山有清风花有色，水无苍老月无言。
人生但得知心在，夜语长空简对繁。

2021 年 1 月 22 日

785. 流光一意点红梅

青山寂寂白云催，流水悠悠片影回。
枝上听风尤落寞，流光一意点红梅。

2021 年 1 月 22 日

786. 无题

流水无为高格调，青山不老旧时光。
白云自有归来日，月煮天心势更长。

2021 年 1 月 23 日

787. 一剪梅

一树梅花万象新。
风也天真，雨也天真。
匆匆岁月掩柴门。
不说黄昏，又见黄昏。
水上清光月半轮。
瘦也嶙峋，老也嶙峋。
卷帘听梦梦无痕。
来也缤纷，去也缤纷。

2021 年 1 月 22 日

788. 一剪梅·腊梅

莫以输赢论是非。
天网恢恢，岁月相催。
初心不许柳芽归，梦与山齐，
日向风堆。
老树昏昏欲语迟。
一半先知，一半无为。
凭君醉后点疏离，
既写新诗，又破惊雷。

2021 年 1 月 23 日

789. 诗赠彭涛先生

彭家曲调新，律动在天真。
叠叠梅花落，涛涛一地春。

790. 寻春

青松衔落日，杨柳淡浮云。
鸟啄余晖浅，黄花已十分。

2021 年 2 月 1 日

【注】黄花，这里指迎春花。
迎春花又叫小黄花、金腰带、
黄梅、清明花。

791. 一剪梅·小年

下笔无心写小年。
纸上春秋，莫若青烟。
飘飘洒洒到梅前，
半把流光，但问悲欢。
得失开怀一念间。
风报平安，雨报平安。
兜兜转转灶神言，
落雪听禅，且共团圆。

2021 年 2 月 4 日

792. 一剪梅·年味

一串灯笼一串风。
酒醉高粱，月锁梅红。
星辉片片出苍穹，福寿摇春，
吉庆兴隆。
南北分明年味同。
饺子汤圆，大蒜香葱。
觥筹交错走西东，
烟火情浓，慢煮长空。

2021 年 2 月 5 日

793. 一剪梅

点点星光照影回。
水自贪杯，月自梳梅。
那年今日雪中诗，痛处新生，
母瘦儿肥。
从此花开只为谁？
一把相思，且付惊雷。
天南地北草萋萋，
孙已成人，白发微微。

2021 年 2 月 6 日

794. 一剪梅·白梅

雪与梅花一样轻。
不问前程，不问年庚。
随缘聚散莫相凭，
山水分明，雨过天青。
本性超然喜独行。
梦里今生，蜂蝶痴情。
为侬落得弃孤僧，
从此飘零，月下无声。

2021 年 2 月 7 日

795. 一剪梅·山径幽幽一树梅

山径幽幽一树梅。
风剪斜阳，并作相思。
寒鸦点点柳条新，既诺轻舟，
莫揣天机。
明月从来不恋谁。
好个闲人，何是何非？
长空把酒意纵横，
绿破沧桑，燕舞春回。

2021 年 2 月 7 日

796. 更漏子·过年

剪窗花，贴对子，福倒家家欢喜。
也拜寿，不敲门，隔屏满面春。
朋友直，父母吉，爱在一朝一夕。
捧日出，煮斜阳，瓢盆锅碗旁。

2021 年 2 月 11 日

797. 更漏子·早春

水云间，丝丝柳，摇乱清波还瘦。
风落墨，老梅红，芭蕉叶不同。
天涯共，海棠梦，一把相思高耸。
春有意，剪斜阳，盈盈翠霓裳。

2021 年 2 月 11 日

798. 初一吉祥

吉祥流动千江月，快乐吹开幸福花。
山水元知春有色，人间正月破新芽。

2021 年 2 月 12 日

799. 大年初一

大年初一煮诗花，任尔东风落晚霞。
隔岸还观云水意，山连春色不喧哗。

2021 年 2 月 12 日

800. 诗赠贾若愚和牛梦晰

贾生今日话牵牛，如沐春风明月楼。
若得琴箫同一梦，更添虎翼共千秋。
愚夫问答明明晰，织女提携最最优。
合在八方增福寿，好于拂晓荡轻舟。

2021 年 2 月 13 日

801. 初二吉祥

犬吠声声燕子来，东风不用柳芽裁。
红梅朵朵含春色，漫向长空落落开。

2021 年 2 月 13 日

802. 绵阳夜景（辘轳体诗嵌句"一城烟火半城风"）

一城烟火半城风，天上人间几不同？
绝美诗花无觅处，幽幽幻幻水云中。
月煮天心水更浓，一城烟火半城风。
横生豪迈纵生势，远近高低各不同。
牡丹有约楼台阔，水上听箫到底空。
妙笔生花难叠韵，一城烟火半城风。

2021 年 2 月 13 日

803. 更漏子·海棠对柳

早早来,红红色,不费诗书添墨。
一腔血,洒山河,惊醒梦半坡。
春风醉,好滋味,深得柳芽细碎。
频举目,浅张罗,新年唱绿蓑。

2021年2月12日(大年初一)

804. 初三吉祥

初三一到懒洋洋,睡到午时方起床。
抖擞星河送子鼠,丑牛不用比猪忙。

2021年2月14日

805. 初四吉祥

三羊开泰话三阳,日暖风清一梦长。
屋外樱花三两点,红梅举目望儿郎。

2021年2月15日

806. 灯笼

灯笼正过年,春雨夜犁田。
阔别红梅瘦,清新一片天。

2021年2月15日

807. 初五吉祥

其一

耕心不用犁,拾翠破无题。
自去三分意,花前渐入迷。

其二(古风)

千里不送穷,梅花一树红。
财神今日到,把酒祝东风。

2021年2月16日

808. 初六吉祥

花间风带雨,一任鸟轻啼。
得得扬天籁,诗文巧放犁。

2021年2月17日

809. 南乡子·山樱花

树树飞花,东风又绿野人家。
溪水不知天将晚,流善,
一任斜阳带笑看。

2021年2月18日

810. 南乡子·山野清风

山野清风，无需落寞点葱茏。
半看馨香花似海，何怠？
半看云烟频出彩。

2021 年 2 月 19 日

811. 谷日

扑蝶菜花忙，罗裙动霓裳。
清新一片麦，执意补玄黄。

2021 年 2 月 19 日

812. 南乡子·春剪空山

春剪空山，樱花不语木姜繁。
流水天涯追梦远，何返，
一把相思梦里看。

2021 年 2 月 20 日

813. 空山春早

雪白掩鹅黄，樱花对木姜。
原非一场梦，隔处湿流光。

2021 年 2 月 20 日

【注】木姜，指木姜子。早春开花，和山樱花并肩而立，甚是优美。

814. 南乡子·春雨闹春归（龙谱）

春雨闹春归，花破红尘蝶影肥。
杨柳不谙梁上燕，
翻飞，来去匆匆为了谁？
桃李自成蹊，落雪听梅点点题。
绿水岸边风正好，
扶犁，白发斜阳一并回。

2021 年 2 月 25 日

815. 南乡子·豌豆正开花（龙谱）

豌豆正开花，半举东风半举槎。
谁道篱边多寂寞，天涯，
隐隐黄昏隔绿纱。
细雨识烟霞，点点凌虚不自夸。
犬吠声中归紫燕，
桑麻，一曲长歌水月佳。

2021 年 2 月 27 日

816. 春

鸟语花香风剪影，云翻浪涌水揉春。
柳丝不醉红黄色，只对扁舟道苦辛。

2021 年 2 月 27 日

817. 春之曲

云水听孤方驻足,风花知暖尽归来。
此情此景还将别,不若诗书就地裁。

2021 年 2 月 28 日

818. 桃夭夜语十首

(一)

柳丝笑我太招摇,醉了唐朝又宋朝。
流水如今还独步,弯弯曲曲影迢迢。

2021 年 3 月 6 日

(二)

东风笑我太痴情,不怕无声怕有声。
千古描红一种色,飘然坠下欲倾城。

2021 年 3 月 6 日

(三)

白云笑我太匆匆,不叩东风叩晚风。
洗尽铅华回首处,柴门半掩月相逢。

2021 年 3 月 6 日

(四)

流光笑我太多愁,半把斜阳一梦收。
不肯倾心来送别,先将青翠点枝头。

2021 年 3 月 6 日

(五)

空山笑我太开心,自点腮红湿绿襟。
有酒还邀明月舞,纷纷落地两难寻。

2021 年 3 月 7 日

(六)

斜阳笑我太殷勤,硬把三分染七分。
不舍春光一大片,归来岂肯换罗裙。

2021 年 3 月 7 日

(七)

烟花笑我太天真,一点相思满面春。
要得东风长且久,除非通晓苦何因。

2021 年 3 月 7 日

(八)

牧童笑我太贪嗔,占尽风光不了身。
最喜半开头上戴,来回羡煞看花人。

2021 年 3 月 7 日

(九)

芭蕉笑我太张扬,一夜飞花一夜狂。
细雨流光湿彼岸,云霞朵朵渡慈航。

2021 年 3 月 7 日

（十）

诗翁笑我太孤单，总把樱花写在前。
又说夭夭为我性，岂知木本最天然。

2021 年 3 月 7 日

819. 无题两首

（一）

冷月煮清茶，催开陌上花。
都缘尘土净，何必寄天涯。

2021 年 3 月 1 日

（二）

青灯燃太息，山寺问桃花。
不是东风误，何须蝶影夸。

2021 年 3 月 7 日

820. 南乡子·最是海棠红（龙谱）

最是海棠红，落落催成二月风。
陌上黄莺春雨妒，重重，
暂借胭脂打底同。
醉眼试玲珑，一片诗心两片空。
又到黄昏帘动月，
朦朦，大笑何须仗老翁。

2020 年 3 月 1 日

821. 南乡子·杏花风（龙谱）

自古杏花风，不醉春心醉老翁。
欲揽斜阳留晚照，匆匆，
犬吠深山色即空。
冷冷褪残红，几许光阴肯卖穷？
只道平生多憾事，
从容，一笔清凉一笔工。

2021 年 3 月 2 日

822. 南乡子·玉骨写三分（龙谱）

玉骨写三分，势比天心不住尘。
但得东风诗句老，无人，
了却斜阳本意真。
梦里话乾坤，月有空山水有根。
此处非关花自落，
初春，一半芳香碾作云。

2021 年 3 月 3 日

 风花皆是梦，水月本同天。

823. 梨花

随风开向晚,和梦载云归。
不怕诗心淡,潇潇绝处飞。

2021 年 3 月 9 日

824. 玉兰花

长空一色玉如烟,落雪惊风枕上眠。
到底诗书常落寞,何须骚客鼓琴弦。

2021 年 3 月 9 日

825. 咏柳之一

东风未动尔先来,报与桃花一并开。
轻卷玉帘深问道,震雷响处可无猜?

2021 年 3 月 9 日

826. 咏柳之二

风骨不输梅与雪,心如碧玉梦如花。
诗中剪作相思色,莫寄章台更自夸。

2020 年 3 月 9 日

827. 垂丝海棠

天生不是风流种,醉了春心哪自知。
一意推开烟雨卷,低头便见月中诗。

2021 年 3 月 9 日

梨花飘雪春将去,明月凌霜蝶自来。

828. 贺裁云社有了自己的公众号

裁云散作满天星,笔下飞花李杜听。
明月邀君齐问道,风烟泼墨树长青。

2021 年 3 月 17 日

829. 桃花深处

暂把诗心归砚匣,桃花深处看梨花。
东风何必来相照,摇落天心带晚霞。

2021 年 3 月 17 日

830. 苏幕遮·二月二

水长长,风正好。
彩蝶双双,密密花前闹。
杏子枝头生得俏。

绿翠琉璃，不肯倾心笑。
燕归来，天未老。
柳掩黄昏，欲以观其妙。
纵有诗心明皓皓。
一抹残阳，铺满青青草。

2021 年 3 月 15 日

831. 苏幕遮·梨花

释然间，幽怨起。
一地残花，貌似风中你。
古曲泠泠怀绝美。
款款深情，有别桃和李。
韵天成，明月醉。
寂寂归来，半掩腮边泪。
点点星光听犬吠。
苦恋山河，不以红尘对。

2021 年 3 月 16 日

832. 苏幕遮·樱花

雨中花，非醉酒。
自损黄昏，到底心依旧。
任那山空人也瘦。
不道闲愁，却把柴门叩。
有风来，频利诱。

滚滚红尘，边外丝丝柳。
何惜胭脂重抖擞？
性本光明，天地长相守。

2021 年 3 月 21 日

833. 迎春花

不是东风唤不醒，花儿开处眼儿明。
醉如流水流将去，回首依稀又一程。

2021 年 3 月 21 日

834. 苏幕遮·诗贺袁震川老师九十岁生日

德惟馨，仁者寿。
风骨超然，自是天之佑。
桃李不言藏锦绣。
诗剪流光，化作长长久。
水盈盈，花抖擞。
笛管悠悠，举醉皆文友。
羡煞云烟频出岫。
福若春光，岁岁还依旧。

2021 年 3 月 27 日

835. 苏幕遮·水无形

水无形，山有色。
两两相煎，画意何从得？
水上琴弦山泼墨。
一半云烟，一半逍遥客。
影长长，风习习。
月钓霓虹，谁见孤蓑笠？
不辨星河来寂寂。
柳送飞花，一半天涯觅。

2021年3月27日

836. 桃源忆故人·岁岁相思苦

无端一阵清明雨，恸哭声中几许？
定是东风有误，岁岁相思苦。
飞花枉自人前舞，梦里光阴偷渡。
何若敲钟问路，只把天心护。

2021年4月3日

837. 桃源忆故人·青青麦（新韵）

丝丝春雨青青麦，最是田园色彩。
一曲东风豪迈，落款眉如黛。

人生无论宽和窄，但借三阳开泰。
到底虚空不怠，兀见低姿态。

2021年4月5日

838. 桃源忆故人·油桐花

纷纷花落惊春梦，为爱舍身荒冢。
自古英雄堪颂，无用方为用。
依稀听得云高耸，冷冷青灯谁懂？
明月幽幽出众，错把相思弄。

2021年4月6日

839. 桃源忆故人·光阴不老

光阴不老人何老？雪送春归你早！
煮酒还煎古调，听雨开心笑。
吟诗作赋斜阳钓，明月枝头乖巧。
水上云烟袅袅，胜似青青貌。

2021年4月7日

840. 无题

岁岁桃花落，光阴去不回。
风知雨无色，更把绿相催。

2021年4月7日

841. 赋得"苍天饶过谁"

五十知天命,苍天饶过谁?
无非勤打点,何必自低眉?
昨夜花飞尽,今朝梦语迟。
红黄翻翠盖,陌上岂无诗?

2021 年 4 月 8 日

842. 槐花最美时

风雨细如丝,槐花最美时。
相逢莫问路,山水有归期。

2021 年 4 月 8 日

843. 桃源忆故人·问槐花

行来几许风流泪,不醒何须又醉?
看尽红黄绿翠,到底谁为美?
真真切切溪中水,浅浅深深如洗。
但借沧桑写意,绝处听经纬。

2021 年 4 月 8 日

844. 诗赠吴杰元老师

吴带当风堪入画,杰然一笔起云霞。
元亨不借通天力,且乐逍遥慢煮茶。

2021 年 4 月 8 日

845. 无题三首

(一)

谁在钓金波,花儿正放歌。
一山风等雨,我自笑呵呵。

2021 年 4 月 12 日

(二)

落花流水写意,何论南北东西?
误了光阴一梦,回头尽是菩提。

2021 年 4 月 13 日

(三)

空谷待何人?无言一色新。
天高云有梦,梦里落花真。

2021 年 4 月 14 日

846. 破阵子·我本花痴一个

我本花痴一个,因风误入红尘。
扯下闲愁千万丈,追逐天边一片云。
输赢各几分?流水空山自去,
枯藤欲挂黄昏。
终究沧桑难写意,落魄江湖假做真。
松间月一轮。

2021 年 4 月 10 日

847. 破阵子·羊蹄甲

月下清风半醉,繁华不懂天机。
孤绝听来君莫笑,一枕悠悠瘦处肥。
花残对翠微。
本是天心不老,烟霞落落轮回。
无意光阴深与浅,但得真中梦不疑。
潇潇有鸟啼。

2021 年 4 月 13 日

【注】羊蹄甲,高大乔木,因叶子呈羊蹄状而得名。叶子夜间会合起来。花期长,树、树皮、花和根均可供药用。

848. 破阵子·烟霞把柳扶

江水悠悠如故,风光美美如图。
正是人间三月雨,宛转黄莺岸上呼。
烟霞把柳扶。白鹭凌波起舞,
茵茵芳草衔珠。
泼墨裁云难写意,新绿枝头梦不孤。
扁舟钓醉庐。

2021 年 4 月 14 日

849. 破阵子·蓦见花开

莫见花开无主,翩翩黄蝶成群。
定是他家诗客醉,举酒轻狂乱入云。
相思总有因。
落落大方有品,孑然独立无尘。
隔岸山山和水水,见证长空洗泪痕。
天心不骗人。

2021 年 4 月 17 日

850. 石语

卧对半山风雨,无言日月黄昏。
不是苍天有泪,何来花落归根。

2021 年 4 月 17 日

851. 破阵子·诗贺彩云之子丝竹养生馆开业

听雨听风听月,禅花禅水禅心。
一曲阳春天上有,雪落人间几度寻?
缘来不问今。
滚滚红尘何乐?诗词歌赋棋琴。
放马归山闲论道,松下清溪试浅深。
煮茶对酒斟。

2021 年 4 月 16 日

852. 诗贺彩云之子丝竹养生馆开业吉祥

梅花常照月,古曲踏清波。
丝竹养生馆,相知不在多。

2021 年 4 月 16 日

853. 暮春即景

天高云影淡,水绿远山青。
若道风花美,无从画与听。

2021 年 4 月 25 日

854. 无题两首

(一)
风花落梦云低,黄昏有鸟空啼。
流水无端写意,哪管入不入迷。

2021 年 4 月 20 日

(二)
青山扶起明月,流水不论黄昏。
一盏孤灯依旧,熏风何处销魂?

2021 年 4 月 20 日

855. 写给自己的墓志铭

春葬百花秋葬月,早听鸟语晚听钟。
醉时摇绿星河水,
醒后慢弹《风入松》。

2021 年 4 月 20 日

856. 踏莎行·刺梨

片片霓裳,微微一笑。
红颜褪尽青山老。
斟茶煮酒莫停杯,醉时明月刚刚好。
水自扶犁,风吹拂晓。
渔樵问答知多少?
如今稀缺是天然,杏林施药凭谁道?

2021 年 5 月 2 日

【注】刺梨是一种蔷薇科植物缫丝花的果实,又叫茨梨或木梨子、文先果。刺梨的果肉脆甜,有浓芳香味,营养丰富,是滋补健身的佳果,可以鲜吃或者晒干入药,也可以制成饮料和酒,其新芽可以制成茶。

857. 踏莎行·柳絮飞

梦似幽花,心如白雪。
长歌一曲浮云绝。

闲愁半把与东风,岂能辜负唐时月。
是是非非,重重叠叠,
寻寻觅觅终将别。
人生莫自叹卑微,山南水北何其阔!

2021 年 4 月 29 日

858. 踏莎行 · 刺桐花

不欲高歌,无由绝笔。
红红火火谁相惜?
平生志在扫浮云,孤舟更见长空碧。
梦里山河,诗中家国。
花开花落流年隔。
黄昏莫道有归程,春风得意泠泠色。

2021 年 4 月 30 日

859. 踏莎行 · 归来借得一方闲

犬吠鸡鸣,风轻云淡。
山花放纵斜阳揽。
归来借得一方闲,莫谈尘事加和减。
酒醉瓜甜,茶斟墨蘸。
扶摇直上星河点。
孤平半是旧相知,微醺欲破重重险。

2021 年 4 月 30 日

860. 影落千江不用扶

水煮空风来即去,天生万象有还无。
只今一盏明明月,影落千江不用扶。

2021 年 5 月 6 日

861. 无题(新韵)

晓来何续梦?风正好扬帆。
莫道人生短,回头一片天。

2021 年 5 月 7 日

862. 初夏即景

一举清凉色,闲闲落梦中。
夕阳花下舞,寂寂是长空。

2021 年 5 月 8 日

863. 诉衷情 · 红千层

花絮,花语,花几许?且归来。
添作酒,牵手,上瑶台。
何必惹尘埃?呆呆。
红妆扶绿钗,影深埋。

2021 年 5 月 5 日

【注】红千层,花形奇特,色彩鲜艳美丽,开放时火树红花,具有很高的观赏价值,广泛种植于公园、庭院及街边绿地;小叶芳香,可供提香油;枝叶入药。

864. 时光幽叹

一把风流煎细雨,三分熟透七分青。
光阴不问来时路,明月何谈满腹经?
只此红尘生寂寞,谁怜古调寄零丁?
半山孤独云烟起,坐看无形化有形。

2021年5月9日

865. 笔

写尽平生事,山空梦也空。
回头皆是客,只付笑谈中。

2021年5月9日

866. 墨

可染千江月,能描万古风。
山前听细雨,其乐也融融。

2021年5月9日

867. 纸

门前本无锁,陌上有清风。
一卷时光轴,何须问老翁。

2021年5月9日

868. 砚

不减沧桑色,心装天地风。
凭谁闲作客,净雅在其中。

2021年5月9日

869. 火峰山即景

雾锁火峰山,云飞孤寺闲。
魂牵风一缕,岁月更登攀。

2021年5月10日

【注】火峰山,即南部县火峰山。

870. 破阵子·诗贺《心声·赵振元、彭涛歌曲集》发布会圆满成功

一曲高山流水,长空万里无云。
天地悠悠催梦醒,款款飞花散作春。

时光碾作尘。陌上歌声阵阵,
斜阳点点黄昏。
明月清风千古事,缘起渔樵问答真。
般般若有神。

2021 年 5 月 23 日

871. 破阵子·已是梅黄多雨

已是梅黄多雨,哪堪箫笛随风。
一粒尘埃追梦醒,天意高时且向东。
真真假大空。几许光阴煮酒,
闲来自在从容。
我与雪花谋福利,君以平常论始终。
青青一棵松。

2021 年 5 月 25 日

872. 诗赠兰长骏教授

兰若东风催梦醒,长空万里更无云。
光明使者披星月,骏马奔腾日日新。

2021 年 5 月 27 日

873. 和刘铭老师的"千里不留行"

千里不留行,风声点雨声。
时光老来俏,无意写年庚。

附刘铭老师原作:
风在风中长,云在云间生。
一束旧时光,千里不留行。

874. 梦

毫光照大千,生死本如烟。
一缕清风过,花开浅水边。

2021 年 6 月 3 日

875. 问

明月应知秋露白,时光不载故人愁。
风前若有千般意,何事匆匆一梦休。

2021 年 6 月 7 日

876. 无题

听风三两点,醉雨不成诗。
笔底无长梦,何生有恨枝?

2021 年 6 月 13 日

877. 柳（新韵）

一岸风光柳最闲，凌波起舞水云间。
多情何必来相问，梦洒斜阳梦里天。

2021 年 6 月 20 日

878. 无题

寂寞红尘一片月，万家灯火似孤星。
风吹草动缘来浅，水借无题半读经。

2021 年 6 月 21 日

879. 写荷两首

（一）

不卖风流不卖贫，从来无用示天真。
浮生到此方知味，瘦骨三分自绝尘。

2021 年 7 月 11 日

（二）

一笔天然一笔新，根连花叶俱精神。
此心只合清凉路，至简至疏还至纯。

2021 年 7 月 11 日

880. 临江仙·入伏第一天写荷（龙格三）

一盏青灯长照月，花中君子无疑。
闲来剪影赋新诗。
开帘风雨后，话别梦醒时。
不舍莲心云水白，霓裳落寞何辞？
根深莫把笛横吹。
空山空有色，道在道同归。

2021 年 7 月 11 日

881. 临江仙·荷风（龙格三）

无欲无求开且落，清新一举荷风。
流光最喜女儿红。
悠然扬意趣，叠韵渡苍穹。
不以高低催旧梦，星河更见从容。
天生气势贯凌空。
云烟听半醉，放马过江东。

2021 年 7 月 11 日

882. 写荷

云欠清风花一朵，溪前买酒兑婆娑。
天心好似知蝉意，千里开明更放歌。

2021 年 7 月 12 日

883. 入伏第三日写荷

种诗明月下,写意水云间。
不是因风起,如如自在山。

2021 年 7 月 13 日

884. 入伏第四日写荷

风雨休来影未休,云烟寂寂弄扁舟。
菩提种在东山下,月待珠圆锁钓钩。

2021 年 7 月 14 日

885. 天心

天心不是心,枉自梦中寻。
可叹风花落,由来入旧林。

2021 年 7 月 15 日

886. 入伏第六日写荷

荷花不似雨声多,雨打荷花梦一梭。
别有玄机无处道,禅门半掩醉呵呵。

2021 年 7 月 16 日

887. 临江仙·写荷

不与清风归旧梦,泠泠一举无题。
人生哪得尽如诗。
潇潇何见月,簌簌落成蹊。
却道云舒花正好,纷纷误了佳期。
回头看看正当时。
昏昏冰与火,念念碎愚痴。

2021 年 7 月 16 日

888. 减字木兰花·入伏第七日写荷

无非风雨,落尽沧桑谁记取?
花谢花开,明月天心入梦来。
时光半卷,不论输赢终向晚。
去去烟波,且卖明珠不卖蓑。

2021 年 7 月 17 日

889. 入伏第八日写荷

心事对谁说,风中雨点多。
匆匆来即去,就此入清波。

2021 年 7 月 18 日

890. 入伏第九日写荷

花开两岸同,何以落成风?
瘦骨凭流水,倾心对老翁。

2021 年 7 月 19 日

891. 入伏第十日写荷

不入空门不入尘,诗书梦里养孤身。
青山一带斜阳立,水自风流月自新。

2021 年 7 月 20 日

892. 入伏第十一日写荷

篱前一片月,浅浅入清池。
不用风扶影,还将梦落诗。
蛙鸣蝉欲舞,天老笛横吹。
何惧苍烟冷,凌波瘦处归。

2021 年 7 月 21 日

893. 减字木兰花·入伏第十三日写荷

纷纷归去,摇曳一池风著雨。
傲骨无凭,心若流光影似僧。

般般入画,写就清空明月下。
曲调回旋,不用声声借问蝉。

2021 年 7 月 23 日

894. 减字木兰花·入伏第十四日写荷

摇摇摆摆,谁赠明珠无处卖?
索性随风,一曲霓裳万古空。
花开五色,不对天心谈福德。
水面清圆,照见归舟月满弦。

2021 年 7 月 24 日

895. 减字木兰花·入伏第十五日写荷

清凉一夏,掬得莲池风一把。
裁作书笺,一页飞花减一天。
束云泼墨,砚洗黄昏凭不惑。
明月听松,几度光阴醉老翁?

2021 年 7 月 25 日

896. 老柳学画

根浅叶稀枯笔软,池塘比对问荷花。
归耕岭上闲云许,到底孤家是哪家?

897. 赠朋友

水煮三分色,茶留半盏香。
何求天地久,掬月赠阳光。

2021 年 7 月 27 日

898. 田园

苞谷枝头立,稻花名不扬。
篱前牡丹俏,半月缓登场。

2021 年 7 月 28 日

899. 山居

朝迎日出晚归凉,风带清新月带香。
浊酒一杯花入睡,局残打马问玄黄。

2021 年 7 月 29 日

900. 听蝉

天生爱唱歌,不了又如何?
有梦随风去,行云更踏莎。

2021 年 8 月 1 日读冯忠良老师
《峨眉山小记》有感

901. 空翠蝉鸣

蝉鸣空翠雨生烟,似占先机说道玄。
一夜清凉频入梦,风高剪影到秋前。

2021 年 8 月 5 日

902. 无题

风前一缕是阳光,敢借天心论短长。
此际成纹非靠胆,醉时明月醒时霜。

2021 年 8 月 9 日

903. 阮郎归·秋风

潇潇洒洒踏歌来,纷纷把梦裁。
轻舟过处影徘徊,山山自抒怀。
花非叶,莫相猜,秋心居九垓。
沧桑落笔洗尘埃,一轮明月开。

2021 年 8 月 7 日

904. 阮郎归·秋云

飘飘不问阮郎归？空山无语回。
斜阳一道海天齐，何来是与非。
西风紧，莫相催，落红点翠微。
故乡有酒酒如诗，翩翩正举杯。

2021 年 8 月 9 日

905. 阮郎归·月亮河

蝉鸣窗外月婆娑，有人在唱歌。
兜兜转转一条河，光阴不耐磨。
秋风老，水扬波，青山载玉珂。
伤心剪影对漩涡，飞花比梦多。

2021 年 8 月 12 日

906. 七夕

七夕是何夕？天河一道题。
牛郎今几岁？织女已扶藜。

2021 年 8 月 14 日

907. 阮郎归·秋雨

云烟湿了旧时光，秋风一阵凉。
门前流水去何方？菊开瓦上霜。
梧桐影，可担当，纷纷把梦扬。

半山听曲慢收场，淋淋醉尔旁。

2021 年 8 月 19 日

908. 酒泉子·听秋絮

风雨敲窗，乐在诗中摘句。
借中元，听秋絮，叹无常。
空灵最是潇潇客，悠然还自得。
不用愁，不用色，断阴阳。

2021 年 8 月 22 日

909. 酒泉子·水上乐园

水上乐园，处处惊心动魄。
看蛟龙，吹云笛，耍连环。
飞来瀑布生双翼，横竖抛画笔，
水扬帆，水开国，水冲天。

2021 年 8 月 23 日

910. 酒泉子·听云

无迹无尘，无意风前阔别。
山有棱，花没骨，月迷津。
丝丝缕缕说经纬，悠悠醒还醉。
仁见仁，智见智，具天真。

2021 年 8 月 27 日

911. 酒泉子·秋荷

淡漠疏离,不解秋风何意。
花正开,云已醉,影相随。
馨香一瓣斜阳动,也念浮萍梦。
月圆时,山高耸,水天齐。

2021 年 8 月 29 日

912. 忆王孙·酒话

浮生有梦水中煎,化蝶何须一万年。
不醉春风醉太玄。
月儿圆,道是伤心在眼前。

2021 年 8 月 30 日

913. 忆王孙·茶话

一芽一叶具峰巅,本色清心非等闲。
太息声中水月寒。
似无言,寄语孤僧莫问蝉。

2021 年 8 月 31 日

914. 忆王孙·诗话

裁云落墨本无题,山前流水自入迷。
影动扁舟带梦归。
正当时,月到天心不画眉。

2021 年 9 月 2 日

915. 忆王孙·琴话

无须落叶数秋声,流水潺潺风未平。
诗种菩提梦读经。
一孤僧,一指空弦对月明。

2021 年 9 月 3 日

916. 忆王孙·棋话

胜天半子落何方?流水清风一岸伤。
花似归程月似霜。
泪茫茫,莫对阴阳论短长。

2021 年 9 月 4 日

917. 忆王孙·醉看书法

无中生有有还空,一点沧桑一点风。
泼墨枯藤醉晚钟。
势如松,问道深山意未浓。

2021 年 9 月 5 日

918. 忆王孙·画中有话

云烟煮雨共潮生,岁月缝花不落名。
梦在深山待远行。
水灵灵,明月依稀可继承。

2021 年 9 月 5 日

919. 忆王孙·桂花

风中何止一枝花,绺绺云烟醉晚霞。
溪水潺潺浣碧纱。
月儿爬,一梦馨香一梦夸。

2021 年 9 月 7 日

920. 风光好·品流年

品流年,报平安。
世事沧桑醉醒间,梦难全。
秋风拾得东篱菊,伤心曲。
月下横吹不忍看,度空山。

2020 年 9 月 8 日

921. 风光好·尔何能

尔何能,掌孤灯?
腹里空空浪入城,梦堪惊。

天真识得东风面,初相见。
桃李花开岭上行,本无凭。

2021 年 9 月 10 日

922. 惜分飞·秋之露

穿越星河凝为露,照见今生如故。
未把相思许,晚霞何必层层举。
只道秋来秋心悟,水上云烟横渡。
但把秋风赋,是非不论红尘苦。

2021 年 9 月 18 日

923. 惜分飞·落叶

莫问飘飘何处去,天地不言不语。
流水山之旅,我心岂敢红尘许。
只愿星河归梦举,自此众生各取。
明月悠悠舞,菊花开满青青路。

2021 年 9 月 18 日

924. 惜分飞·蜘蛛网

满腹经纶阴山下,一竖一横一卦。
只待君来话,看谁活得真潇洒。
薄酒一杯茶一打,不许诗翁放马。
枕上风无价,算来已是花飞罢。

2021 年 9 月 18 日

925. 惜分飞·再遇凌霄花

如梦初醒墙外挂,不意堪堪入画。
到底情无价,有来有去松风下。
敢问凌霄真与假,答案莫名惊诧。
瘦骨天生寡,水云为血空为马。

2021 年 9 月 20 日

926. 芭茅

秋风在唱歌,夕下舞山河。
不是相思色,依稀比泪多。

2021 年 10 月 4 日

927. 感秋

秋风瘦几枝,落梦惹相思。
何惧幽人远,粼粼水上诗。

2021 年 10 月 4 日

928. 秋风点子多

秋风点子多,聚散笑呵呵。
叶落斜阳美,云归西北坡。

2021 年 10 月 4 日

929. 火棘

红红染一秋,风老不生愁。
如识来时路,孤山在上游。

2021 年 10 月 4 日

930. 花开花落同

溪水问秋风,何愁梦也空?
若肯将心许,花开花落同。

2021 年 10 月 4 日

931. 芙蓉

花开不是梦,花落与谁同?
到底秋之色,娴娴醉晚风。

2021 年 10 月 4 日

932. 晚霞

初登泼墨台,半对天开。
唯有秋风急,丝丝入画来。

2021 年 10 月 4 日

933. 野棉花

枕梦在山中，幽幽一片红。
杀虫还理气，接骨杏林风。

2021 年 10 月 4 日

934. 秋语

山高可伴野云孤，但看秋风卷地无。
唯有光阴不贱卖，三分玉骨把花扶。

2021 年 10 月 5 日

935. 露珠

星星有泪不轻弹，撒把珍珠调玉盘。
惜别何须笔力老，一花一叶妙围栏。

2021 年 10 月 6 日

936. 芭茅

清凉似海深，鼓瑟又弹琴。
一片烟云密，夕阳无处寻。

2021 年 10 月 10 日

> 风敲旧梦殷殷苦，影落清溪句句真。

937. 朝中措·爱情本是火中花

爱情本是火中花，一瞬即天涯。
言不由衷何苦，终归雁落平沙。
有缘相聚，无缘相守，风雨交加。
从此梦中见你，依稀最美年华。

2021年12月11日看《玉观音》随感

938. 朝中措·明月荡孤舟

一颦一笑一回眸，明月荡孤舟。
本是前生注定，无端细雨楼头。
风中长发，云中背影，去意难留。
醉看红尘纷扰，何须再问缘由。

2021年12月11日看《玉观音》随感

939. 朝中措·清风不识月儿圆

清风不识月儿圆，寥落九重天。
梦里听花说事，偶然相聚溪前。
白云休问，斜阳何故？执意扬鞭。
谁在声声呼唤，慈悲护得周全。

2021年12月12日看《玉观音》随感

940. 朝中措·何来一路到黄昏

何来一路到黄昏，落叶已纷纷。
爱恨皆因情起，无缘莫上昆仑。
一程风雨，一程山水，最是销魂。
老树沧桑依旧，天空一片祥云。

2021年12月12日看《玉观音》随感

941. 朝中措·何处取真经

风风雨雨是人生，何处取真经？
一缕心香燃尽，为谁点亮孤灯？
晨钟暮鼓，飞花一梦，千里纵横。
离恨渐行渐远，由来善恶分明。

2021年12月12日看《玉观音》随感

> 书到老时人亦老，花须开后梦才开。

942. 朝中措·一笔写穹通

风平沙静雁长空，一笔写穹通。
山水落花见证，由来人事匆匆。
半弦素月，溪边醉别，不问西东。

孤独听禅入梦，悠然霜染红枫。

2021年12月15日随感于冯忠良先生的小说《东山情》

943. 朝中措·江湖何止孤单

红尘一梦去如烟，临别未曾喧。
本是英雄末路，江湖何止孤单。
风声淡淡，黄莺婉转，月落深潭。
翠竹青春依旧，白云向晚听蝉。

2021年12月17日听马经义教授抖音《红楼梦礼仪文化之丧葬礼俗》，有感于秦可卿托梦于王熙凤

944. 清平乐·秋风依旧

秋风依旧，叶落黄昏后。
只道花开无美丑，归宿被谁左右？
遥遥一岸钟声，梧桐倾国倾城。
我用诗歌祭奠，溪前山寺孤僧。

2021年12月19日观看电视剧《背叛》随感

945. 青松不老

青松不老是何因？流水听风唱得真。
有志男儿书一卷，精诚笑举杏林春。

2022 年 1 月 2 日以此诗
祝南部精诚眼科医院
马诚伟教授八十岁生日快乐

946. 熬腊八

心心念念一锅粥，熬到斜阳锅底红。
忽见一枝梅影动，邻家有犬去如风。

2022 年 1 月 10 日

947. 朝中措·辛丑腊八

一瓢清水煮乾坤，幸福有三分。
五谷杂粮同粥，风花雪月同魂。
平安快乐，吉祥如意，万象更新。
醉了人间烟火，红梅又在思君。

2022 年 1 月 10 日

948. 清平乐·烟火滨江路

流光溢彩，幸福无须买。
烟火声中听豪迈，一水一山轻快。

儿童追逐黄昏，老人喜见天真。
醉了东风未醒，归来燕子游春。

2022 年 1 月 14 日

949. 朝中措·阆中古城一游

迎风串串是灯笼，几度夕阳红？
青石还如故旧，黄梅开在庭中。
香肠腊肉，麻花胡豆，其乐无穷。
买得竹筐一个，捎回春意浓浓。

2022 年 1 月 16 日

950. 朝中措·嵌句"一生终老在人间"

一生终老在人间，只有月儿圆。
有酒何须看戏，无情莫对空弦。
斜阳击鼓，白云横笛，正唱《天仙》。
恰似风回彼岸，花腔调寄从前。

2022 年 1 月 18 日

951. 朝中措·幸福似枫丹

红梅听雪报平安,幸福似枫丹。
一串灯笼高挂,一杯热酒寒暄。
牛郎帅气,虎生双翼,月上中天。
一份开心佐料,吉祥快乐连连。

2022年1月31日

952. 虎王

天生一个王,本性却疏狂。
只对清风笑,诗书正气扬。

2022年2月1日

953. 虎言

莫借山高说我狂,莫凭海阔论荒凉。
溪流照月空千古,风雨无声正远航。

2022年2月1日

954. 虎语

家家有酒福如春,岁岁平安月一轮。
一碗乾坤风雨色,更添寿禄喜迎新。

955. 虎啸

洋洋洒洒过新年,虎啸梅开月又圆。
此曲听来山水绿,一声欸乃绝空前。

2022年2月1日

苍狗乘云如意到,财神骑虎吉祥来。

956. 朝中措·海棠有寄

开帘一卷海棠红,但借一丝风。
祝你青春不老,阳光一岸随同。
祥云朵朵,开心不尽,幸福无穷。
燕子捎来消息,柳芽醉眼蒙眬。

2022年2月1日

957. 朝中措·写梅

一枝风雨一枝花,出走即天涯。
有道何须论道,有茶便煮清茶。
生来性雅,诗心孤傲,不侍喧哗。
瑞雪知君豪迈,飞身几度烟霞。

2022年2月1日

958. 朝中措·乳虎撞春

虎头虎脑撞春风,点点破梅红。
翠绿铺开画卷,闲云朵朵葱茏。
海棠放纵,柳芽淡定,枝老梧桐。
爱在五湖四海,墩墩牵手容融。

2022 年 2 月 2 日

【注】"墩墩牵手容融"的"墩墩"和"容融"分别指 2022 年北京冬残奥、冬残奥会的吉祥物"冰墩墩"和"雪容融"。

959. 清平乐·东君有寄

东君有寄,点点红梅醉。
不是海棠生得美,忘却年年岁岁。
阴阳自动平衡,立春过后清明。
万物不悲不喜,任由风雨纵横。

2022 年 2 月 2 日

960. 清平乐·卧虎

空山寂寂,朗朗云天碧。
只把诗书闲问笛,拂晓黄昏一息。
松风半种菩提,落花放浪清溪。
老树羞羞答答,何妨酣醉如泥。

2022 年 2 月 2 日

961. 清平乐·画魂

画魂何在?一把辛酸菜。
不等春风来买卖,横断一腔豪迈。
海天一色孤舟,时光盖过闲愁。
我执一张白纸,待君立定潮头。

2022 年 2 月 3 日
看电影《画魂》随感

962. 浣溪沙·元宵有寄

一碗汤圆一碗春,春风瘦处草精神。
桃红柳绿叠烟云。
云有归心花有梦,梦中细雨绝嚣尘。
一茶一酒最销魂。

2022 年 2 月 15 日

963. 天地一盘棋(新韵)

天地一盘棋,云烟最入迷。
漫漫深古道,郁郁执疏离。
松果纷纷落,山花款款题。
春秋皆是客,日月互为师。

2022 年 2 月 28 日

964. 春日即景

春风拂袖菜花黄，水自清清柳自长。
若问桃夭谁更美，炊烟袅袅入霓裳。

2022 年 3 月 9 日

965. 看桃花

一年一度看桃花，枝上春风胜晚霞。
弦外有音天地阔，孤舟了了断尘沙。

2022 年 3 月 9 日

966. 寂寞如桃花

寂寞如风亦如火，流光一卷独登台。
虚空不住红尘色，半世沧桑入梦来。

2022 年 3 月 9 日

967. 桃花

不与东风争胖瘦，回眸一笑落成诗。
劝君莫道花开早，一把沧桑解语迟。

2022 年 3 月 10 日

968. 李花

不卖风流不卖贫，一山落寞一山春。
白云深处花无色，只有清溪恋故人。

2022 年 3 月 10 日

969. 玉兰花

一曲霓裳信手弹，清清白白不相瞒。
沧桑铺就轮回路，半是风声在涅槃。

2022 年 3 月 11 日

970. 梨花

纵是眉心一点无，好花也易落江湖。
向来君子多波折，明月依稀烟火扶。

2022 年 3 月 11 日

971. 忆秦娥·花非花

抖一抖，花如蝴蝶身偏瘦。
身偏瘦，时光佐酒，雨来风骤。
长河一岸青青柳，遥遥相约黄昏后。
黄昏后，逆流而上，无中生有。

2022 年 3 月 12 日

972. 忆秦娥·蚕豆花开

君来了，星河灿灿东风俏。
东风俏，枝头淡淡，默默含笑。
茴香翠绿相思早，红尘尽处天心老。
天心老，不离不弃，参破多少？

2022 年 3 月 13 日

973. 如梦令·咏桃花

但借东风一醉，孤独何须理会。
摊破浣溪沙，直抒胸中块垒。
岁岁，岁岁，只见伊人憔悴。

2022 年 3 月 13 日

974. 和罗杉君《读李女诗》

一片青山一片诗，一笺细雨入秋池。
光阴总是匆匆客，明月何须念念痴。
流水逐花花逐影，星河落梦梦成伊。
有风听罢潇潇去，道与半闲谈舍离。

2022 年 3 月 15 日

附罗杉君《读李女诗》：
李家有女也堪奇，桃红柳绿常相依。
冬至窗前雪有路，春来檐下燕含泥。
风有灵识风似客，月无根底月如眉。
待得他年云归日，又把南象往北移？

壬寅年二月十三日夜口占

975. 冯家湾即景

空山有梦不开花，流水无情浣碧纱。
风去风来谁做主，诗书一卷任涂鸦。

2022 年 3 月 19 日

976. 半百人生

人生半百说槐花，一片清凉不算差。
明月枝头搔更短，凌虚一境即天涯。

2022 年 3 月 31 日

二、每一个节气都是行走的诗

二十四节气,按顺序排列如下:

立春、雨水、惊蛰、春分、清明、谷雨、立夏、小满、芒种、夏至、小暑、大暑、立秋、处暑、白露、秋分、寒露、霜降、立冬、小雪、大雪、冬至、小寒、大寒。

2018年节气诗(按顺序排列,接《诗意人生》,从立秋至大寒)

1. 立秋两首

(一)鹧鸪天·立秋早雨

夜雨听秋带季风,夏云归路也从容。寒蝉自此鸣惊客,月影从来钓野翁。离别调,去来空,落花流水照匆匆。晨钟一叶轻敲过,问道南山一息同。

(二)立秋暮雨

暮雨洗秋风,斜阳分外红。寒蝉私语处,一醉各西东。

2018年8月7日

2. 处暑两首

(一)处暑

白云乘热浪,一去不回头。
日出江流火,风来叶落秋。
寒蝉鸣切切,群燕闹啾啾。
暑过秋心送,月明今古楼。

2018年8月23日

(二)处暑观云

风云送暑出边关,莫道阳春带紫烟。
上下乾坤同一梦,阴阳内外一方圆。

2018年8月24日

3. 白露两首

（一）白露有感

凉风轻拂面，绿叶正风流。
泫露迎晨夕，听蝉唱仲秋。
心裁明月影，气定黑山头。
本是飘零客，乾坤一梦收。

2018 年 9 月 8 日

（二）白露即景

寒蝉鸣细细，白鹭舞翩翩。
山落斜阳醉，云飞夜幕牵。
凉风归梦急，竹影拂尘娟。
不改青衿志，秋收袅袅烟。

2018 年 9 月 8 日

4. 菩萨蛮·秋分

白云深处青松翠，秋风问道残荷醉。
素韵洞阴阳，空心量短长。
悠悠天际梦，桂月香花弄。
夜雨打梧桐，寒凉又一重。

2018 年 9 月 23 日

5. 寒露两首

（一）

寒奏秋之韵，露禅尘外音。
空山红叶醉，流水落花深。
风送清铃远，菊开黄酒斟。
残荷听雨过，彼岸试浮沉。

2018 年 10 月 8 日

（二）

寒露问残荷，缘来几度歌？
星空诚换季，明月远张罗。
菊瘦黄花梦，秋肥柿子多。
云烟无信步，大火向西挪。

2018 年 10 月 7 日

6. 霜降有感

菊正一庭秋，霜风入古楼。
云烟抛落寞，溪水断离愁。
石径斜阳揽，青山万象收。
红尘千变事，把酒月空流。

2018 年 10 月 23 日

7. 立冬有感

雨洗红枫醉,风敲一夜秋。
晨霜轻问菊,春落梦枝头。

2018 年 11 月 7 日

8. 小雪两首

(一)桃源忆故人·小雪即景
风敲残菊秋声断,小雪把梅空念。银杏横屏缱绻,欲葬浮云浅。青山衔梦晨钟远,一叶秃枝不乱。石畔落花深叹,何似人生短。

2018 年 11 月 22 日

(二)小雪
小雪动残阳,霜风剪影狂。
芦花清梦拌,衰草醉心扬。
菊揽枝头月,梅开雪里光。
诗心闲煮酒,又话一圆方。

2018 年 11 月 21 日

9. 大雪两首

(一)相见欢·大雪
天风欲掩天门,过前村。
冷却青青傲骨、锁香魂。
皑皑雪,愁肠结,万般吞。
寂寞红尘无语、对黄昏。

2018 年 12 月 7 日

(二)大雪
黄昏慢煮茶,大雪满枝桠。
流水潺潺过,听风啧啧夸。

2018 年 12 月 7 日

10. 冬至五首

(一)采桑子·冬至念雪无门
疏梅淡放寒风引,念雪无门。
念雪无门,醉忆儿时堆雪人。
三更就把空山闹,月锁迷津。
月锁迷津,一片茫茫任我奔。

2018 年 12 月 22 日

(二)冬至
缘何冬至日,无雪扫晴窗?
一领红飘带,莫非君又狂?

2018 年 12 月 22 日

(三)冬至

阴阳此日总相催,飞雪连天影自回。
谁个窗前闲煮酒,馨香不用问疏梅。

2018 年 12 月 22 日

(四)冬至写梅

阳生影至长,落落动寒光。
自在逍遥客,空弦默默张。

2018 年 12 月 22 日

(五)冬至(新韵)

九九红梅染一朵,告君春在路中寒。
真心不负相思意,桃李东风梦已欢。

2018 年 12 月 22 日

【注】《九九消寒图》,又称作"雅图",画素梅一枝,梅花瓣共计八十一,每天染一瓣,据天气实况用特定的颜色填充一朵梅花。都染完以后,则九九尽,春天临。生活的美感跃然纸上。

11. 踏莎行·小寒八尔湖即景

一鸟轻飞,一梅幽放,
纯阳洞别来无恙。
斜阳老树对高枝,东君正扮归模样。
一岸残荷,一湖倔强,
芦花瑟瑟频张望。
小桥镜影锁天心,有形却把无形量。

2019 年 1 月 5 日

12. 鹧鸪天·大寒

枯柳芦花对影催,鹧鸪声里落红梅。
可凭霜雪霏霏夜,得见东君款款回。
添傲骨,启门扉,一庭明月莫停杯。
诗书入梦平安赋,更向春枝枝上堆。

2019 年 1 月 21 日

2019年节气诗（从立春至大暑。
至此节气，刚好是笔者第一本诗集《诗意人生》出版后一年时间）

1. 画堂春 · 立春

东风拂晓过寒江，清波柳影徜徉。
朝霞淡淡剪华章，欲问沧桑。
昨日已然不再，从今迈步昂扬。
人生短暂论疏狂，烟雨同航。

2019 年 1 月 4 日

2. 竹枝词 · 雨水

东风催柳柳芽新，道是他乡遇故人。
还唱山歌敲竹韵，燕飞微雨拂轻尘。

2019 年 2 月 19 日

3. 定风波 · 惊蛰即景

一径黄花向远方，半开半醒对斜阳。
蝴蝶未来蜂自醉，明媚，何须羌管诉衷肠。
春抖枯枝还料峭，低调，枇杷青涩不寻常。
最是霜寒萧瑟处，无语，任凭飞雪舞痴狂。

2019 年 3 月 6 日

4. 鹧鸪天 · 春分

昼夜无声把梦分，风光至此最迷人。
桃花醉眼开天色，翠柳舒眉写意真。
扬梦远，启程新，一江春水半山云。
黄昏不问黎明志，只在黎明续半春。

2019 年 3 月 21 日

5. 清明

如此清凉色，萧疏简淡中。
般般皆有意，不入世间风。

2019 年 4 月 4 日

6. 谷雨三首

（一）少年游 · 谷雨

雨生百谷谷青青，柳絮话浮萍。
鸠鸣向晚，几多滋味，都付落花听。
斜阳梦里云烟淡，万物似无形。
碧水天心，晓风明月，何处不纵横？

2019 年 4 月 20 日

（二）谷雨

芳草萋萋雨不迷，落花淡淡看云低。
山知春色无留意，自向幽深任鸟啼。

2019 年 4 月 20 日

（三）谷雨有感

吟诗敲句日，听雨品茶天。
细细扬花落，鸠鸣淡淡烟。

2019 年 4 月 20 日

7. 少年游·立夏

青梅煮酒送春归，风暖落花飞。
茴香蚕豆，樱桃竹笋，绿自掩门扉。
槐荫柳絮蟋蛄醉，曲曲是天机。
彩蝶蹁跹，少年逐梦，陌上湿新衣。

2019 年 5 月 6 日

8. 小满

篱边一架醉斜阳，闹得风花满院香。
粉蝶无心戏芳草，听君煮酒唱梅黄。

2019 年 5 月 21 日

9. 芒种

异国他乡不知节，牛羊遍地白云多。
风吹草动花低落，空旷无烟梦几何？

2019 年 6 月 6 日于瑞士旅游途中

10. 夏至

阵雨锁阳光，阴生一梦长。
夏荷低语处，对镜试初凉。

2019 年 6 月 21 日

10. 点绛唇·小暑

云锁天低，风听小暑弹清韵。
波平山峻，一叶扁舟顿。
只钓心闲，鱼自来相问。
休犯困，红房隐隐，大道无方寸。

2019 年 7 月 7 日

11. 大暑

诗心瘦了时光，流水独恋荷塘。
又是一轮明月，谁在空奏离殇？

2019 年 7 月 23 日

从 2019 年立秋至 2020 年大寒节气诗词

1. 喝火令·立秋

立意云天外，何须一叶舟。
送清风阵阵同俦？
星月桂香花落，横竖在三秋。
日月年年似，阴阳暗暗收。
任时光默默无求。
醉也烟樵，醉也雨休休。
醉也梦如溪水，半去半回流。

2019 年 8 月 8 日

2. 处暑

半是流云半是风，清凉只在晓星中。
金黄一片鸣蝉醉，不似秋阴锁碧桐。

2019 年 8 月 23 日

3. 浪淘沙·白露在老家

白鹭柳含烟，翠竹珊珊。
庭前屋后有清欢。
韭菜玫瑰红绿色，几处相看。

欲问又无言，父母双肩。
春秋一度逝华年。
水月徘徊听拂晓，何必辛酸？

2019 年 9 月 8 日

4. 秋分

红枫一笔秋分半，诗写流泉过小桥。
翠竹婆娑寒露起，芦花瑟瑟桂香摇。
空山听韵黄花舞，青石无弦古意调。
雁字惊风横岭过，残荷昂首对渔樵。

2019 年 9 月 23 日

5. 寒露听秋

鱼游浅水边，风逐雁云天。
一把东篱菊，半生诗酒仙。
茱萸空有恨，明月不曾圆。
细雨红枫扫，依稀识旧年。

2019 年 10 月 8 日

6. 霜降有感

秋风无意裹裂裳,只把真心共晚霞。
菊借霜寒生傲骨,空山写就好年华。

2019 年 10 月 24 日

7. 霜降即景

霜降过深秋,枫红万里舟。
芙蓉空醉酒,衰草浅添愁。
雁去斜阳寂,山低黛色柔。
云烟听往事,且罢且回头。

2019 年 10 月 24 日

8. 浪淘沙·立冬感怀

叶老始知秋,何恨何休?
无非流水泛轻舟。
但看红枫摇壮志,去也悠悠。
野菊尽回头,款款霜裘。
梧桐别后挂银钩。
柿子临渊还独舞,哪有冬愁?

2019 年 11 月 8 日

9. 玉楼春·小雪

莫让秋风悲落叶,千里送君听小雪。
红炉煮酒作薪柴,梦里乾坤移日月。
银杏枝头霜欲洁,流水丹枫心烈烈。
梅边菊冷笛相催,暗许诗书春　阅。

2019 年 11 月 22 日

10. 相见欢·大雪无雪

公孙舞乱诗心,但浮沉。
芦苇隔帘苍鹭,水天深。
大雪到,问寒鸟,哪堪寻?
最怕斜阳末路、泪难禁。

2019 年 12 月 7 日

【注】公孙,指银杏。

11. 坐等大雪

坐等大雪纷飞,不如把酒合围。
诗心寄与明月,梅前休问当归。

2019 年 12 月 7 日

12. 冬至

不买青山不买云,不求富贵不求人。
青山总见花儿笑,流水常弹白屋贫。
石上清风休枕梦,云中大雁莫沉沦。
乾坤本是逍遥客,处处随缘处处春。

2019年12月22日

13. 小重山·小寒有梅

小小诗心小小狂。谁描红欲醉、
冷还香。低头不借月梳妆。
本性淡、只此白霓裳。清绝并阴阳。
枝斜风若定、势幽藏。
三分傲骨问玄黄。
卷帘处,云水共天长。

2020年1月6日

14. 青玉案·大寒

大寒暗举阴阳锁,冷暖替、严冰破。
浪迹归来三两个。
疏篱幽动,山珍野货,翘首妻儿座。
清风不语松间卧,流水无弦月相佐。
福寿多多卿我我。
枯枝抖擞,梅花一朵,彩笔题烟火。

2020年1月20日

2020年（庚子年）节气诗

1. 浪淘沙·立春

无意写春宵，寂寞难熬。
隔窗犹自冷风敲。
梦里挑灯须细看，一路英豪。

大义破梅梢，雨后芭蕉。
凭空莫话李和桃。
柳摆黄昏帘卷瘴，水远天高。

2020 年 2 月 4 日

2. 浪淘沙·雨水

细雨发空枝，不问高低。
菜花先舞蝶中诗。
又见桃苞风更暖，醉处山溪。

柳树罩新衣，草色迷离。
云烟宿鸟燕衔泥。
一把春光容易别，回首无梅。

2020 年 2 月 19 日

3. 浪淘沙·惊蛰

杨柳叠春风，来去匆匆。
梨花枕梦过江东。
一片惊雷三片雨，两片霓虹。

醉后莫敲钟，月下青松。
他年立志仕途穷。
生死何须悲亘古，万物皆空。

2020 年 3 月 5 日

4. 浪淘沙·春分

昼夜又平分，只羡今春。
樱花开处更思君。
独立红尘听紫燕，倦守柴门。

流水过乾坤，野草昏昏。
寒鸦荒冢啄余温。
暮雨潇潇飞柳絮，两两无痕。

2020 年 3 月 20 日

5. 浪淘沙·清明

千里话孤坟,雨洗乾坤。
枝枝叶叶梦如新。
纵是般般颜色好,冷眼红尘。
无奈又思君,花换萝裙。
依稀明月泪纷纷。
岁岁举杯言欲止,独步黄昏。

2020 年 4 月 4 日

6. 浪淘沙·谷雨

谷雨落花深,绿翠浓阴。
松间溪水梦难寻。
戴胜鸟催桑叶老,瓜果成林。
柳絮鼓风琴,茶煮浮沉。
云烟湿我旧时襟。
醉在天涯明月远,鉴古知今。

2020 年 4 月 19 日

7. 浪淘沙·立夏

手足并乾坤,目送三春。
双肩拾翠扫风尘。
梦里青莲天籁起,夜雨无痕。
花落过柴门,怕是君魂。
莺歌燕舞柳沉沦。
杏子枝头催得急,泼墨调匀。

2020 年 5 月 3 日

8. 浪淘沙·立夏

流水祭桃花,远走天涯。
榴裙舞动火年华。
布谷声声催早起,醉美桑麻。
翠影落窗纱,梦醒听蛙。
浮萍展盖唱清嘉。
野草无心风鼓捣,左右无邪。

2020 年 5 月 5 日

9. 浪淘沙·小满

碧水浣斜阳,一意流芳。
松风落寞梦难扛。
浅草丛丛深柳色,何用梳妆。
天地本无常,任尔疏狂。
平平淡淡最清凉。
花落闲愁知几许,小满时光。

2020 年 5 月 20 日

10. 浪淘沙·芒种自闲暇

半月顶残花,扁豆休夸。
辣椒茄子好年华。
月季玫瑰君莫笑,风雨来啦!
煮酒摘云霞,何用浮槎。
诗书洗练任涂鸦。
一把荒凉归净土,我自闲暇。

2020 年 6 月 5 日

11. 浪淘沙·夏至有约禹迹岛

律动水云间,浪涌风翻。
时光俏丽曲清弹。
半是新凉留晚照,半是鸣蝉。
丛菊更无言,竹影娟娟。
浮华止步翠争喧。
石上飞花知解语,不炼寒丹。

2020 年 6 月 21 日

12. 浪淘沙·小暑有约禹迹岛

山醉水微凉,雨后斜阳。
清波白鹭共徜徉。
小径无人花自舞,更见疏狂。
风剪翠霓裳,梦落他乡。
高歌一曲不寻常。
半是钟声敲暮鼓,半是笙簧。

2020 年 7 月 6 日

13. 浪淘沙·大暑

大暑话清凉,最是荷塘。
珍珠翡翠曲悠长。
柳影凌波还自舞,梦枕霓裳。
敢问路何方,雨打斜阳。
蒹葭横笛泪茫茫。
笔墨无心描画卷,一纸沧桑。

2020 年 7 月 22 日

14. 浪淘沙·立秋

秋雨湿秋心,一样情深。
花花草草水淋淋。
急急秋风旋起舞,却负光阴。
岁岁断浮沉,骨肉连襟。
秋收春种月听琴。
梦里星河皆静好,桂酒初斟。

2020 年 8 月 7 日

15. 浪淘沙·处暑

点点入清凉,秋韵金黄。
枯枝回首胜斜阳。
稻谷低眉听唢呐,节节张扬。
叶落梦疏狂,云水新乡。
但凭杯酒诉衷肠。
暑去天高心更爽,拾起行囊。

2020 年 8 月 22 日

16. 浪淘沙·白露

白露洗秋风,面带从容。
芦花拂柳叹孤蓬。
清绝一身明月里,生死何同?
到底是惊鸿,来去无踪。
诗心不愿表玲珑。
若问渔樵归几许,爱在虚空。

2020 年 9 月 7 日

17. 浪淘沙·秋分

桂雨剪金秋,几许闲愁?
花开花落梦难留。
诗意诗心裁入画,敢问缘由?
月举一扁舟,碧水悠悠。
青峰何必总抬头。
雁字排空云淡淡,最美沙洲。

2020 年 9 月 22 日

18. 浪淘沙·寒露

衰草铺金黄,雨后斜阳。
秋风不识又何妨?
一叶飘零乘兴起,地与天长。
世味最难量,但举清狂。
浮云点点湿流光。
花落疏篱人渐老,菊正张扬。

2020 年 10 月 8 日

19. 浪淘沙·霜降

霜降任霜寒,寂寂云烟。
飘零归宿两难全。
惆怅何堪轻醉酒,不若无言。
一径自登天,菊枕风眠。
尘缘断尽更随缘。
梦瘦光阴诗瘦句,终是桑田。

2020 年 10 月 23 日

20. 浪淘沙·立冬步枫林

风骨立斜阳,虽瘦何妨?
素颜一掷旧时光。
已枕梅花飞雪梦,衰草低昂。
落叶自疏狂,不举离觞。
飘飘洒洒猛登场。
放眼云山皆寂寞,万象幽藏。

2020 年 11 月 7 日

21. 浪淘沙·小雪

落叶自飘零,冷冷浮萍。
残荷枕梦水无声。
石径幽幽风又起,老树分明。
细雨入空亭,燕子何庚?
枯枝不弃旧巢迎。
小雪邀君同煮酒,味在真情。

2020 年 11 月 22 日

22. 浪淘沙·大雪

大雪未纷纷,诗意如春。
无端落笔写梅魂。
道是青山皆有梦,不锁浮云。
老树怕氤氲,自断黄昏。
疏枝借势更精神。
一任红颜生傲骨,尽显天真。

2020 年 12 月 7 日

23. 浪淘沙·冬至

此日论阴阳,谁短谁长?
匆匆日影过山岗。
一瓣红梅添作五,九九登场。
大雪未梳妆,先遣霓裳。
晴空漫步入高堂。
饺子围炉珠玉滚,三碗何妨?

2020 年 12 月 21 日

24. 小寒(新韵)

衰草正参禅,红梅闹过年。
香摇明月远,骨傲紫云闲。
无意风中醉,随心画里拨。
何来一声雪,潦倒此清寒?

2021 年 1 月 4 日

25. 浪淘沙·小寒

老树发新枝,要待何时?
小寒节气意迟迟。
莫与沧桑谈邂逅,物是人非。
半世最相知,不外诗词。
三分落寞种莲池。
一把时光风里去,水阔天低。

2021年1月5日

26. 浪淘沙·大寒

滚滚煮红尘,月葬诗魂。
大寒腊八酒三巡。
一举阴阳闲说道,雪掩孤坟。
二唱水行云,清梦无痕。
生生不已是乾坤。
此际才知风易变,老树藏春。

2021年1月20日

27. 浪淘沙·大寒逢腊八

秃笔写梅花,瘦也清嘉。
眉梢风骨冷天涯。
瑞雪飘飘春唤起,老树新芽。
况味煮年华,本性无邪。
诗中一阕浪淘沙。
半是初心听落寞,半是咨嗟。

2021年1月20日

28. 大寒逢腊八

庚子大寒逢腊八,红梅煮雪话桑麻。
锅中五谷春来早,酒后空弦醉落差。
泼墨还需云水淡,听风更著影声斜。
迎新何患无诗骨,辞旧催开不老花。

2021年1月20日

2021年（辛丑年）节气诗

1. 立春

郁郁黄花醉眼开，浮云日暮似新裁。
红梅冷落千秋雪，只向春归陌上来。

2021年2月3日

2. 一剪梅·立春

饱蘸东风破有形。
老树新芽，鱼跃坚冰。
空山一片鸟啼春，流水如常，
何问年庚？本性超然绝处生。
才过悬崖，又点天兵。
松间明月浅叮咛，苦尽甘来，
顺势而成。

2021年2月3日

3. 雨水无雨

山风落款雨无题，吹绿田间几片霓。
紫气东来却作客，猛然举醉过桥西。

2021年2月18日

4. 更漏子·人日雨水

柳破芽，花泼墨，都被东风迷惑。
云有意，水无情，空山鸟独行。
疏篱外，春刚醉，却把星光揉碎。
化成紫，化成诗，化成千万枝。

2021年2月18日

5. 南乡子·惊蛰送桃花（龙谱）

丽质本天生，何借东风梦里争。
只与空山弹古调，行行，
一曲阳春醉几程？
未肯付真情，喜把红尘瘦处听。
流水元知花影动，无形，
独步黄昏看有形。

2021年3月5日

6. 苏幕遮·春分

雨声低，风淅沥。
道是无情，却见花飞急。
众里寻她何叹息？
一诺轻收，一诺天涯掷。
醉悠悠，心戚戚。
去去烟波，一半横眉立。
翻作阳春长寂寂。
梦里归期，梦里生双翼。

2021 年 3 月 20 日

7. 无意写清明

无意写清明，追风陌上行。
花残流水远，鸟纵白云惊。
郁郁溪边草，萋萋梦里情。
谁家古槐树，此日雨中迎。

2021 年 4 月 2 日

8. 桃源忆故人·清明无寄

空山无语风游荡，老树凌虚叠嶂。
忽有白云过往，影乱青苔上。
溪流宛转听谁讲，衰草年年不忘。
纵是惊涛骇浪，也把坟头量。

2021 年 4 月 4 日

9. 几点清明雨

几点清明雨，丝丝入骨风。
花残非怨恨，水曲悟穷通。
老树知深浅，斜阳论始终。
何如天上月，万里净还空。

2021 年 4 月 4 日

10. 踏莎行·谷雨

风送春归，雨生百谷，
青青麦子三分熟。
扶犁陌上任花飞，黄牛不解霓裳曲。
莎草迷离，水田肥沃，
彩云浪迹阳光毒。
儿童戏蝶总销魂，销魂何系声声促。

2021 年 4 月 20 日

11. 诉衷情·立夏

风正，山静，花弄影，鸟声声。
云淡淡，皴染，任纵横。
杨柳系浮萍，泠泠。
水流舟自醒，本无争。

2021 年 5 月 5 日

12. 小满

半黄半绿半称心，一梦初醒一梦深。
谁道山风皆过客，松间明月到如今。

2021 年 5 月 21 日

13. 柳梢青·芒种偶感

忙种忙收，忙前忙后，到底何求？
天地悠悠，闲云朵朵，燕在枝头。
无言问与耕牛，黄昏后、银河泛舟。
织女如梭，金黄一片，可否长留？

2021 年 6 月 5 日

14. 夏至

荷塘立影似无诗，水墨沉烟更不辞。
空有鸣蝉惊白鹭，山花把盏雨归时。

2021 年 6 月 21 日

15. 小暑感荷四首

（一）

清凉一夏花，不用我来夸。
云水禅心里，高低都是他。

（二）

迎风不问禅，一把伞儿圆。
半世痴人梦，荷塘月色前。

（三）

风自听荷语，蛙声共月眠。
无悲亦无喜，心境大如天。

（四）

红尘一把锁，风月醉成酡。
若肯回头看，莲心苦更多。

2021 年 7 月 7 日

16. 减字木兰花·大暑写荷

无尘无垢，花事年年风雨后。
莲子莲心，不与沧桑论古今。
人生如梦，一柱一弦云影动。
何必回头，明月依稀上小楼。

2021 年 7 月 22 日

17. 阮郎归·立秋

花飞叶舞送秋来，天门一字开。
阴阳和解下瑶台，高山流水排。
孤独客，把云裁，伤心瘦处埋。
相思漠漠点尘埃，风前不费猜。

2021 年 8 月 7 日

18. 处暑

雨后新凉一半收,风中落子去还留。
诗心醉在荷塘月,笔下欣然带梦游。

2021 年 8 月 23 日

19. 酒泉子·处暑听秋

处暑听秋,一道彩虹放纵。
水云间,风归梦,似无求。
蝉声渐远还相惜,阴阳圆太极。
问黄昏,有人得?少年游。

2021 年 8 月 23 日

20. 忆王孙·白露

高粱红了半边天,桂酒听风带露眠。
所谓伊人云水间。
气如兰,美在金秋意最闲。

2021 年 9 月 7 日

21. 惜分飞·秋分

草木微黄秋已半,注定相思宜短。
一树斜阳懒,鸟飞叶落钟声卷。
明月悠悠还轻叹,谁在顶风作案。

细细来分辨,石榴柿子排成线。

2021 年 9 月 23 日

22. 寒露

雨中花自落,小径独幽凉。
唯有秋风老,丝丝醉且狂,

2021 年 10 月 8 日

23. 唐多令·霜降

细雨湿空山,流光不问禅。
菊花开、秋意阑珊。
岭上清风回首处,白云老、水潺潺。
落叶正偷闲,悠悠石上眠。
到黄昏、冷了炊烟。
独钓孤舟心似雪,梦已醒、月长圆。

2021 年 10 月 23 日

24. 鹧鸪天·立冬

遍地黄花气自闲,白云归处是深山。
霜风一意题佳句,冷雨初心动管弦。
多傲骨,少愁烦,时光不老醉凌泉。
若将此曲眉梢立,一柱馨香一片天。

2021 年 11 月 7 日

25. 唐多令·小雪

轻叩雨和风,轻呼白与红。
梦归来、月卷帘栊。
何处一声轻叹息,不问我、问穷通。
到底是飘蓬,凌波瘦几重?
黯销魂、冷冷青松。
欲买光阴多酿酒,花有信,色还空。

2021 年 11 月 22 日

26. 朝中措·大雪无雪

由风吹落几层云,煮酒到黄昏。
无雪无梅无绪,无端荒废青春。
秃枝有韵,芦花已醒,鸟献殷勤。
到底平常日子,何须句句成纹。

2021 年 12 月 7 日

27. 清平乐·冬至

阴阳论道,雪比红梅俏。
由弱变强风一棹,不是天心不老。
汤圆饺子轻舟,诗歌瘦影如钩。
生命何来背叛,一锅明月难收。

2021 年 12 月 21 日

28. 小寒

凌霜傲雪数枝梅,且共从容瓦上堆。
莫问闲云今几度,小寒深处听惊雷。

2022 年 1 月 5 日

29. 朝中措·辛丑大寒

红梅放眼看灯笼,串串是东风。
白雪残荷有戏,戏如萍水相逢。
坚冰已醒,桃符已换,鞭炮隆隆。
冷暖由君加减,多多少少谁同?

2022 年 1 月 20 日

2022（壬寅）年节气诗

1. 清平乐·立春

立身立命，立德东风醒。
早有梅花枝上请，一岸柳芽得令。
池塘燕子归来，斜阳带笑离开。
莫替诗心把酒，是花总要登台。

2022 年 2 月 4 日

2. 朝中措·雨水

丝丝缕缕细如烟，一岸柳芽欢。
莫道青松独翠，杏花立定风前。
白云深处，时光不老，彼此成全。
一息周而复始，菩提自在听蝉。

2022 年 2 月 19 日

3. 清平乐·惊蛰三首

（一）清平乐·惊蛰

不惊不诧，滚滚雷声下。
烟雨蒙蒙风一架，劫去劫来何怕？
人生一半从前，醒来即是春天。
就此无嗔无恨，白云落寞空山。

2022 年 3 月 5 日

（二）清平乐·惊蛰

天阶微雨，隐隐惊雷举。
且让桃夭心若素，不冷不离不妒。
菜花一片金黄，柳丝暗地张扬。
只有风声如故，任凭蜚短流长。

2022 年 3 月 5 日

（三）清平乐·惊蛰又上富乐山

东风一把，不忍全抛洒。
且待白云来入画，不信天心有诈。
红梅绝地生幽，玉兰独立枝头。
一味桃夭酿酒，时光无欲无求。

2022 年 3 月 5 日

4. 朝中措·春分

半红半绿把春分,拂晓至黄昏。
流水空山有意,落花不再思君。
青梅如豆,风修寂寞,月上昆仑。
隐隐雷声入梦,半醒半醉乾坤。

2022 年 3 月 20 日

5. 清明(新韵)

雨是清明客,不请还自来。
听风弹落寞,观鸟具悠哉。
杏子白云举,蔷薇玉露裁。
坟前一把草,若遣故人怀。

2022 年 4 月 5 日

其他节日诗

荷举清凉风举梦,天开万古水开心

1. 一七令·母亲节随感

娘。
明月,阳光。
心若海,体如墙。
闲掷风雨,轻揉沧桑。
扶犁归路净,量日比云长。
一世呕心沥血,半生两鬓成霜。
今欲聊表思亲意,无需诗里弄华章。

2018 年 5 月 13 日

2. 黄昏遐想悼屈原

天宫何事向人间,不借清风不借船。
镜影若非凭吊晚,一江诗酒对愁眠。

2018 年 6 月 16 日

3. 鹧鸪天·中元节

禅水禅山禅远方,问风问雨问凄凉。
煮茶斟酒诗心寄,往古来今壮志扬。
穷三界,话离殇,阴阳内外自归乡。
人生聚散如朝露,月下河灯照影长。

2018 年 8 月 25 日

4. 教师节感怀（新韵）

桃李不言蹊，青灯夜夜迟。
虚心瘦蒙学，品自上高枝。

2018 年 9 月 10 日

5. 中秋两首

（一）人月圆·中秋

香花弄影红尘梦，一味月中诗。
天涯归客，黄昏独步，意在高枝。
嫦娥奔月，吴刚伐桂，千古空词。
今生如愿，牵衣拂袖，不对疏篱。

2018 年 9 月 19 日

（二）水调歌头·戊戌中秋

问道中秋月，岁岁为谁圆？
清风细雨，花落小径独超然。
无月无心无影，一梦一尘一幻，
曲曲淡如烟。
千里思归客，只雁舞蹁跹。
桂香酒，诗中月，醉无边。
举案齐眉复念，聚散本随缘。
乐水乐山乐意，知古知今知彼，
空色有无间。
吞吐一轮月，灯火共阑珊。

2018 年 9 月 24 日

6. 重阳三首

（一）又到重阳

又到重阳九月九，窗前一叶钓深秋。
东篱菊醉斜阳晚，屋后青松皓月收。

2018 年 10 月 14 日

（二）重阳

轻开帷幕话重阳，柿子红时菊正香。
一岸残荷钟鼓梦，芭蕉夜里对秋凉。

2018 年 10 月 17 日

（三）浣溪沙·重阳

雨洗山风野菊黄，芦花深处正清凉。
翠屏揽醉锁重阳。小径幽幽归梦远，
红枫艳艳许天长。残荷律动水中央。

2018 年 10 月 17 日

7. 腊八感怀

一年辛苦熬成粥，老小围炉把梦收。
不到长城非好汉，不书句号怎风流。
浓香佐酒逍遥客，佛意拈花自在舟。
此日清欢天地阔，明朝淡墨写春秋。

2019 年 1 月 13 日

8. 元宵五首

（一）元宵（新韵）

明月闹元宵，张灯在树梢。
与春同醉舞，泛影水天挑。

2019 年 2 月 19 日

（二）长相思·元宵

天半窗，地半窗。
万古红尘网一张，谁能把梦扬？
柳一江，月一江。
月照离人夜未央，凭空论短长。

2019 年 2 月 19 日

（三）忆王孙·元宵访梅

红颜未老已春归，笑看东风拂柳肥。
暮鼓沉沉几欲催。
梦相随，醉舞黄蜂不画眉。

2019 年 2 月 19 日

（四）忆王孙·元宵遇紫李

含羞紫李半春风，玉落斜阳一道虹。
自古元宵明月同。
向苍穹，结彩张灯福寿中。

2019 年 2 月 19 日

（五）元宵节偶遇紫李花

寻梅偶遇君，君自淡如云。
云外听烟柳，柳衔春十分。

2019 年 2 月 19 日

9. 诉衷情·教师节有感（龙谱）

讲台三尺对幽窗，桃李自芬芳。
男儿梦在千里，寸寸付流光。
凭执着，写华章，爱无疆。
春秋何老，鬓白如霜，更见疏狂。

2019 年 9 月 1 日

10. 清平乐·中秋

飘香丹桂，明月何曾醉？
一缕凉风秋细细，流水高山联袂。
青松欲锁云烟，诗书对决杯盘。
犬吠无需迎接，归来必定寒暄。

2019 年 9 月 13 日

11. 己亥中秋逢雨

清秋风雨抚西窗，水调歌头夜渐凉。
不是诗心常落寞，故园桂子浅离殇。

2019 年 9 月 13 日

12. 中秋

又见菊花黄，疏篱有暗香。
星河明月里，一笔写秋凉。

2019 年 9 月 13 日

13. 国庆七十周年感怀

金秋桂子又飘香，日月风花共举觞。
七十年来家国梦，一溪水远古今扬。
诗敲棋子歌还舞，山鼓青云守更张。
拂晓星河谱新曲，疏篱落落菊高昂。

2019 年 9 月 29 日

14. 水调歌头·家国长相守

火树银花舞，四海起歌声。
星河落幕，天地今日最多情。
七十青春依旧，流水高山同奏，
紫气伴龙腾。
开启新时代，儿女话平生。
风之阔，云豪迈，月倾城。
旌旗猎猎，英姿飒爽任纵横。
莫问今宵何夕，莫问君心何策，
岁岁共逢迎。
家国长相守，家国夜明灯。

2019 年 10 月 1 日
观国庆七十周年联欢晚会有感

15. 浣溪沙·重阳夜话

欲借山风慰菊花，天高酒后失浮槎。
残碑梦里点寒鸦。云阔偏听秋瑟瑟，
枫红却仗雨沙沙。重阳夜话煮凉茶。

2019 年 10 月 7 日

16. 长相思·寒衣节（龙谱）

风儿长，线儿长。
但把寒衣寄四方，流年日月光。
霓虹狂，落大荒。
一片相思梦里藏，泠泠白菊霜。

2019 年 10 月 28 日

17. 鹧鸪天·元旦

春睡残荷无处醒,时逢元旦梦堪惊。
鹧鸪又赋西江月,点绛还需醉太平。
诗意短,酒杯轻。
半生风雨已消停。
年年试问谁知我,花把云烟一径听。

2020 年 1 月 1 日

18. 朝中措·腊八粥

糊涂煮就一锅春,邀月论迷津。
流水不知高下,山花不解黄昏。
天堂太远,寒宫太冷,苦为何因?
端掉经年旧事,听风落定乾坤。

2020 年 1 月 2 日

19. 腊八粥(新韵)

谷物煮乾坤,风花一碗春。
门前休问客,千里寄黄昏。

2020 年 1 月 2 日

20. 小重山·元宵节无绪

不胜梅花横笛来。
春风帘外舞、荡尘埃。
楼高独自把云裁。
借天道、梦里起瑶台。
月洗一书斋。
柴门幽影动、赋杨槐。
鸡鸣犬吠两无猜。
桑麻事、陌上好悠哉。

2020 年 2 月 8 日

21. 惊蛰逢花朝节(新韵)

惊蛰花朝两相惜,虫儿哪个不醒来。
篱前桃杏轻梳柳,陌上莺鸠特卖乖。
日照山川风更暖,色描点线像而呆。
我心问我何多虑,云水悠悠一梦开。

2020 年 3 月 5 日

22. 花朝节说花

花生万象象何形?花落扶花上善听。
生命晴空还霹雳,天书无字是真经。

2020 年 3 月 5 日

23. 西江月·三八节有感

李白桃红柳绿,蜂飞蝶舞莺歌。
春天有梦在山河,不是卿卿我我。
万物自然生长,红尘感慨良多。
光阴不忍泪蹉跎,一把清风欲破!

2020 年 3 月 8 日

24. 清明三首

(一)

月祭山河泪,风关玉阙门。
若知花有色,不落也黄昏。

2020 年 3 月 28 日

(二)

樱花颜色好,翠绿掩洪荒。
难借今生雨,只缘离恨长。

2020 年 3 月 29 日

(三)

有雨过清明,无诗煮豆羹。
风凭花渐落,若带故人声。

2020 年 3 月 29 日

25. 如梦令·母亲节寄语

明月渐行渐远,不老春风一岸。
花落动微尘,四野空空如幻。
搁浅,搁浅,红日扶藜向晚。

2020 年 5 月 8 日

26. 端午有寄

若问天何久?花开一梦长。
风前君独舞,踏破旧时光。

2020 年 6 月 14 日

27. 端午节两首

(一)

青山云水洗,振臂竞龙舟。
非借思君色,何来万象收。

2020 年 6 月 24 日

(二)

艾草挂门前,心宽路自宽。
如今思楚地,粽子报平安。

2020 年 6 月 25 日

28. 七夕

遥遥一片月,喜鹊驾轻舟。
若是天心老,听风问自由。

2020 年 8 月 22 日

29. 天净沙·教师节寄怀

花儿问道阳光,水田全靠栽秧。
执教何须丈量。
群山叠嶂,月儿明李花香。

2020 年 9 月 10 日

30. 生查子·中秋

又到月圆时,碧落苍茫外。
谁家桂酒香,竟把天心带。
竹影浅张罗,石上虚烟迈。
流水且高歌,大雁初心在。

2020 年 9 月 16 日

31. 国庆并中秋有寄

家国血相连,今秋月更圆。
山河皆壮丽,肝胆照新篇。
桂酒初心许,诗歌大爱宣。
勤劳靠双手,花海艳阳天。

2020 年 9 月 30 日

32. 又话重阳

时序有秋声,人间重晚晴。
幽兰弹古调,黄菊踏归程。
雨点疏林阔,云飞碧海盈。
登高何惧远,水不问年庚。

2020 年 10 月 25 日

33. 诉衷情·上元节见圆月

如许,如许,风不语,月圆时。
孤独客,横笛,梦何期?
清水煮相思,依稀,山前山后啼,
醉成泥。

2020 年 11 月 29 日

34. 元宵寄语

花灯挑月闹元宵,一把春光把酒烧。
共祝东风千万里,归来乐得尽逍遥。

2021 年 2 月 26 日

35. 三八妇女节寄语

本是一枝花,诗书何用夸。
纤纤风月古,落落浣尘沙。

2021 年 3 月 8 日

36. 端午

粽叶青青粽子香,诗笺平地泛沧浪。
雄黄醉酒何须恨,风卷残云且出场。

2021 年 6 月 14 日

37. 酒泉子·写在中元节

一纸相思,化作清风明月。
有谁知,天欲绝,梦难期。
孤魂最怕箫声起,柴门听犬吠。
花看花,水观水,案齐眉。

2021 年 8 月 21 日

38. 惜分飞·中秋

桂子飘香何问月,到底寒宫清绝,
一个同心结,愿君幸福层层叠。
果饼圆圆云水阔,万里轻舟出没。
不用纷纷说,一桌烟火腾腾热。

2021 年 9 月 21 日

39. 重阳节即景

叶落听秋声,菊开风一程。
云摇山未动,山与水分明。

2021 年 10 月 14 日

三、风情南部

诗意南中

1. 听梅（一）

寒梅听傲骨，志在少年郎。
风雨挑灯夜，书中把梦扬。

2018 年 12 月 30 日

2. 听梅（二）

君是一枝花，诗书气自华。
云天闲入梦，傲骨走天涯。

2019 年 1 月 2 日

3. 咏梅

虬枝苍润际，雪里点朱红。
抖擞黄昏路，昂然一色空。

2019 年 1 月 2 日

4. 赏梅

黄昏剪影迟，又见报春诗。
煮雪云烟梦，红梅俏一枝。

2019 年 1 月 2 日

5. 踏莎行·南部中学（一）

凤舞龙吟，山幽水聚，
灵云一色天心许。
半城丹桂半城香，半溪柳影风荷举。
一米阳光，一园飞絮，
青春听醉诗书语。
人生梦想放歌时，一腔豪迈从头叙。

2019 年 1 月 3 日

6. 踏莎行·南部中学（二）

绿水青山，灵云风暖，
莺歌燕舞青春炫。
师生情谊写眉间，盈盈笑语书中断。
志在天涯，心存高远，
寒梅傲骨芳菲剪。
长空一梦忆君时，飘香丹桂离人眼。

2019 年 1 月 3 日

7. 南部中学

绿水青山隐，凌云壮志心。
诗书香似海，桃李自成林。

2019 年 1 月 9 日

8. 听梅

一米阳光陪我笑，幽幽小径独徜徉。
诗书万里云天梦，傲骨梅销落寞长。

2019 年 1 月 2 日

9. 守梅

细雨点霜寒，虬枝一色单。
围炉诗夜话，静待雪中看。

2019 年 1 月 2 日

10. 相见欢·青春无悔

书声琅琅凌云，一江春。
桃李芬芳扬梦、一园新。
歌咏志，善若水，叶归根。
回首青春无悔、傲乾坤。

2019 年 1 月 7 日

11. 长相思·听梅落落弹

灵云山，火烽山。
明月幽幽两洞天，校园隐隐连。
诗一篇，画一篇。
傲骨铮铮淡墨前，听梅落落弹。

2019 年 1 月 11 日看了刘铭老师编辑的《诗意南中》随感

诗意嘉陵江

1. 如梦令·期待中的嘉陵江三桥

风雨无声入画,杨柳依依牵挂。
碧水且容它,戴月披星上下。
夜话,夜话,梦里飞身一跨。

2019 年 3 月 2 日

2. 咏柳

年年岁岁沧桑似,岁岁年年发几枝。
不在高台沉醉舞,不藏深谷兑相思。
天涯不问红尘路,归燕犹听蝶梦词。
习习春风轻过往,迎春隔岸雨中诗。

2019 年 3 月 3 日

3. 梅亭

色自空空有自无,红消香断梦生孤。
东风不解轮回意,枝上匆匆把绿扶。

2019 年 3 月 3 日

4. 柳

一柳一江春,心真韵也真。
空弦犹有梦,不忘拂轻尘。

2019 年 3 月 5 日

5. 问春

知花何所去?知柳盼谁归?
碧水云天岸,我心飞不飞?

2019 年 3 月 4 日

6. 寻春

寻柳也寻花,东风不在家。
绿长红又短,何似旧年华?

2019 年 3 月 5 日

7. 听春

雨细风梳柳,黄花醉眼开。
蜂飞惊紫燕,道是故人来。

2019 年 3 月 5 日

8. 偷春

柳偷春色雨偷风,柳自长长雨自空。
我欲偷春意未尽,黄昏独自去匆匆。

2019 年 3 月 7 日

9. 如梦令·豌豆花

料峭春寒不瘦,自是天宽地厚。
花叶共婆娑,谁道难调众口?
青豆,青豆,蝶影阑珊依旧。

2019 年 3 月 8 日

10. 伤春

花开花落是平常,春去春来白发扬。
莫叹黄昏人独立,烟波绝柳雁南翔。

2019 年 3 月 8 日

11. 如梦令·春

碧水黄花一片,谁似这般清浅?
放眼量云天,至简至疏至淡。
岂敢,岂敢,不与春风有染。

2019 年 3 月 9 日

12. 惜春

绿是春风花是帘,绿排短调步纤纤。
黄蜂最是勤劳客,上下翻飞一味甜。

2019 年 3 月 9 日

13. 露

碧水云天一梦真,黄花深处不醉贫。
浮生喜做东君客,来去如烟半里春。

2019 年 3 月 9 日

14. 踏莎行·春意

绿色无边,黄花满地,
一山一水知春意。
红飞翠柳燕飞轻,东风未把诗心弃。

酒兑黄昏,茶禅一味,
浮萍梦里今宵醉。
晓来听落笛音稀,疏篱陌上桃花泪。

2019 年 3 月 9 日

15. 萝卜花

黄昏笑我自多情,不到天山月不明。
山野清新尘不染,何须出土问来生。

2019 年 3 月 10 日

【注】萝卜花:因为要傍晚近黄昏时才会散出芬芳,故花语为黄昏。

16. 春(新韵)

黄染一江春,枯枝洗泪痕。
蒙蒙烟雨客,横笛对黄昏。

2019 年 3 月 10 日

17. 碎米荠

衰草丛中也热情,知风知雨向阳生。
黄昏下酒逍遥客,何不相邀走一程。

2019 年 3 月 10 日

【注】碎米荠,又叫白带草,一种常见野菜,是 3 月 30 日的生日花。

18. 车轴草

寄予春风多少爱,心心相印绿之家。
从来不著胭脂泪,古调轻歌慢煮茶。

2019 年 3 月 10 日

19. 桃花人家

桃花剪影晚霞疏,不醉东风醉陋庐。
只是庭前三两处,蜂飞犬吠小儿初。

2019 年 3 月 10 日

20. 春色

红黄岂是春颜色,翠柳扬波意正浓。
蜂蝶无来也无去,斜阳一树自敲钟。

2019 年 3 月 11 日

21. 仲春即景

柳自青青水自平,云山照影画船惊。
花飞蝶梦香飞晚,芦苇伸头怕见卿。

2019 年 3 月 11 日

22. 仲春即景

横笛对青云,桃红柳绿深。
乾坤知旧梦,莫向故人吟。

2019 年 3 月 11 日

23. 仲春即景

枇杷青涩也听琴,谁画桃夭色太深。
默默成蹊是山李,东风不入旧时林。

2019 年 3 月 11 日

24. 点绛唇·咏桃花两首

(一)

问道初开,疏疏落落篱边影。
一山一岭,听水知心性。
不嫁东风,不认红尘命。
黄昏醒,飞花得令,把果枝头横。

2019 年 3 月 11 日

(二)

山野清风,无言花落知春动。
黄昏不恐,枝上悠悠弄。
一色描眉,一色将心纵。
蜂儿涌,蝶儿轻送,不是斜阳梦。

2019 年 3 月 11 日

25. 仲春即景两首

(一)

桃红听雨声,翠柳向风迎。
一地黄花事,蜂来蝶不惊。

2019 年 3 月 12 日

(二)

红黄写意色听风,一半清新一半空。
若是乾坤有情义,何堪无语各西东。

2019 年 3 月 12 日

26. 李子花

不问春风色,沉沉落秃枝。
花飞惊蝶梦,绿是果中诗。

2019 年 3 月 12 日

27. 醉花间·咏柳

风无色,雨无色。风雨同舟客。
如是梦中人,何惧听萧瑟?
昨夜雨疏花,今朝飞絮迫。
春去又春来,一剪红尘册。

2019 年 3 月 12 日

28. 今日有寄

欲种新诗柳岸边，不空不色露三千。
来来去去风知梦，明月依稀是有缘。

2019 年 3 月 12 日

29. 柳话春之色

柳话春之色，丝丝缕缕风。
开帘即落幕，飞影入苍穹。

2019 年 3 月 13 日

30. 桃花

一笔桃花一笔诗，东风拂柳意迟迟。
无非立志生春色，岂敢留人月上时。

2019 年 3 月 13 日

31. 独立苍茫

独立苍茫为哪般，斜阳滤水正回旋。
何曾得道何曾问，执意初心总向前。

2019 年 4 月 27 日

32. 五面山夜景

一城灯火一江春，两岸青山月一轮。
五面听风风不语，落花总向后来人。

2019 年 5 月 1 日

【注】"五面"即五面山，位于南部嘉陵江畔，因山有五面而名。

33. 斜阳意未央

幽幽一道墙，珠落去何方？
琴瑟和鸣处，斜阳意未央。

2019 年 5 月 9 日

34. 观新区校园有感

芳草萋萋花正好，青山默默自听书。
校园醉在春风里，静待朝霞豆蔻初。

2019 年 5 月 9 日

35. 观康养中心有感

依山傍水好风光，不志朝阳志夕阳。
老有所依家国梦，康庄大道载高堂。

2019 年 5 月 9 日

36. 观建设中的三桥有感

横江一步接新城,翠柳飞花两岸倾。
白鹭蹁跹听暮鼓,水天一色更纵横。

2019 年 5 月 10 日

37. 浣溪沙·水城印象

碧水悠悠把梦扬,青山衔黛过陵江。
花飞蝶舞动霓裳。一座新桥连两岸,
三分春色锁城乡。满园风醉好时光。

2019 年 5 月 10 日

38. 晚晴

一纸云烟向晚晴,天光无处不新生。
风抛曲径听空韵,松下落花尘外行。

2019 年 7 月 4 日

39. 天心流浪

天心流浪到黄昏,一任云烟把梦吞。
错把斜阳当锦缎,轻歌曼舞叩柴门。

2019 年 7 月 6 日

40. 晚晴

云烟湿青色,欲动晚行舟。
风卷斜阳落,群山照影收。

2019 年 7 月 6 日

诗意禹迹岛及御江云邸

1. 南部水城印象

门前听水唱山歌，古调清新万物和。
雨带春风常拂面，阳光一缕俊才多。

2020 年 3 月 28 日

【注】以此诗贺"亲水南部·一江五湖"诗词楹联书法大赛圆满落幕。

2. 踏莎行·禹迹岛

禹迹难寻，廊桥有梦，
风花雪月堪相送。
彩云横笛雁飞来，双双对对天之宠。
一袖诗书，半山伯仲，
青松石上枝枝纵。
梅前问柳别时言，悠悠秋水佳人共。

2020 年 1 月 4 日
观刘铭老师禹迹岛照片随感

3. 禹迹岛即景三首

（一）

疏林静静画天心，笔瘦云多水愈深。
淡若长风悄然去，妙如亘古梦千寻。

2020 年 1 月 5 日

（二）

松凭禹迹浅张罗，调在高山流水和。
一曲花前谁最美，清风石上白云多。

2020 年 1 月 5 日

（三）

秃枝梦里锁红黄，头顶青天脚踏霜。
道是嘉陵颜色好，浅妆不卖卖浓妆。

2020 年 1 月 5 日

4. 禹福桥

水底白云何事多，乾坤一体洗清波。
桥头放纵听桥尾，梦是春风月是歌。

2020 年 1 月 5 日

5. 朝中措·禹迹岛印象

从来山水不分离,水远湿青衣。
梦里三分醉醒,松风妙起云低。
春心还在,秋心未变,慧眼如诗。
纵是连天衰草,昂然唱响枯枝。

2020年1月5日

6. 朝中措·禹迹岛水杉林

疏疏朗朗势如烟,原在水云间。
瘦影清波休弄,霜风两地繁缠。
途穷何困,渔舟折返,拙处天宽。
待到明春三月,莫邀柳絮花前。

2020年1月5日

7. 卜算子·禹迹岛夜景

平地起瑶台,锁定风中月。
道是幽人梦里来,何故重重叠?
山水遇相知,风雨无须别。
冷处描春不住愁,寂寞梅前雪。

2020年1月7日

8. 夜游禹迹岛

无须明月表天心,山自安宁水自深。
花影朦胧风在野,松杉夜话湿云襟。

2020年1月13日

9. 禹迹岛即景

清影幽藏千古梦,阳光流动一江春。
松风不问廊桥事,但把云烟意写真。

2020年1月17日

10. 倒影

色画一重天,影摇琴瑟前。
飞身云试水,静极动相连。

2020年1月19日

11. 如梦令·禹迹岛即景

山水悠悠问候,白鹭翩翩演奏。
一曲忆江南,两岸风光淳厚。
挥袖,挥袖,念念青松豆蔻。

2020年3月27日

12. 如梦令·南城山水

山叠风花有韵,水洗红尘不遁。
明月几时来,何必刨根追问。
尧舜,尧舜,定是一方才俊。

2020 年 3 月 27 日

13. 禹迹岛即兴两首

（一）

柳絮随风去,花开梦不长。
青山恒独立,石贵有沧桑。

2020 年 5 月 8 日

（二）

自古红尘皆是梦,一帘山水一帘风。
闲听钟鼓烟波起,任点浮萍画笔工。
翠绿飞花明似镜,玄黄生妙有还空。
柳丝不语归来燕,浅草无声四野通。

2020 年 5 月 8 日

14. 禹迹岛即景两首

（一）

翠绿水中扬,烟波走四方。
青莲不解语,一梦枕风凉。

2020 年 5 月 8 日

（二）

青峰一笑白云生,水过空山鸟自鸣。
野草不知风落寞,三分傲骨更分明。

2020 年 5 月 25 日

15. 浪淘沙·碧绿掩残花

碧绿掩残花,柳絮听蛙。
三分何用五分夸。
芳草不知天欲晚,劲舞烟霞。
一曲浪淘沙,凌乱蒹葭。
星空如洗月如华。
流水松间弹自在,无意浮槎。

2020 年 6 月 7 日

16. 无题

月洗红尘钟鼓静,花飞彼岸水云长。
真心不觉灵山远,席地听风事可张。

2020 年 6 月 8 日

17. 水杉语

此生只在水云间,不似东风去复还。
铁骨斜阳一道景,任凭淡墨自增删。

2020 年 9 月 19 日

18. 蒹葭语

白发依稀浅水边，清风漫步月儿圆。
苍茫不着红尘色，问道诗经也枉然。

2020 年 9 月 20 日

19. 定风波·水杉

谁道秋来萧瑟寒，而君更立水云间。
不与相思分段走，牵手，
小桥投影势如烟。
每到黄昏游客醉，惭愧，
诗心又落旧窠前。
钓得一枚明月去，轻许，
松风枕露好听禅。

2020 年 10 月 8 日

20. 冬游禹迹岛组诗四首

（一）采桑子·冬日禹福桥

无关风雨无关色，影上疏枝，
枕上相思，到底深深寄与谁？
幽人总在空空处，梦里依稀，
自谱新词，半阕迷离半阕归。

2020 年 12 月 27 日

（二）采桑子·冬日水杉林

无须帘卷西风冷，更著寒衣。
不用愁迷，好借深冬省是非。
春秋何故人前醉？几度贪杯。
几度相催，难耐孤身雪上堆。

2020 年 12 月 27 日

（三）采桑子·腊梅

无非雪里元裳破，不掩娥眉。
白卷开题，最是天真烂漫时。
馨香何必天涯寄？来者相持。
去者相遗，但别清风各自归。

2020 年 12 月 27 日

（四）采桑子·红梅

霜风一夜无人会，自罚三杯。
泼墨何疑？淡处尤开万卷诗。
红花疏影销龙骨，不见沉迷。
但见沉思，风举千般仗义辞。

2020 年 12 月 27 日

21. 御江云邸诗词六首

（一）青玉案·御江云邸印象

依山抱水陵江畔，福中邸、云中雁。
早晚归来春意暖。

桃红柳绿,花飞蝶恋,总是迷人眼。
长廊如画三分满,石上青松自康健。
枝影流连听缱绻。
一桌一碗,一茶一饭,别具平常愿。

2020 年 1 月 19 日

(二) 御江云邸即景

明月窗前一径深,松风水上漫成林。
醉中犹记桃花雨,不落云天落古今。

2020 年 1 月 20 日

(三) 云邸仙居

云生空妙色生花,邸在江边不费夸。
仙鹤梅林桃李路,居安自便水无涯。

2020 年 5 月 10 日

(四) 云邸春秋

庭前细柳剪芭蕉,碧水潺潺过小桥。
疑是春风秋月里,千山万壑问渔樵。

2020 年 5 月 10 日

(五) 云邸禅心 (新韵)

云邸禅心山水调,诗书写意乐逍遥。
青松不锁无穷月,放逸黄昏品自高。

2020 年 5 月 10 日

(六) 云邸闲趣

柳下烟波堆雪浪,飞花无处不春风。
闲看蜂蝶秋千戏,慢煮明茶妙月空。

2020 年 5 月 10 日

22. 谷雨时节禹迹岛(新韵)

三月芳菲不减,鸢尾杜鹃上演。
迷人总在枝头,张张皆是笑脸。

2020 年 4 月 19 日

23. 嘉陵江湿地公园印象

星河耿耿本无声,一树风花梦一程。
却道人间烟火味,浓浓把月笑盈盈。

2021 年 3 月 10 日

观音湖诗词　（即兴题刘铭老师的照片）

1. 蝶恋花·落日空山闻犬吠

袅袅炊烟闲碧水，
一雁低飞，镜影清波碎。
落日空山闻犬吠，云烟梦里鸣蝉醉。
一叶扁舟归路翠，竹影婆娑，
休问谁家妹。
帘卷黄昏南北对，此中真意青螺佩。

2018 年 8 月 21 日

【注】这里的"青螺"指青山。

2. 观音湖遐想

观音湖水畔，舟系晚来风。
花落青山梦，鸟飞幽径空。
云烟天际客，钟鼓岸边嵩。
落日梧桐意，归来醉酒终。

2018 年 8 月 22 日

3. 云梦

一笑落尘中，吞江醉酒红。
青山衔梦远，守在静屏中。

2018 年 8 月 22 日

4. 寒鸦戏水

柳影戏昏黄，寒鸦逐水凉。
空弦轻妙舞，曲曲向天长。

2018 年 8 月 22 日

5. 蜻蜓

振翅啸云天，江风一枕眠。
生平无远虑，上下点空弦。

2018 年 8 月 22 日

6. 东方香蒲

含苞待放月明中，一梦乘风醉落红。
两岸柳烟禅细雨，揉波碎影共苍穹。

2018 年 8 月 22 日

7. 云水禅心

一曲云水禅心，一轮明月轻吟。
一岸清风描黛，一念聚散浮沉。

2018 年 8 月 22 日

诗意八尔湖

1. 芦苇

丝丝缕缕风,本色对苍穹。
秋雨连天幕,秋心一念同。

2018年9月1日

2. 秋雨

山风带雨泛舟,柳影揉波客愁。
云水听禅共舞,幽幽一叶知秋。

2018年9月15日

3. 雨中八尔湖

秋雨洗秋山,秋风醉影闲。
萋萋芦笛梦,冷冷画秋颜。

2018月9月15日

4. 诉衷情·八尔湖雨中即景

青山隐隐水悠悠,秋雨洗秋愁。
清波碎影添醉,秋叶去还留。

寻梦客,荡扁舟,自风流。
也禅空色,也唱豪情,也问沙鸥。

2018年9月15日

5. 再力花

水上谱清弦,春秋枕月眠。
云烟翻旧梦,带露到君前。

2018年9月16日

> 残荷傲霜听风雨,素韵横笛纵古今。
> ——八尔湖的冬天

6. 长相思·冬漫长

冬漫长,雪漫长。
湖水幽幽心已扬,梅花点点黄。
风一窗,雨一窗。
半是空明半是霜,残荷淡月光。

2018年12月19日

7. 莲蓬

雪自葬初心，梅红不用深。
如君明月里，不落不悲沉。

2018 年 12 月 14 日

8. 清平乐·孤蓬

云天依旧，风雨黄昏后。
明月初圆清影瘦，又送故人别柳。
红尘最是多情，柔肠寸断无声。
不恨春秋有梦，孤蓬笑对浮萍。

2018 年 12 月 14 日

9. 鹧鸪天·残荷（嵌句"西风几阵扫闲愁"）

叶舞沧桑意气收，天心朗朗入云头。
飞花不辨天涯路，细雨安知彼岸秋？
凭傲骨，话清流。
西风几阵扫闲愁。
残阳剪影思乡客，自在空明月半钩。

2018 年 12 月 15 日

10. 一剪梅·雪里幽幽淡淡香

雪里幽幽淡淡香，不断柔肠，
自断柔肠。
疏枝落落揽沧桑，心似阳光，
影似阳光。
傲骨依风走四方，路在他乡，
梦在他乡。
诗心明月自徜徉，夜莫彷徨，
君莫彷徨。

2018 年 12 月 15 日

11. 三色堇花

层层彩碟锁猴腮，曼妙风姿向雪开。
不似神仙归有路，春前带泪落瑶台。

2018 年 12 月 19 日

【注】三色堇，又叫猴面花、蝴蝶梅、蝴蝶花等。花语：开心快乐。

12. 苦苣菜

风舞春秋色，谁无快乐心？
云烟锁澹澹，荒草比天深。

2018 年 12 月 19 日

13. 纯阳洞即景

疏梅偷放两三枝,翠竹婆婆鸟正痴。
借得云烟催梦远,一场飞雪就新诗。

2018 年 12 月 20 日

14. 萼距花

星星零落紫云中,不对春风对晚风。
山水无心听我意,任凭飞雪醉梅红。

2018 年 12 月 20 日

15. 荠菜

平常山水平常客,雪里幽知荠菜春。
衰草连天寒欲止,甘甜梦里一羹真。

2018 年 12 月 20 日

16. 八尔湖寻梅

斜阳欲醉闭禅门,却见疏篱玉色吞。
枯草连天深背影,芦花摇梦动黄昏。
谁家箫底幽幽意,何故腮边淡淡痕?
一缕霜风知远近,香抛帘外过前村。

2019 年 1 月 6 日

17. 又见残荷

瘦影依稀如昨,霜风摇梦轻歌。
云天一洗空色,照见东君婆娑。

2019 年 1 月 6 日

18. 踏莎行·缃梅

瘦影横空,虬枝纵意,
疏疏落落风云起。
无需描黛用深红,春花知是痴心寄。
聚散随缘,浮沉皆醉,
红尘细看离人泪。
霏霏雨雪解相思,归根一处逍遥寐。

2019 年 1 月 4 日

【注】缃梅,即黄梅。

19. 临江仙·纯阳洞

石锁春秋长问道,幽幽寂寂无惊。
残荷翠竹自多情。
泠泠清影瘦,还弄管弦声。
千古神仙钟鼓事,人间天上无争。
谁留此地欲倾城。
黄昏归路净,一岸落花听。

2019 年 1 月 10 日

20. 菩萨蛮·八尔湖之秋

清波白鹭斜阳舞,霓虹一段铿锵谱。
隐隐水迢迢,炊烟把梦聊。
残荷听落寞,黄菊惊魂魄。
两岸色心空,云天外几重?

2019 年 10 月 18 日

21. 眼儿媚·观巴尔湖水幕电影有感

流水无声纵空弦,曼妙玉如烟。
时光独步,星河婉转,日月其间。
沧桑有梦霓虹舞,一半是清欢。
蛟龙出海,青莲问道,地阔天宽。

2019 年 12 月 27 日

22. 虞美人(龙谱)

深深浅浅翻新绿,山水颜如玉。
扁舟漫系柳梢头,
月影重重、何事不堪留?
开帘又见云烟醉,草长莺歌美。
疏篱定定问从前,
一架荼蘼、相对两无言。

2020 年 6 月 6 日

醴峰观

> 醴峰观里无今古，皇后山中问短长。

醴峰观简介：

  醴峰观又名李封观、里峰观，是升钟湖风景区（国家 4A 级）的一部分，也是四川省内仅存的七处元代建筑之一，南部县目前唯一的一处国家级文物保护单位。主殿位于四川省南部县大坪镇天马村与丘垭乡金星村交界谢家山山梁上，它建于元朝大德十一年（公元 1307 年），距今已有 700 余年的历史。

  因山梁上有口枯井，井泉甘冽，故有醴峰之称，观以封名。传说东晋成汉国主李特之妻罗氏生长于此地，后为皇太后，住在成都，因水土不服多病，经常思念故乡，渴望饮到醴峰甘泉，虽朝廷派专人驿马送水，但终因供水不继而病笃死去。

  醴峰观的景点有皇娘坟、皇后山、千年古柏等，周围还有金童山、天鼓岭、巨龙场和状元陈尧咨墓。醴峰观以其特有的建筑、富于传奇色彩的人物和壮丽的自然景观，吸引着游人，使人留连忘返。

1. 减字木兰花·醴峰观印象

森森古柏，欲破苍天听过客。
古井甘泉，欲葬多情守淡然。
红尘往事，一半清风桑梓地。
万里山河，细雨飞花逐梦歌。

2019 年 2 月 8 日

2. 醴峰观即景

群山叠嶂远，古井若无声。
皇后思乡切，而今费短评。

2019 年 2 月 8 日

【注】皇后指东晋成汉国主李特之妻罗氏，醴峰观是她的出生地。

3. 醴峰观观景台即景

沧桑岁月云天梦,看尽春花雪月空。
不问红尘多少事,轻敲暮鼓醒山风。

2019 年 2 月 8 日

4. 调笑令·古柏

歌舞,歌舞,风雨沧桑共谱。
明月若问缘由,千古高山水流。
流水,流水,流断光阴不悔。

2019 年 2 月 8 日

5. 调笑令·风化石

风化,风化,不舍乾坤作罢。
时空留下泪痕,风雨万年吐吞。
吞吐,吞吐,听惯晨钟暮鼓。

2019 年 2 月 9 日

6. 减字木兰花·古寨门

萋萋芳草,乱石依稀沉古道。
地老天荒,今古无非日月光。
青山绿水,几处人家听犬吠。
古树幽林,不问红尘问本心。

2019 年 2 月 9 日题醴峰观的古寨门

7. 调笑令·合欢花

平淡,平淡,梦里阳光一岸。
花开不问山风,鸟语不谙树红。
红树,红树,只道金黄落幕。

2019 年 2 月 9 日

【注】合欢花,又名南蛇藤、金红树、蔓性落霜红等。花语:乐观向上,安于平淡。

8. 调笑令·马桑

长久,长久,谁可长长久久。
春来吐翠空山,雪里相思万千。
千万,千万,莫唱人生苦短。

2019 年 2 月 9 日

【注】马桑,又名千年红、马鞍子等,是土家青年男女爱情的见证。寓意:爱情长长久久、生生不息。

9. 蒲公英

白发枝头不问谁,由风吹瘦更无悲。
空山寂寂春花梦,一段飘离一段诗。

2019 年 2 月 9 日

10. 采桑子·醴峰观

万年古井千年观,古树参天。
古树参天,不问红尘只问仙。
仙风道骨青山在,往事如烟。
往事如烟,但愿苍生得善缘。

2019 年 2 月 9 日

11. 醴峰观即景

风知万事休,绿影过墙头。
空处听今古,沧桑一并收。

2019 年 2 月 9 日

12. 醴峰观点将台即景

苍天厚土两茫茫,说是当年点将场。
四顾群山云漫漫,还听衰草大风扬。

2019 年 2 月 9 日

13. 醴峰观登高有感

寒鸟声声风渐远,沧桑归梦落花前。
登高不念红尘路,山外青山天外天。

2019 年 2 月 9 日

14. 大年初五以诗洗心

诗中问道不知贫,诗写梅花又一春。
皇后山中听旧梦,醴峰观里洗贪嗔。

2019 年 2 月 9 日

15. 醴峰观即景

风轻花自落,柳静影疏闲。
不是黄昏路,都归一片天。

2019 年 3 月 15 日

香炷山

> 春在空山颜色好,风听翠柳面容新。
> ——2019年香炷山菜花节即景

1. 咏菜花

依稀蝶梦中,不借夕阳红。
最是春光色,何须问老翁。

2019 年 3 月 14 日

2. 香柱山菜花节即景

香山内外黄花事,巧匠新书墨正浓。
蜂蝶轻飞知几许,君心不乱自敲钟。

2019 年 3 月 14 日

【注】香山,这里指南部香柱山。

3. 咏菜花

不问青山不问云,一心只向酒中君。
花开花落随缘至,明日三餐谁可分?

2019 年 3 月 14 日

4. 香柱山即景(新韵)

一树桃花向晚开,风光就此不徘徊。
香山内外云烟起,不醉春心写意来。

2019 年 3 月 14 日

【注】香山,此处指南部香柱山。

5. 山寺桃花

东风已破柳门开,山寺桃花自剪裁。
高处先声夺势远,枝低半醉半登台。

2019 年 3 月 14 日

6. 仲春雨后晨景

黄带山风梨带雨,落花一夜各东西。
枝头问绿知何事,晓梦初开任鸟啼。

2019 年 3 月 15 日

7. 咏桃花三首

（一）

自带胭脂色，无需粉饰风。
听禅雨敲梦，对影入长空。

2019 年 3 月 16 日

（二）

笑看东风过，无非落幕轻。
原知山有色，归处有歌声。

2019 年 3 月 16 日

（三）

好雨无非一点红，落花不与卷帘风。
枝头问道终归去，开幕空空闭幕同。

2019 年 3 月 16 日

8. 点绛唇·仲春即景

春雨春风，桃花几树迎春暖。
不浓不淡，俱是青春面。
一地金黄，不问斜阳晚。
芦芽短，江流缓缓，共把时光剪。

2019 年 3 月 16 日

9. 仲春听雨

雨洗波心镜未平，柳扬春梦不堪惊。
回头欲问桃花面，却见桃花落落行。

2019 年 3 月 17 日

10. 迎春花

春风春雨画春深，我画春天一素心。
浓淡无需颜色论，斜阳把酒不低吟。

2019 年 3 月 17 日

11. 花叶蔓长春花

枝枝蔓蔓中，一缕倩魂风。
不剪流霞色，长春一梦同。

2019 年 3 月 17 日

【注】花叶蔓长春花：生命力强，四季花开，花色鲜艳。花语：青春永驻等。

12. 垂丝海棠

桃红柳绿不堪争，韵自高闲骨自清。
忘却春心春梦里，潇潇风雨洗红缨。

2019 年 3 月 18 日

13. 大滨菊

倩影破春来,幽幽眼未开。
东风疏半道,问柳向云台。

2019 年 3 月 18 日

14. 仲春即景

黄花遍染青山梦,天际依稀话古风。
把酒黄昏诗意断,春心错落水云中。

2019 年 3 月 18 日

15. 蓬蘽

春秋本有序,不变是长空。
我自天涯路,真心问始终。

2019 年 3 月 18 日

西河流韵

1. 大丽花

深秋带露任风夸,疑是墙边落晚霞。
不掩雍容华丽色,绝尘若影瘦黄花。

2018 年 10 月 12 日

【注】大丽花,又名大丽菊、天竺牡丹、洋芍药、西番莲等。

2. 马兰

比肩舒袖揽秋风,两岸云山静水中。
不见飞鸿惊影过,凌波一叶对晴空。

2018 年 10 月 12 日

3. 芭茅

柔情似海向天涯,自许秋风赛晚霞。
叠叠层层高处舞,青丝不怕雪年华。

2018 年 10 月 24 日

4. 西河桥即景

山闲水阔碧天心，两岸芦花对影深。
风自悠悠云淡淡，斜阳唱晚醉流金。

2018 年 10 月 24 日

5. 西河观鱼

青峰垂钓远，鱼自戏清波。
落幕云烟外，贪听白鹭歌。

2018 年 10 月 24 日

6. 西河泛舟（新韵）

斜阳一剪碧波开，醉向云烟把梦裁。
欲语空山知进退，清风一路不徘徊。

2018 年 10 月 24 日

7. 芦苇

不减清秋梦，来回送晚风。
云天心意净，山水落花同。

2018 年 10 月 24 日

8. 天净沙·西河即景

风摇柳影临江，芦花照水徜徉，
放眼云烟过往。
青峰独上，许天心破恒常。

2018 年 11 月 11 日

9. 临江仙·乡居

庭院深深深几许？落花飞乱清风。
绿苔欲锁石门空。
水敲山不应，翠色有无中。
鸟自归林霞照晚，炊烟落寞苍穹。
徘徊不定是秋桐。
山前山后路，碎影不由衷。

2019 年 1 月 10 日

10. 临江仙·雪中凤凰岛

白练凤凰幽锁，一湖碧玉婆娑。
扁舟一叶更高歌。
霏霏枝上舞，落落梦何多。
翠竹青松频顾，听箫三弄梅坡。
黄昏醉酒不蹉跎。
飞花寒入骨，道是故人蓑。

2019 年 1 月 11 日

11. 泛舟游

谁撒珍珠不白头,青山两岸绿幽幽。
小河不解人间事,只在花间一意流。

2019 年 4 月 14 日

12. 烟外樵歌

水中疑是青山醉,烟外樵歌落几声。
蝶自花间一袖舞,飞珠卷梦更分明。

2019 年 4 月 14 日

【注】落,此处读音为"là"。

13. 夜雨万般收

碧水向东流,青山本不愁。
花间风自过,夜雨万般收。

2019 年 4 月 14 日

14. 山水云天一色中

山水云天一色中,轻舟不辨是西东。
何须感叹人生短,任梦凌波几缕风。

2019 年 4 月 14 日

15. 槐花

不借东君绿,不描眉黛红。
悄然香自在,十里白头风。

2019 年 4 月 14 日

16. 露

清新一露圆,沧海对桑田。
欲破春秋梦,拉弓不上弦。

2019 年 4 月 14 日

17. 回望青春

春深绿自深,绿自把风吟。
待到秋零落,回旋一片林。

2019 年 4 月 16 日

18. 暮春

听风弹旧梦,听雨诉梧桐。
听鸟声声醉,无暇问落红。

2019 年 4 月 16 日

西河流韵之定水段

1. 水自空明

水自空明山自绿,扁舟一网钓云深。
花香两岸描眉浅,不向春风处处吟。

2019 年 4 月 17 日

2. 乡村日暮

乡村日暮斜阳晚,明月乘云正出山。
柳絮飞花春有尽,凌波照影绿无闲。

2019 年 4 月 17 日

3. 幽幽芳草

谁借幽幽芳草意,吟风赋骨弄清弦。
莫非一段霓裳曲,可得江山万万年。

2019 年 4 月 18 日

4. 点绛唇 · 水钓斜阳

水钓斜阳,风轻处处凌波起。
山横寂寂,何事云烟喜?
舟自听心,不得浮萍意。
花有蕊,春生桃李,别处谁凝睇?

2019 年 5 月 3 日

5. 长相思 · 定水老桥即景

一扇窗,两扇窗。
水绕青山过故乡,花狂蝶也狂。
说沧桑,画沧桑。
诗意人生无短长,君狂我也狂。

2019 年 5 月 11 日

6. 忆江南 · 定水河初夏即景

偷闲至,半日洗风尘。
地厚天宽云水浅,花香蝶舞绿红新。
春色减三分。

2019 年 5 月 11 日

7. 定水河初夏即景

山高问水深,天远湿云襟。
一岸清风事,何愁道本心。

2019 年 5 月 11 日

8. 水中倒影

重重叠叠各清明,风自悠悠鸟不惊。
一叶扁舟乘兴起,缥缥缈缈带天行。

2019 年 5 月 12 日

西河流韵之肖家河段

1. 观云

一池白玉碎清波,又把天灯落玉河。
玉骨无形更无色,三千幻影不蹉跎。

2019 年 5 月 13 日

【注】"又把天灯落玉河"的"落"字读"là"。

2. 初夏即景

山色空蒙芳草绿,凌波翠影湿青衣。
红尘不在云天外,何待梅黄雨又稀。

2019 年 5 月 13 日

3. 群鸭戏水

江湖醉影量婆娑,云泄天心梦一梭。
君自随风曼起舞,圈圈点点动星河。

2019 年 5 月 13 日

4. 密林深处

碎影泠泠照落花,山风无处不天涯。
萋萋芳草怜啼鸟,叫乱初心掩绿纱。

2019 年 5 月 14 日

升钟湖

> 一湖山水知天地,半卷诗书纵古今。
> ——2018年孔子诞辰相约升钟湖

1. 忆江南·兼济书院印象

仁礼义,孝悌恕深深。
鸟语花香频问道,云寨天净好禅心。
风月自浮沉。

2. 无题

翘首问苍天,云深把梦牵。
阴阳天地道,日月古今连。

3. 芦苇

天水荡秋波,芦花对柳歌。
君心揉翠影,白首不蹉跎。

4. 浪淘沙·升钟湖即景

秋水荡长空,何事匆匆?
青山默默梦从容。
花谢花开花自在,谁叹残红?

柳影破尘封,律动苍穹。
临风把酒问鸿蒙。
一叶扁舟闲过往,落日无踪。

5. 升钟湖即景

蓝玉净尘埃,青峰一梦裁。
云天无旧事,落影自舒怀。

6. 水草

水底清凉梦,云天照影同。
一弦张万象,律动夕阳红。

7. 马兰

最是平常色,春来碧叶生。
花开秋意尽,零落不须惊。

8. 蝶恋花·孔雀草

菊梦秋心闲素韵,一醉难求,
一任红颜恨。
把酒东篱明月近,人生浓淡只方寸。
孔雀扶花终不问,漫卷珠帘,
落魄秋风紧。
孤傲临霜君不忍,红尘往事何堪论?

【注】孔雀草,又名小万寿菊、西番菊、缎子花等。中草药。"人生浓淡只方寸"的"只"字出。

9. 临江坪即景三首

(一)

山风频起舞,柳影送秋波。
垂钓逍遥客,芦花似雪歌。

(二)

诗酒兑云天,清风一梦牵。
山中无旧历,碧水不知年。

(三)

斜阳把酒问清波,一树秋风一树歌。
彼岸花开归净土,水天一色任婆娑。
芦花横笛向深秋,一丈斜阳一丈愁。
芳草萋萋闲碧水,君心归去梦空留。

10. 凤凰岛即景

青山横碧水,残阳入暮绯。
寒蝉鸣细细,客梦几时归?

11. 浣溪沙·凤凰岛即景

碧水青山一叶秋,云闲花落对渔舟。
斜阳醉晚影空流。
白鹭翩翩蝉细细,芦花瑟瑟笛幽幽。
凤凰起舞月如钩。

12. 忆秦娥·凤凰岛即景

秋风俏,凤凰展翅斜阳照。
斜阳照,天心朗朗,翠开空貌。
青山醉梦云深晓,落花不语清歌妙。
清歌妙,凌波问柳,月明星皓。

2018年10月6日整理

13. 惬意

一米阳光早,清风岭上行。
诗书开远道,不为一杯羹。

2019年3月31日参加升钟湖民间文化研究协会2019年度年会有感

14. 升钟龙滩河即景

山写空蒙水写幽,临风一曲动扁舟。
梨花一袖纷纷雨,不湿黄蜂醉眼眸。

2019 年 3 月 31 日

15. 西河桥即景

春风一意写春山,豆绿鹅黄不等闲。
皴染云烟生妙境,无痕之处换新颜。

2019 年 4 月 1 日

16. 凤凰岛即景

半山半水半船风,半道斜阳半是空。
不问凤凰涅槃事,凌波只向那桥东。

2019 年 4 月 1 日

17. 观钓鱼节开幕式有感

(一)运动员入场
轻挥一杆旗,高举月中诗。
千里飞花舞,渔樵问答时。

(二)歌舞表演
水洗清风山含笑,云过枝头万里开。
空谷流泉不自舞,花飞蝶戏有人来。

(三)一湖山色
一湖山色洗清秋,鸿雁翩翩动画楼。
杨柳芦花闲钓晚,云烟自在梦悠悠。

(四)长钓斜阳
山水流来底蕴,扁舟长钓斜阳。
清风与鱼同乐,芦苇疏处铿锵。

2019 年 9 月 18 日

18. 清平乐·秋雨

风风雨雨,本是秋之序。
落寞飞花听白鹭,谁在豪言壮语?
凤凰今夜梧桐,寒蝉别过红枫。
丹桂飘香月下,青蛙冷对莲蓬。

2019 年 9 月 19 日

19. 秋雨

秋雨洗梧桐,潇潇两不空。
愁丝刚结转,梦起小桥东。

2019 年 9 月 19 日

20. 舟钓

山钓清风云钓月，舟闲一岸桂花香。
半湾秋意农家隐，底事何休夜未央。

2019 年 9 月 19 日

21. 阮郎归·夜居凤凰岛

凉凉风月也听蝉，星河一岸观。
以茶兑酒赛神仙，白云岭上欢。
谁误我，竟无眠，痴痴把梦删。
轻舟入画水漫漫，凤凰更不闲。

2021 年 8 月 14 日

22. 夜居凤凰岛两首

（一）

风听明月说秋凉，水带青山一梦长。
茶煮诗书莫问道，竹林有酒最张狂。

2021 年 8 月 14 日

（二）

月光流转水无声，凤落空山梦不成。
有境何须借天籁，心安之处枕蝉鸣。

2021 年 8 月 14 日

23. 凤凰岛

山青云白水中央，一岸秋风巧设防。
始借炊烟说归处，凌波不语误斜阳。

2021 年 8 月 14 日

24. 新农村

山水听风也听蝉，竹篱茅舍换新天。
时蔬瓜果盘中笑，却道物流真省钱。

2021 年 8 月 16 日

25. 夜宿凤凰岛有感

水声默默蝉声起，淡淡炊烟绝世心。
酒不醉人还自诩，清风明月主浮沉。

2021 年 8 月 16 日

26. 夜居凤凰岛

钓月归来风自满，煮茶何许水倾心。
梧桐夜夜凤凰曲，且共诗书燃古今。

2021 年 8 月 16 日

大佛寺

曾经读过刘铭老师写的《大佛寺》，写得真的很好。

内容全面、客观、翔实，突出了集体智慧、东方特征、民间情愫。"山不在高，有仙则名"，这个"仙"不是飘在空中的，是住在禹迹山中石壁间的，是了解人们的生活起居的，是注视着南部的明天和远方的……

在作者那些朴实无华的文字里我读到了忧国忧民之心。例如："或许从它的目光中，你还能获得一种昭示，一种对未来和现实的使命感。大佛是人们心目中的佛，大佛更多的却还是人们自己。"这是自然的升华，人格的升华。再如："你多像一位历史的巨人，注视着南部的昨天，更注视着南部辉煌灿烂的明天！"这是真正的慈悲心！

2018 年 12 月 9 日

1. 人月圆 · 大佛寺

前尘往事缘深浅，问佛禹迹山。
青山绿水，红檐峭壁，古道天然。
微睁双眼，端庄静穆，善意无边。
东西有路，沧桑指点，妙在心安。

2018 年 12 月 9 日

【注】禹迹山的"迹"字出。

2. 浣溪沙 · 大佛寺雪景

老树空山暮鼓声，青松莫问客前程。
随缘自在话阴晴。
翠竹婆娑飞雪舞，枯枝抖擞冷风横。
黄昏归去梦无惊。

2018 年 12 月 29 日

来自李正元老师印章的灵感

1. 观李正元老师篆刻有感三首

（一）

淡月古风间，落花流水前。
空灵无一物，内外任方圆。

    2018年11月6日

（二）

行云流水间，写意入空山。
梦在青峰外，花开一片天。

    2018年11月27日

（三）

石上种寒花，空心若晚霞。
随天开万古，落落净尘沙。

    2018年11月27日

2. 观李正元老师篆刻《非井底之蛙》有感

（一）

井底之蛙不是洼，欲飞欲舞弄琵琶。
蓝天一梦凌波起，风动嫦娥玉兔家。

（二）

水中明月水中天，井底之蛙井底眠。
若问嫦娥奔月事，霜风一夜候空弦。

    2018年12月2日

3. 观李正元老师篆刻有感

起落阴阳道，乾坤一梦惊。
云烟闲古意，明月落花声。

    2018年12月17日

4. 清平乐·观李正元老师篆刻《月是故乡明》有感

清风明月，欲把天山绝。

照影听花抛郁结,梦里几回圆缺?
红尘好弄空弦,青松不解云烟。
若得来生再见,春秋不变容颜。

2018 年 12 月 17 日

5. 观李正元老师篆刻有感两首

（一）

石里大乾坤,诗书落梦痕。
松风知我意,童子戏黄昏。

2019 年 1 月 16 日

（二）

石上有清泉,幽幽不问禅。
只知山雨后,款款过云天。

2019 年 1 月 16 日

6. 捣练子·观李正元老师篆刻有感二首

（一）

天地大,月空空。半壁江山半壁风。
一任黄昏听梦远,运斤纵意有无中。

2019 年 2 月 14 日

（二）

花有色,雨无痕。
流水空山日日新。
明月松风听不老,年年岁岁守乾坤。

2019 年 2 月 16 日

7. 忆江南·观李正元老师篆刻有感

红尘外,把酒量青天。
不问窗前风月事,只凭石上古今弦。
一世赛神仙。

2019 年 3 月 2 日

8. 观李正元老师篆刻《米芾拜石》有感

石是兄来笔是风,任圈任点纵长空。
诗中山水胸中势,泻入千江万里同。

2019 年 4 月 27 日

【注】米芾,又称"米颠"等,见石称"兄",膜拜不已。

9. 观李正元老师篆刻《肖形印》有感

蛮腰仗剑古人风，一念飞天四海同。
内外方圆只一道，洪荒放眼人无穷。

2019 年 4 月 27 日

10. 观李正元老师篆刻《亲水南部》有感

善在水中流，从来不住忧。
方圆晓三易，曲直问穷秋。
明月空山出，斜阳暮雨收。
清弦石上客，自舞过沙洲。

2019 年 4 月 19 日

【注】这里的"三易"是指不易、变易、简易。

青蛙

青蛙听雨细，大雪煮梅香。刘铭老师，被戏称为"井底之蛙""青蛙王子"，故有如许青蛙诗词！

1. 青蛙

青蛙故事多，井底弄清波。
若有凌云志，还需对酒歌。

2018 年 12 月 14 日

2. 青蛙（轱辘体嵌句"不明不白不休"）

（一）

不明不白不休，王子何处泛舟？
雨洗空山新柳，荷塘清浅如秋。

（二）

风敲细雨问柳，不明不白不休。
若说红尘无梦，一轮明月如钩。

（三）

风举荷盖听幽，雨禅黄昏多愁。
井底之蛙何事，不明不白不休？

2018 年 12 月 14 日

3. 青蛙两首

（一）

听荷打雨声，滴滴到天明。
有柳摇风醉，君心自纵横。

2018 年 12 月 14 日

（二）

听雨问新诗，听风曼柳枝。
听荷击暮鼓，洗尽半生痴。

2018 年 12 月 14 日

4. 井底之蛙

井底之蛙意，空中妙色生。
但听风雨夜，无可谱阴晴。

2018 年 12 月 15 日

5. 青蛙醉语

青蛙醉语痴，风雪夜来迟。
残荷滋傲骨，欲辨静中诗。

2018 年 12 月 15 日

6. 青蛙四首

（一）

青蛙击鼓问黄昏，何事潇潇泪有奔？
山外青天云外月，花开花落莫贪嗔。

2018 年 12 月 15 日

（二）

"得瑟"青蛙介于石，
凭空风雨瘦成诗。
红尘一世登高处，井底波心欲语迟。

2018 年 12 月 15 日

（三）

青蛙慎独对清流，风雨无需夜半愁。
明月扬帆诗意在，空弦不解落花休。

2018 年 12 月 16 日

（四）

青蛙喜弄水中声，向晚萧萧对月明。
梦里不知何所事，任由暮鼓去倾城。

2018 年 12 月 16 日

7. 行香子·青蛙之歌

拂晓晨钟，敲醒青峰。
腾来一片海天红。
清圆如梦，滴碎晴空。
问莲之路，云之事，花之容。

黄昏暮鼓，无意称雄。
但凭一息入苍穹。
寒潭明月，只影无踪。
悟人生短，水生色，夜生风。

2018 年 12 月 17 日

8. 听蛙（新韵）

雪里听蛙眠，鼾声欲动天。
心生春色意，梦里谱空弦。

2018 年 12 月 17 日

江鸥

1. 归来之鸥（新韵）

归鸥出镜舞蹁跹，照见青山不等闲。
妙在云烟知旧梦，沉沉落在月梢前。

2018 年 12 月 17 日

2. 江鸥（轱辘体嵌句"南去北来休一休"）

（一）

南去北来休一休，江风莫怨我多愁。
青山流水残阳意，许诺他乡不问忧。

（二）
海天一梦是沙鸥，南去北来休一休。
不问红尘千变事，花开花落任风流。

（三）
风雪揉弦埋旧梦，悲心不欲共同谋。
今生本是江湖客，南去北来休一休。

2018 年 12 月 25 日

3．水调歌头·钓鱼郎

向晚系风雨，孤独断寒江。
芦花深处，惊起寒鸭自张皇。
枯树幽幽轻叹，衰草萋萋零乱，
何日淡梳妆？
过往云烟客，落寞钓鱼郎！
归鸥至，破昏晓，自徜徉。
海天一梦，飘飘醉影剪华章。
不问鱼竿鱼饵，但访姜公别泪，
对对又双双。
闲逐残阳意，自在钓鱼郎！

2018 年 12 月 24 日

【注】江鸥，又叫钓鱼郎。

4．浣溪沙·江鸥

江水悠悠入远山，霜风阵阵对愁眠。
芦花瑟瑟自消寒。
一破晴空飞落户，啼来清脆漫无边。
春花一梦到春前。

2018 年 12 月 23 日

5．丑奴儿·江鸥

黄昏独自蹁跹舞，过往江湖。
欲语江湖，风雨无需入画图。
悄然一钓春秋色，醉意全无。
落魄全无，一叶轻舟万里呼。

2018 年 12 月 23 日

6．忆秦娥·江鸥

青山畔，黄昏风雨深深叹。
深深叹，疏梅幽放，雪迷香浅。
寒江谁把金秋剪，枯枝落落飞花现。
飞花现，箫声有寄，海天同断。

2018 年 12 月 23 日

7. 江鸥之思（新韵）

海天一色任孤飞，风信全无你独回。
步韵阳春芦苇句，春花抱月定来归。

2018 年 12 月 23 日

8. 江鸥听雪

寂寞江边听鸟语，风尘望断淡云收。
轻舟别过前湾去，梦里飞花一色留。

2018 年 12 月 23 日

9. 江鸥之舞

踏歌起舞斜阳醉，碧水云天一梦回。
两袖千般倾玉色，唳声动处雪惊梅。

2018 年 12 月 25 日

10. 无题两首

（一）

鸟戏斜阳对对忙，江风拍浪玉珠扬。
不知水下鱼儿乐，暮鼓声声怎出场。

2018 年 12 月 25 日

（二）

你钓鱼儿我游泳，蹁跹舞罢各风流。
寒风冻骨谁怜老，瘦处斜阳不上钩。

2018 年 12 月 26 日

11. 我是江鸥

展翅海天收，南来北往修。
潮来春有信，影去水寒秋。
抖落江湖梦，浮沉自在舟。
乾坤知我意，归处月如钩。

2018 年 12 月 27 日

12. 嘉陵江冬韵

煮酒钓痴心，江鸥自对吟。
风禅天际梦，听柳散黄金。

2018 年 12 月 27 日

13. 听闻江鸥飞走了有感

本是逍遥客，云天任纵横。
知春离别意，明月寂无声。

2019 年 1 月 4 日

14. 江鸥两首

（一）
戏水告云天，霜风解冻弦。
珠帘知去意，落落拂尘缘。

2019 年 1 月 20 日

（二）
南来北往云天客，万水千山海底鸥。
不识春秋真面目，只凭双眼作鱼钩。

2019 年 1 月 20 日

15. 听雨品茶七首：

（一）红花酢浆草
绿蕊撑开一片红，纤纤步韵守家风。
不追富贵连天幕，自在清凉色净同。

2019 年 4 月 24 日

【注】红花酢浆草，又叫大酸味草、铜垂草、紫花酢浆草等。花心绿色。而关节酢浆草的花心为红色。

（二）君子兰
岁月洗风尘，何人韵自真？
品高香淡雅，骨傲色清纯。
每每山中客，堂堂世外身。

听蝉敲竹笛，千里不沉沦。

2019 年 4 月 25 日

（三）长相思·七姊妹
姊妹花，姊妹花。
庭院深深若有涯，听谁处处夸？
姊妹花，姊妹花。
蜂蝶翩翩入晚霞。郎凭《天净沙》。

2019 年 4 月 25 日

【注】七姊妹，蔷薇属，又叫十姐妹。花语：团结友爱。

（四）三叶梅
三月春风始话梅，红颜不向故人催。
莫嫌我本山中客，开到秋深听雪回。

2019 年 4 月 26 日

（五）调笑令·月季花
花事，花事，风雨阳光一掷。
从来不惧红尘，何况君怜苦辛。
辛苦，辛苦，但借斜阳独舞。

2019 年 4 月 26 日

（六）品茶日
花香一道门，不醉是黄昏。
茶客高谈处，风清月满囷。

2019 年 4 月 26 日

（七）调笑令·双色茉莉

双色，双色，醉在天涯不惑。
高山流水斜阳，小径云烟梦长。
长梦，长梦，一味馨香与共。

2019 年 4 月 27 日

16. 有感于张仕明老师的《梅园三首》：

（一）以茶品梅

无意访来春，清茶煮水新。
一庭香似海，却道雪精神。

2019 年 1 月 12 日

（二）腊月初八咏绿梅

绿枝绿萼淡云生，绿蕊欣欣自向荣。
一片残阳裁入画，风霜疑是过春城。

2019 年 1 月 13 日

（三）临江仙·梅园

石凳幽幽幽古意，红黄落落分明。
长枝一任向天倾。
谁谙箫笛韵，瘦影梦中听。
茶客诗书闲有寄，人间苦乐飘零。
斜阳醉晚道无情。
梅园香似海，风雨问三更。

2019 年 1 月 13 日

17. 参加"送文化下乡"到流马夏家垭村有感：

（一）扶贫更扶智

扶贫更扶智，泼墨意浓浓。
致富攻坚路，青山绿水同。

2019 年 1 月 22 日

（二）科技下乡

初心不忘民心向，科技村村扶志强。
对对春联龙凤舞，方圆内外共呈祥。

2019 年 1 月 25 日

（三）浣溪沙·喜迎春

翠竹婆娑水自平，扁舟一叶鸟飞惊。
问郎何处起歌声。
傲骨梅花香阵阵，青砖绿瓦笑盈盈。
家家户户更张灯。

2019 年 1 月 25 日

（四）碧水人家

海棠梦里步乾坤，碧水人家半掩门。
知是东风来得早，幽窗掬影醉黄昏。

2019 年 1 月 25 日

18. 范家沟水库组诗四首

（一）范家沟水库印象
一湾碧水绝风尘，流韵无声本性真。
万物何堪自嫌弃，低昂最见善精神。

2020 年 4 月 11 日

（二）天仙子·福康供水之精神
千里迢迢心未变，君子之风何淡淡。
是非曲直有还无，宽其岸，扬其善，
大道中通归至简。
福慧双双抓实干，众志成城描画卷。
城乡一体铸辉煌，天行健，水清浅，
阔步向前春满面。

2020 年 4 月 13 日

（三）有感于范家沟应急水库
青山无意书长卷，静水流深披战袍。
道是风花常落寞，烟霞枕梦卧英豪。

2020 年 4 月 13 日

（四）西江月·范家沟水库印象
一洗风尘岁月，半藏锦绣河山。
斜阳不老韵悠然，笃定疏篱淡淡。
梦似浮萍易散，花飞蝶影阑珊。
何如舍得尽随缘，不改流云片片。

2020 年 4 月 16 日

其他

> 老树生春色，霜风洗梦痕。

1. 灵云山即景（顶针格组诗九首）

（一）
山高还借水长流，老树风花自在收。
翠竹沙沙勤打点，天光不弃影和羞。

（二）
天光不弃影和羞，洗肺清心一梦收。
小径莫贪云淡淡，青苔绝地自封喉。

（三）
青苔绝地自封喉，出道何堪几度秋。
半把闲情听鸟语，经年谁敢傻吹牛。

（四）
经年谁敢傻吹牛，天上人间总碰头。
不是山风闲得很，野藤一意画龙舟。

（五）
野藤一意画龙舟，南也修修北也修。
芳草如茵生动漫，烟花彼岸水难留。

（六）
烟花彼岸水难留，杏子青青可白头。
空有蝉音飞晚照，无弦起落更添愁。

（七）
无弦起落更添愁，病急蜻蜓莫乱投。
或许缘来皆善意，鸳鸯棒下学温柔。

（八）
鸳鸯棒下学温柔，空谷幽兰不姓仇。
纵是山花颜色好，君心不定冷飕飕。

（九）
君心不定冷飕飕，醉醒天涯问自由。
万物听风还听雨，阳光一米复何求？

2020 年 7 月 19 日

2. 观高洪建的虎画有感

高山有骨虎生风，洪量威威气势雄。
建德建言凭淡墨，画如明月浩然空。

2018 年 12 月 15 日

3. 桃源忆故人·夕阳迈步云天净

夕阳迈步云天净,欲唤青青梦醒。
江水悠悠有映,一道红枫岭。
飞霜不惧红尘冷,向晚舍身立命。
科技关乎兴盛,余热讴歌竟。

2018年11月30日有感于南部县老科技工作者协会第三届会员代表大会第一次会议隆重召开

4. 浪淘沙·赞冬泳队

风雨谱华章,水远山长。
乾坤一梦在陵江。
醉揽云天身似燕,笑语斜阳。

快乐自徜徉,不问沧桑。
冬泳锻炼胜良方。
漫漫人生归路净,气宇轩昂。

2019年1月17日

5. 书画喜迎春(新韵)

云烟生古意,笔底抖乾坤。
洗砚山山净,诗成处处春。

2019年2月2日

6. 瑾苑火锅

往来都是客,瑾苑火锅鲜。
把酒真心醉,清风一夜蝉。

2019年8月2日

7. 曼岛有约

温馨待君入,一梦洗风尘。
曼岛天天见,还疑是故人。

2019年11月3日

8. 临江仙·曼岛印象

简约温馨还浪漫,归来总是晴天。
诗书笔墨待琴弦。
幽窗明月聚,只恨不长圆。

北雁南飞终有梦,春回大地无边。
荧屏微信指间全。
星光迎旧主,科技领高端。

2019年11月1日

9. 花非花 · 贺《灵云诗苑》杂志网刊发行

秋听风,雨听曲。
月弄弦,星如玉。
《灵云诗苑》一刊春,
漫道嘉陵江畔绿。

2019 年 11 月 23 日

10. 西江月 · 诗赠刘铭老师"南部文化"公众号

自古风云变幻,从来山水流长。
春花秋月细思量,见证而今盛况。
有约升钟垂钓,闲描禹迹斜阳。
谁夸摄影胜天堂,任尔幽幽遐想。

2020 年 4 月 5 日

【注】升钟,指南部升钟湖。禹迹,指南部湿地公园禹迹岛。

四、蜗牛背上的壳

> 大医儒雅,视无界;
> 精诚团结,病先防。

1. 写在第二个中国医师节(古风)

本是平凡人,奔跑在红尘。
读书读到傻,做事却认真。
大叔大婶婶,非亲也非邻。
健康所系事,性命相托身。
治愈是感动,好转何问津?
大医精诚在,接力更坚贞。

2019 年 8 月 18 日

2. 临江仙·夜查房有记

灯火阑珊风正舞,星稀月朗如春。
三分治疗七分真。
精诚诚所致,病患一家亲。

医者仁心仁字重,光明何惧黄昏。
人人为我我人人。
恒常微细处,彰显大乾坤。

2019 年 10 月 30 日

3. 护士节有寄

不使英雄气,如梅带雪归。
春来花有色,日落月余晖。
瘦影扶天路,初心惕白衣。
恒常真善美,誓与梦齐飞。

2020 年 5 月 12 日

4. 风光好·国庆值班

上班忙,又何妨?
一片秋风药性凉,问岐黄。
门诊手术平常事,青云辔。
解得诗书捣霓裳,许安康。

2021 年 10 月 1 日

【注】"门诊手术平常事"的"诊"字出。

5. 一剪梅

风雨无声已八年,家国平安,
儿女平安。
精诚树下业精专,日月长弹,
再著新篇。
医者仁心凤涅槃,门诊千端,
住院千端。
春来春去自扬鞭,你有愁烦,
我有双肩。

2021 年 10 月 28 日

第二部分

诗词曲

1、星空下的忧伤

李琼词 刘铭曲

星空下的忧伤,是一条河。
河里流过的月,是一首歌。
星空下的忧伤,是一阵风。

风里飘落的花,是一场梦。
梦,终归是空!
空,才是万有!

2018年7月27日

【写作背景】:

2018年7月27日晚上偶然从微信平台看到了有关刘岩的视频,才知道其人其事。

刘岩,中国青年舞蹈家,在北京奥运会开幕式独舞节目《丝路》的最后一次彩排中,由于车台操作失误,意外坠下,造成胸椎以下高位截瘫。但她却以此为转折点,从身体微语言角度去研究舞蹈,顺利从舞者转变为研究人员,并且在学术上获得很大的发展。她不仅成为中国古典舞研究专业的博士,她所著的《手之舞之——中国古典舞手舞研究》也填补了中国古典舞蹈研究中关于手舞的空白。看到她为失聪儿童编的舞蹈,看到她为失聪儿童创造的舞台,我佩服她真正做到了把生命诗写在高贵的蓝天上……

这其间到底经历过怎样的辛酸和眼泪?每一次的成功又得付出比常人多几倍的时间和汗水,才能在轮椅上笑靥如花、如沐春风?我当时很感动,就想写点什么。几分钟时间,没经过任何思考和修改,一气呵成,有了这首小诗。

星空下的忧伤

1=♭D 4/4 稍慢 忧而不伤、轻吟般地

李琼词
刘铭曲

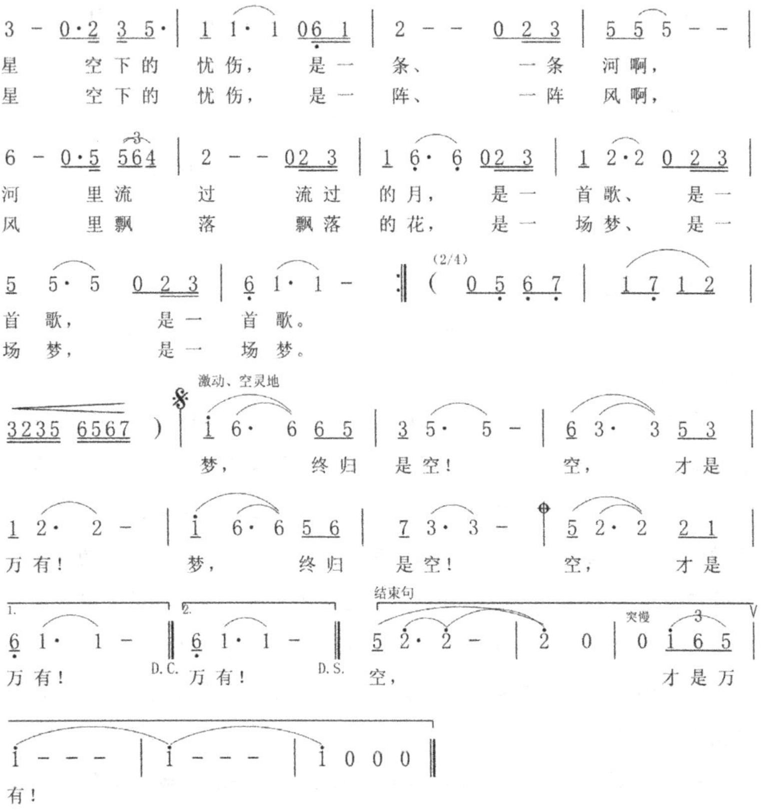

扫码听歌

2、精诚仁心——南部精诚眼科医院院歌 李琼/词 刘铭/曲

说精诚，到精诚。大医精诚百姓评，人人有杆秤。学眼科，爱眼科。医者仁心奉献多，初心不忘说。

2017年8月27日

3、破阵子·山寺古梅

李琼/词　刘铭/曲

风雨无非一夜，空山从不多情。流水落花闲过往，一树枯枝任纵横。云烟若梦醒。雪里生香本色，诗中傲骨无争。不剪春秋盲作絮，不待东君嫁作萍。只缘古佛听。

2019年1月8日

4、踏莎行·吟雪　　李琼/词　刘铭/曲

瑟瑟芦花，皑皑白雪，霜风扑簌云天绝。青松翠竹不知年，娑婆醉影尤高洁。千古红尘，万年明月，从来不照离人别。黄昏独自弄疏狂，瑶台一梦轻浇灭。

2018 年 12 月 28 日

5、行香子·钓鱼节　李琼/词　刘铭/曲

云水风轻，一钓纵横。扁舟晚、渔火无声。星星点点，点点星星。问几时歌，几时舞，几时行？今朝可醉，鼓乐相迎。升钟湖、一度闻名。天心所向，天意澄明。俱文传扬，诗传颂，赋传承。

2019 年 9 月 16 日

作于：2019年9月16日

6、临江仙·寄语南部红楼梦读书会 李琼/词 刘铭/曲

万古沧桑何问月,且行且止流泉。生生不已照云天。诗书风雅颂,剑寄酒茶间。
傲骨挑灯知礼义,阴阳自在回旋。红楼梦里听开元。空花知落寞,君子本良贤。

2019年10月31日

临江仙·红楼梦读书会

李琼 词
刘铭 曲

1=♭D 2/4 自由地 略带古风味

| 6 6 7 5 | 6 0 | 5·2 3 - | 6̣ 6̣ 2 3 | 2 0 | 5 0 6 |
万 古 沧 桑 何 问 月, 且 行 且 止 流

| 3 - | 6 6 5 7 | 6 0 | 6·3 2 - | 2·2 2 3 | 5 0 3 |
泉。 生 生 不 已 照 云 天。 诗 书 风 雅 颂 啊

稍快 上板 激动地
| 5 7· | 7 - | 5 0 6̣ | 2 1 | 6 - | 6 - | (6·7 1 2 |
颂 啊…… 剑 寄 酒 茶 间。

| 3·2 3 5 | 1 2 3 5 2 3 4 5 | 7· 7 | 5 3 | 6 - | 6 -) | 6· 6 |
傲 骨

| 1· 1 7 7 5 | 6 - | 1· 1 1 6 | 6 5 2 | 3 0 2 | 3 - |
挑 灯 知 礼 义, 阴 阳 自 在 回 旋。

| 6 6 6 3 | 2 1 6 | 2 - | 2· 2 7 7 | 5 5 6 3 | 5· 6 |
红 楼 梦 里 听 开 元。 空 花 知 呐 知 落 寞 啊, 君 子

转到 D 调
| 1 7 | 6 - | 6 - ‖ 6 - | 6 - ‖ 6 - | 6 - ‖
本 良 贤。 贤。 D.S. 贤。

7、问梅　李琼/词　刘铭/曲

一树梅花一树春，霜风不解问何因。
雪中明月清如许，流水高低善本真。

2019年2月11日

问　梅
（少儿歌曲）

李琼 词
刘铭 曲

1=D 2/4

8、玉蝴蝶·听琴　李琼/词　刘铭/曲

揉弦风扫红尘,轻抹动三春。断续问迷津,缘何苦有因? 流泉花独舞,明月水天真。飞雪夜归人,了然晨与昏。

2019 年 12 月 12 日

听　　琴

李琼词
刘铭曲

1=♭E 2/4　稍慢 孤寂、沧然地

| 2 2 | 5 56 | 1 76 | 5 - | 5·5 56 | 6 2 | 5 - | 5 - |
揉 弦　风 扫　红 尘,　　　轻 抹 动　三 春。

| 6 6 | i 7 | 6 53 | 2 - | 3·3 35 | 3 61 | 2 - | 2 - |
断 续　问(啊)迷　津,　　　缘 何 苦　有 因?

| 3·3 | 5·3 | 2 31 | 6 - | 6·6 66 | 5 2 | 3 - | 3 - |
流 泉　花(呐)独　舞,　明 月 水(啊)天　真。

| 6·6 | i 76 | 5 65 | 2 - | 2·2 23 | 5 5 | 2 03 |
飞 雪　夜(啊)归　人,　了 然 晨 与　昏;　晨　(呐)

| 2 17 | 6 - | 6 - | (6·1 | 2 i7 | 6 - | 6 - | 6·i |
与　昏

| 1 25 | 3 - | 3 - | 2·2 23 | 5 2 | 2·2 23 | 5 5 | 2 03 |

| 2 17 | 6 - | 6 -) | 6·6 | i 76 | 5 65 | 2 - | 2·2 23 |
　　　　　　　　　飞 雪 夜(啊)归　人,　了 然 晨 与

| 5 5 | 2 03 | i 7 | 6 - | 6 - ‖
昏;　晨　(呐)与　　昏……

9、空山听韵　　李琼／词　刘铭／曲

流水听风舞落花，云烟听鸟醉天涯。
秃枝听雪寒销骨，老树听心慢发芽。

2018年12月7日

空山听韵

李琼 词
刘铭 曲

1=C 2/4　苍凉、高古、奋发地

6·5 6 1 | 7 5 7 | 6 - | 7·7 7 6 | 1 5 2 | 3 0 2 |
流水　听风　舞落　花，　云烟听鸟　醉天　涯。

3 - | 6·3 2 1 | 1 7 6 | 2 - | 2·3 2 1 | 2 6 |
秃枝　听雪　寒销　骨，　老树听心　慢发

5 - | 5 3 | 2·3 2 1 | 6 5 1 | 6 - | 6 - | 2 - | 2 1 6 |
芽；　老树　听心慢发　芽。　　　　　哦！

6 - | 6 - | 3 - | 3 2 1 | 6 - | 6 - | 6·5 6 1 |
哦！　哦！　哦！　　　　流水　听风

2 1 6 | 1 - | 1 - | 1·1 1 7 | 6 1 2 | 3 0 5 | 3 - |
舞落　花，　　云烟听鸟　醉天　涯。

6·5 6 3 | 2 1 2 | 3 - | 7·7 7 6 | 2·2 5 7 |
秃枝听雪　寒销　骨，　老树听心　慢呵慢发

渐慢
6 - ‖ 7·7 7 6 | 2 2· | 2 - | V 5 7 | 6 - | 6 - ‖
芽。　老树听心慢呵　　　慢发芽。

10、梦里一场雪　　李琼/词　　刘铭/曲

梦里一场雪，空空煮明月。月是梦之魂，欲把梦浇灭。
梦里一场雪，空空煮明月。漫漫人生路，何处话圆缺？
梦里一场雪，空空煮明月。海天黯黯瘦，谁寄诗一阕？
梦里一场雪，空空煮明月。绿竹红梅赞，寂寂听风夜。
梦里一场雪，空空煮明月。青松问白云，莫唱阳关叠。

2018年12月7日

11、观正元老师篆刻《万古千秋》随感　李琼/词　刘铭/曲

石中禅古意,风雨戏黄昏。
明月空空过,千秋一道门。

2019年2月14日

万古千秋

观李正元老师篆刻《万古千秋》随感

李琼 词
刘铭 曲

12、白梅　　李琼/词　刘铭/曲

一棵沧桑树，枝枝淡墨痕。
霜寒描黛浅，执意醉黄昏。

2019 年 1 月 11 日

13、腊月十四咏白梅

李琼/词　刘铭/曲

抖落红尘色,禅听古寺钟。
花开知有尽,乐伴岁寒松。

2019年1月19日

腊月十四咏白梅

李琼 词
刘铭 曲

1=D 2/4　中速、童谣、吟诵地

5 5 6 i | 5 - | 5 6 3 1 | 2 - | 6·i | 6 5 6 3 |
抖落红尘 色,　禅听古寺 钟。　　花开　知有尽,

2·3 6 1 | 2 - | 5 5 3 1 | 6 - | 6 6 5 3 | 2 - | 2·3 5 |
乐伴岁寒 松。　抖落红尘 色,　禅听古寺 钟。　花开

3·2 1 | 6 5 6 1 6 | 5 - | 2·3 5 | 3·2 1 | 6 5 6 i 6 |
知有尽, 乐伴岁寒 松。　花开知有尽, 乐伴岁寒

5 - | X X X X | X 0 | X X X X | X 0 | X·X X X | X 0 |
松。　抖落红尘 色,　禅听古寺 钟。　花开知有 尽,

X X X X | X 0 | X 0X | X·0 | 5 5 6 i | 5 - | 5 6 3 1 |
乐伴岁寒 松、　岁寒 松。　抖落红尘 色,　禅听古寺

2 - | 5·6 i | 6 5 6 3 | 2·3 6 1 | 2 - | 6·i | 6 5 6 3 |
钟。　花开 知有尽, 乐伴岁寒 松。　花开 知有尽,

rit
6 5 6 | i 6 | 5 - | 5 - ‖
乐伴 岁寒 松。

14、大寒听梅　　李琼/词　刘铭/曲

霜风欲过大乾坤，雪里萧萧势若吞。
疏处梅花听苦短，馨香尽得雪精神。

2019年1月20日（腊月十五）

大寒听梅（新韵）

15、大年初七偶成

李琼/词　刘铭/曲

催柳不催花，归来慢煮茶。
诗心存善念，明月照千家。

2019年2月11日

大年初七偶成

李琼 词
刘铭 曲

1=♭A 2/4　中速 较自由地 山歌风

催柳不催花，归来慢煮茶。诗心存善念，

明月照千家。诗心存善念，明月照千家。

较前快 吟诵地

催柳不催花，归来慢煮茶。诗心存善念，

明月照千家。照千家！催柳不催花，归来慢煮

茶。诗心存善念，明月照千家。　　明月

照千家。

16、相见欢·明月星星

——视力表之歌   李琼/词   刘铭/曲

凭君指点江山，几重关？不外腾空一道，耍连环！上又下，左右跨，手相牵。明月星星当赞、眼当先！

2019 年 11 月 24 日

17、桃源忆故人·陵江石
——旭川博物馆之歌 　　李琼/词　刘铭/曲

（一）
千年江水千年石，看尽红尘过客。
悟透白驹过隙，风雨只朝夕。云
天同梦云天碧，落叶残花无迹。
古道悠悠不易，醉语横羌笛。

（二）
风花雪月春秋韵，寂寞红尘看尽。
过往云烟有信，更向沧桑问。缘
来缘去平常论，千古长空一瞬。
自守陵江意蕴，总被多情困。

2019年1月18日

18、麻柳沟之歌

李琼 / 词　　刘铭 / 曲

麻柳沟，麻柳沟，
一沟柳，柳一沟。
门泊青山窗过月，庭前蝶舞落花空。
微风起岸星河远，云醉乾坤静水中。

麻柳沟，麻柳沟，
一沟柳，柳一沟。
柳影深深随梦去，人生短暂水长东。
红尘万里天涯客，明月归心岁岁同。

【注】麻柳沟，是我老家的地名。

2018 年 12 月 18 日

19、山东省南充商会之歌

李琼 / 词　　刘铭 / 曲

南商有梦南商梦，天涯海角南商颂。
身在齐鲁思故乡，每当黄昏问远方。
初心从未改，信义兼仁爱。
心系我南商，人人当自强。

南商逐梦南商梦，乘风破浪南商颂。
身在商界大舞台，牵挂南充侠义开。
初衷永不变，家乡换新颜。
心系我南商，人人当自强。

2019 年 1 月 13 日

南部"爱尚贝尔"幼儿园儿童歌曲系列五首：

20. 爱尚贝尔印象（两首组成） 李琼/词 爱尚贝尔/曲

爱在春风雨露中，尚听芳草落花红。
青天明月年年似，贝尔开心更启蒙。

爱在开心教育中，尚听千古逝如风。
初知日月乾坤大，贝尔明天定不同。

2019年11月1日

爱尚贝尔歌曲《该睡了》

李琼 词
刘铭 曲

1=C 2/4

| 5 5 6 3 | 5 - | 2 3 1 6 | 5 - | 6 1 2 3 | 2 - |
风花 天上 去， 日月 雨中 眠。 爸爸 勾勾 手，

| 5 3 5 1 | 2 - | 5 3 3 1 | 6 - | 2 6 5 2 | 3 - |
妈妈 是小 船； 风花 天上 去， 日月 雨中 眠。

| 2 3 2 | 2 3 5 | 2·3 1 6 | 1 - | 2 3 2 | 2 3 5 |
爸爸（来） 勾勾 手， 妈妈 是小 船； 爸爸（来） 勾勾 手，

| 2· 3 1 6 | 1 - | 1 - ‖
妈妈 是小 船。

21、上学了

李琼 / 词　爱尚贝尔 / 曲

呵呵呵，哈哈哈！
太阳早，花儿笑！
乖乖要去上学校！

洗洗手，梳梳头！
吃好饭，有能量！
牙齿白白最漂亮！

嘀嘀嘀，嘟嘟嘟！
红灯停，绿灯走！
弯弯道道看左右！

老师好，同学好！
爱尚好！贝尔好
我是这里好宝宝！
一天会比一天俏！

2019年11月1日

爱尚贝尔歌曲《上学了》

李琼 词
爱尚贝尔 曲

1=C 2/4

| 5 5 5 | 6 6 6 | 2·3 1 6 | 5 6 5 | 6 5 | 3 5· | 2 3 |

呵呵呵，哈哈哈！太阳早，　花儿笑！乖乖　要去　上学
嘀嘀嘀，嘟嘟嘟！红灯停，　绿灯走！弯弯　道道　看左

| 1 - | 6· 6 | 3 - | 2 2 3 | 5 - | 6· 6 6 1 | 2 6 | 3 - |

校！　洗洗手，　梳梳　头！　吃好饭，　有能量！
右！　老师好，　同学　好！　爱尚好！　贝尔好！

| 6· 6 | 6 - | 1 3 | 5 - | 6· 6 6 5 | 3 6 5 | 6· 6 6 5 |

吃好饭，　有能量！牙齿白白　最漂亮！牙齿白白
老师好，　同学好！我是这里　好宝宝！一天会比

| 3 6 5 | 5 2 3 | 1 - : | 5 5 | 1 - |

最漂亮！最漂亮！　俏！俏！　俏！
一天俏！一天俏！

22、爱尚贝尔之音

李琼 / 词　　爱尚贝尔 / 曲

果蔬莫挑才能长，
睡觉乖乖莫受凉，
玩中要问妙之方。
妈妈有爱，老师常讲，
看孩儿、用心歌唱。

2019 年 11 月 2 日

爱尚贝尔之音

李琼 词
爱尚贝尔 曲

1=C 2/4

| 5 5 | 6·5 | 2 3 | 5 — | 6̣ 1 | 2·3 | 1 6̣ | 5 — |
| 果 蔬 | 莫 挑 | 才 能 | 长， | 睡 觉 | 乖 乖 | 莫 受 | 凉， |

| 5 5 | 3·6 | 6 3 | 2 — | 2 2 3 | 5 — | 2 2 3 | 6 — |
| 玩 中 | 要 问 | 妙 之 | 方。 | 妈 妈 有 | 爱， | 老 师 常 | 讲， |

| 2·3 5 5 | 6 3 | 2 2 3 | 5 — | 2·3 5 5 | 6 3 | 2 2 3 |
| 看 孩 儿、 | 用 心 | 歌 | 唱； | 看 孩 儿、 | 用 心 | 歌 |

| 1 — ‖ |
| 唱。 |

23、浪淘沙·爱是一条船

李琼 / 词　　爱尚贝尔 / 曲

爱是一条船，彩蝶翩翩。风风雨雨报平安。快乐开心齐拍手，拥抱明天！爱尚幼儿园，溪水涓涓。歌声嘹亮月牙欢。梦想放飞书画里，贝尔春天。

2019 年 11 月 3 日

第三部分 对联

自出自对联：

上联：依依不舍柳；
下联：落落大方花。

上联：拂花沉落日；
下联：横笛坠青云。

上联：月芽听雪醉；
下联：疏影弄梅寒。

上联：青灯听万古；
下联：冷雨煮黄昏。

上联：幽窗风雪夜；
下联：明月酒花诗。

上联：落花随水去；
下联：枯树向春生。

上联：守心禅月落；
下联：克己待花开。

上联：自得山中月；
下联：宁抛笔底诗。

上联：雪煮空明色；
下联：诗浇彼岸花。

上联：独听空处韵；
下联：冷看水中诗。

上联：听梅三弄影；
下联：掬月两知音。

上联：绿是春之色；
下联：天无老派头。

上联：暗香浮半月；
下联：疏影剪清诗。

上联：清香风有骨；
下联：矜傲雪无痕。

上联：风敲花落梦；
下联：雨洗柳揉春。

上联：山高明月小；
下联：水急落花深。

上联：云舒幽梦远；
下联：雨过落花深。

上联：花草知春动；
下联：云烟顺水生。

上联：月低风不去；
下联：山远水长流。

上联：山蓝轻入海；
下联：水碧懒凭风。

上联：迎风听格律；
下联：绝水试云烟。

上联：一怀明月古；
下联：两岸落花轻。

上联：花开风拂袖；
下联：水去月横舟。

上联：看花风带影；
下联：洗月水流空。

上联：风催天欲晓；
下联：水逐月流光。

上联：芦花风瑟瑟；
下联：明月水淋淋。

上联：春雨，春无语；
下联：花颜，花有言。

上联：雪未成诗诗未雪；
下联：空自藏色色自空。

上联：听禅听雪空山寂；
下联：煮酒煮诗流水红。

上联：青灯不语诗书古；
下联：流水无弦琴瑟新。

上联：初心不改初心在；
下联：有趣无非有趣真。

上联：枯树屏风怜野草；
下联：寒鸦啼泪对残阳。

上联：老树花开凭傲骨；
下联：空山叶落唱春声。

上联：老树横枝花纵意；
下联：寒潭临月水分明。

上联：霜风一夜描春色；
下联：星斗千年话银河。

上联：曲赋诗书修净土；
下联：花光山色了红尘。

上联：桃红柳绿梨花白；
下联：雨细风清燕子斜。

上联：东风无事频敲梦；
下联：蝴蝶偷闲独恋花。

上联：裁云入梦听三易；
下联：泼墨成诗见本心。

上联：潇潇天地真君子；
下联：寂寂空山妙大音。

上联：天地长歌梅傲骨；
下联：云烟简谱雪精神。

上联：山花烂漫由风过；
下联：彼岸空空任鸟飞。

上联：煮酒全凭风一半；
下联：推窗可揽月三千。

上联：细雨扬花风问道；
下联：空潭照影水平天。

上联：一卷诗书一庭桂；
下联：半山明月半溪风。

上联：叶落花残山有色；
下联：风翻云卷水无声。

上联：溪水犹听山自舞；
下联：红枫欲与雁南翔。

上联：诗写飞花惊紫燕；
下联：曲弹冷月葬秋魂。

上联：雪飞荒野埋忠骨；
下联：花以诗心祭尔魂。

上联：临危不改英雄色；
下联：开卷才知大道难。

上联：无愧于心乘鹤去；
下联：忠言逆耳撼天行。

上联：石上清风听野草；
下联：松间明月过流泉。

上联：明月何来千里客；
下联：浮云总借半山风。

上联：落寞松风明月扫；
下联：迷离芳草野云收。

上联：辞旧迎新诗与酒；
下联：开天辟地雨和风。

上联：诗有骨初心不减；
下联：水无形大道亨通。

上联：一把浮云心若定；
下联：半山明月足难寻。

上联：千种相思千种色；
下联：半溪落寞半溪云。

上联：流水无为高格调；
下联：青山不老旧时光。

上联：门对青山风落寞；
下联：水流明月石沧桑。

上联：水煮乾坤凭淡定；
下联：诗藏巧拙示天真。

上联：雪落江湖千古梦；
下联：酒醒风雨一锅春。

上联：听风彼岸红梅赞；
下联：把酒今朝淡墨书。

上联：家家有酒邀明月；
下联：处处迎春看落梅。

上联：谷雨挑灯缝岁月；
下联：清明祭酒补沧桑。

上联：枯黄不晒颜如玉；
下联：翠绿深藏势比天。

上联：幸福悠悠添醉酒，
下联：吉祥奕奕漫东风。

上联：白云一半青山里；
下联：春色三分流水前。

上联：半湖云雾乘风去；
下联：一卷烟霞扑面来。

上联：天高不住风吹雨；
下联：词短还须意胜文。

上联：风声借得蝉声远；
下联：竹影无凭月影高

上联：又见残荷滋傲骨；
下联：空弹明月起相思。

上联：水挂银钩，波清流古韵；
下联：藤沿峭壁，枝老动斜阳。

上联：一树花枝，凭空生向背；
下联：半壶烟雨，仗势煮浮沉。

上联：流水高山，明月有求必应；
下联：阳春白雪，东风不请自来。

上联：空山有路，路在花前月下；
下联：老树凌风，风吟海角天涯。

上联：字里有乾坤，方圆内外师千古；
下联：酒中无大小，贵贱尊卑月一帘。

上联：翠竹青松，高山悟道云烟淡；
下联：闲云野鹤，流水听风曲径幽。

上联：众人齐聚，只缘风雨谈天地；
下联：一网闲抛，欲与江湖论短长。

上联：三生渺渺，半世红尘千日好；
下联：古道幽幽，八方风雨一时休。

上联：众人齐聚，只缘风雨谈天地；
下联：一网闲抛，欲与江湖论短长。

上联：翠竹听松，流水筛沙，归雁频频弹古调；
下联：红梅弄影，海棠问路，春风处处谱新声。

上联：寻花问柳，煮茶听雨，半山翠竹千般意；
下联：掬月禅心，以酒兑诗，一道斜阳两袖空。

上联：卷一更帘，问三更雨，何事悲秋花落后；
下联：赊二两酒，填四两心，谁人画扇月圆时。

上联：三羊开泰，万物复苏，花正开时枝未老；
下联：一言既定，驷马难追，水流低处月还来。

上联：水，溪水。水淙淙，花落无踪。细草生风处，燕子衔泥晚。炊烟袅袅门前，柳树依依，婆婆竹影斜阳去。
下联：山，青山。山隐隐，月斜有寸。归云卷梦中，芙蓉立秋头。犬吠声声屋后，疏篱懒懒，寂寞梧桐白发来。
横批：碧水人家

再苦都能过去，等闲方可开端。

为怡心亭作联：

上联：一亭闲子风花月；
下联：半卷诗书笔墨天。

上联：鸟语花香松鹤美；
下联：诗情画意水云闲。

上联：花间对弈诗和酒；
下联：月下听松竹与梅。

上联：水绕青山归故土；
下联：风乘明月系扁舟。

上联：党恩沐得春风手；
下联：云锦织成醉月亭。

为苍溪宝云寺撰联：

天王殿门联
上联：剑胆琴心，自在从容生妙法；
下联：风调雨顺，各司其职助苍生。

醉墨廊门联
上联：如画如诗彰大美；
下联：真山真水结祥云。

上联：青山默默云烟妙；
下联：流水潺潺曲谱新。

上联：时光零落听风雨；
下联：寂寞无暇问死生。

题南部中学新校门：

上联：明月何曾离我去？
下联：青春不悔入门来。

牛年春联：

上联：看水看山且看我；
下联：吹风吹雨不吹牛。

上联：煮茶代酒闲听雨；
下联：横笛迎风自放牛。

上联：牛蒡有心全入药；
下联：春风无意半翻书。

上联：耕牛只道云天晚；
下联：流水方知岁月轻。

上联：牛肥马壮春风绿；
下联：李白桃红福运来，

上联：莫非织女前朝客；
下联：何故牵牛此夜星。

上联：送福红梅迷醉眼；
下联：报春瑞雪不吹牛。

以禅宗《十牛图》来写对联：

1. 寻牛
上联：草卧白云牛不见；
下联：风吹细雨柳何寻？

2. 见迹
上联：早有红梅行若止；
下联：堪知瑞雪画难留。

3. 见牛
上联：不与黄莺弹古调；
下联：独和野草侃今生。

4. 得牛
上联：抛舍抛家抛壮志；
下联：得风得雨得闲云。

5. 牧牛
上联：牧童横笛声声醉；
下联：野火倾心步步斜。

6. 骑牛归家
上联：风牧荒烟轻击鼓？
下联：云言鹏鸟早归家。

7. 忘牛存人
上联：骑牛归去人何识？
下联：泼墨扶疏梦亦闲。

8. 人牛俱忘
上联：翠柳扬帆难尽破；
下联：红梅映雪更相倾。

9. 返本还源
上联：得道三分何寂寞；
下联：让春一半又何妨？

10. 入廛垂手
上联：梦里修书疑子丑；
下联：诗中叠翠问玄黄。

自题半闲居：

上联：半是青山开画卷；
下联：闲听明月读诗书。

上联：彼岸终归闲聚散；
下联：此生只道半浮沉。

上联：一半飞花一半雨；
下联：空闲流水空闲风。

上联：明月邀君凭半醉；
下联：铃花悦耳靠闲谈。

上联：既怜半百轻描短；
下联：且对闲余漫说天。

上联：日落西山风一半；
下联：花弹古调水时闲。

上联：光阴大半云烟里；
下联：笔墨无闲顿挫中。

对联（题南部中学梅园）

——梅是天下梅，魂是中国魂，骨是文人骨，情是校园情！

上联：梅开欲锁千般色；
下联：雪落轻敲万道门。

上联：霜风顾影催梅萼；
下联：落日偷闲解雪条。

上联：红梅点点轻烟画；
下联：白雪皑皑淡墨诗。

上联：道骨仙风吟白雪；
下联：诗情画意墨红梅。

上联：又见梅红生柳绿；
下联：不闻雪白葬金黄。

上联：孤山幽访梅林鹤；
下联：庾岭豪吟子寿诗。

上联：羡慕细梅黄色浅；
下联：倾心瑞雪白衣真。

上联：雪里偏开梅傲骨；
下联：书中自有大乾坤。

上联：书声琅琅梅销骨；
下联：月色溶溶雪净魂。

嘉陵江联：

上联：花草知春动；
下联：云烟顺水生。

上联：云烟梳柳东风绿；
下联：桃李筛春细雨红。

上联：桃花疏柳色；
下联：诗意镀春心。

上联：黄蜂醉问花间客；
下联：翠柳轻翻画外诗。

禹迹岛及御江云邸联：

上联：水照无边月；
下联：云舒一岸风。

上联：文短意长风落寞；
下联：花深月浅梦徜徉。

上联：流水空弹声更远；
下联：青山不染梦方长。

上联：碧水扬波花似锦；
下联：闲云叠翠柳如诗。

上联：格物无须深与浅；
下联：煮茶但得意和真。

上联：月洗青松风作客；
下联：云交白卷水无声。

上联：紫燕衔泥花击鼓；
下联：彩云追月浪淘沙。

上联：花草无言彰善美；
下联：古今有梦读诗书。

上联：蝶舞花飞风落寞；
下联：山高水远月黄昏。

上联：青山默默云烟妙；
下联：流水潺潺曲谱新。

上联：晨风洗尽三更梦；
下联：竹影扶疏一世空。

上联：五面山中听暮鼓；
下联：御江云邸看斜阳。

上联：白鹭翩翩花影淡；
下联：青松冷冷月光凉。

上联：依水依山描画卷；
下联：听风听雨种闲云。

上联：老到无非风带雨；
下联：清新不止月听莲。

上联：花开便见春风绿；
下联：客到才知情意浓。

上联：梦里清风遥寄月；
下联：庭前流水喜禅花。

上联：风送天心归故里；
下联：花随流水走天涯。

上联：生命之花无末路；
下联：同舟共济有来生。

上联：嘉陵碧水，通今贯古；
下联：禹迹雄风，继往开来。

上联：山水无情，暮鼓晨钟花落去；
下联：诗书有意，深红浅绿燕归来。

上联：灵云五面火峰，三山对出，问道但凭钟鼓；
下联：禹迹红岩满福，一水调和，居家不论春秋。

八尔湖联：

上联：空山何寂寂；
下联：花萼笑盈盈。

上联：水寒闲弄影；
下联：山瘦静听春。

上联：八尔湖禅山水意；
下联：纯阳洞晓古今天。

上联：满面霜风心不老；
下联：半湖山水意悠长。

上联：残荷放下千般苦；
下联：明月沉吟万丈诗。

上联：秃枝有梦春来聚；
下联：石洞沉香月浅斟。

上联：白鹭翩翩啼画外；
下联：青山隐隐锁云中。

上联：翠竹婆婆听鸟语；
下联：残荷淡定照天心。

上联：虹桥照影知天净；
下联：翠竹临风据水深。

上联：浅水听风磨镜影；
下联：斜阳唱晚醉空枝。

上联：衰草铺排怀梦远；
下联：疏枝写意点梅香。

上联：一水无惊风自过；
下联：半山有梦影幽横。

上联：水枕青山描远黛；
下联：云舒天岸破无形。

李正元老师印章联：

上联：石上清风醉；
下联：水中明月修。

上联：枯树溪边禅古道；
下联：青苔绝壁锁天门。

上联：空山明月夜；
下联：流水落花声。

上联：万古红尘一青石；
下联：千年明月满霜风。

上联：石门听醉汉；
下联：明月过红尘。

上联：石醉青苔无曲意；
下联：水流竹影谱箫声。

上联：水深花问道；
下联：石浅草生香。

上联：石上残花生傲骨；
下联：水中明月照清风。

上联：空空如有月；
下联：落落似无痕。

上联：石上大千空有色；
下联：方中内外缺知圆。

上联：石上春风知晓去；
下联：溪边水草并幽生。

上联：天有沧桑天有色；
下联：石生花叶石生香。

江鸥联：

上联：归鸿照影翩翩去；
下联：流水抛珠落落来。

上联：寒鸟声声疏柳影；
下联：江鸥阵阵拍珠帘。

上联：一声嘹唳晴空破；
下联：两袖踹跶玉露扶。

上联：（花）聚散浮沉青石畔；
下联：（月）阴晴过往落花前。

为南部药王寺撰联：

上联：白云听暮鼓；
下联：落叶扫空阶。

上联：老树根深枝叶茂；
下联：秋风声细水云长。

上联：缘来看落花，梦幻灭时空即色；
下联：念起听明月，清晖过处了无痕。

上联：花开彼岸，清风总是独来独往；
下联：月上中天，寂寞何妨无量无边。

上联：带月归来，梅花落尽，
春深何处去？
下联：把风唤醒，彼岸初开，
路远即时行。

南部曼岛酒店联

上联：曼岛春风一帘月；
下联：归鸿落日半江诗。

为嘉陵书画院作联：

上联：诗书画里诗心净；
下联：桂博园中桂子香。

上联：嘉陵江水悠悠，金秋风起舞；
下联：桂博园情切切，书画墨生香。

上联：水墨嘉陵江，千里烟波风送暖。
下联：金秋书画院，一庭桂子月飘香。

对他人联：

上联：观音山上观山水。【无名】
下联：普渡溪边普渡谁。

上联：观音山上观山水。【无名】
下联：耀佛岭前要领心。

此联再拓展一下：

上联：观音山上观山水，
山还是山，水还是水。
下联：耀佛岭前要领心，
岭不归岭，心不归心。